난쟁이

난쟁이

一寸法師

에도가와 란포 지음

이종은 옮김

도서출판 b

• 차례 •

난쟁이

一寸法師

1926년 12월부터 1927년 2월까지 〈아사히신문〉에 연재하였다. 소재 고갈로 몇 차례 연재를 중단하였고 연재를 끝낸 후에도 실망감에 절필을 선언할 정도로 작가 자신은 좋아하지 않는 작품이지만, 대중적으로는 큰 인기를 얻었고 여러 차례 영화화되었다. 기괴함과 엽기성뿐 아니라 에로티시즘과 로맨스까지 다양한 요소가 혼재되어 있는 변격추리물로 모험활극적인 서스펜스를 느낄 수 있다. 작품 속 사건 발생 시점은 1925년 4월로 추정된다.

죽은 사람 팔

고바야시 몬조小林紋三는 술에 취해 비틀거리며 야스기부시[1]
가 한창인 미소노칸에서 나왔다. 이상야릇한 합창이—— 무대
위 아가씨들의 필사적인 고음과 거기에 호응하는 관람석의
절묘한 함성이—— 머릿속에서 윙윙 울려 공연장을 나와 버렸지
만 여전히 뱃멀미하듯 다리가 휘청거렸다. 부근에 죽 늘어선
야시장 포장마차가 자신을 향해 우르르 몰려오는 것 같았다.
밝은 대로로 나온 그는 되도록 행인들과 얼굴을 마주치지 않으려

....

1_ 安来節. 시마네島根현 야스기安来시의 전통 민요를 기반으로 발전시킨 종합
    예능으로 중간에 나오는 '도조 도오리'라는 해학적인 춤이 유명하다. 1920년
    대 오사카에서 요시모토 흥업의 공연이 큰 인기를 거둔 후 전국적으로 확산되
    었고, 도쿄의 경우 다마키자玉木座, 쇼치쿠자松竹座, 니혼칸日本館, 모쿠바칸木
    馬館 등 아사쿠사 공원 일대의 극장가에서 성황을 이루었다. 미소노칸御園館은
    다마키자의 개명 전 이름이다.

고 고개를 푹 숙인 채 얼른 공원 방면으로 걸어갔다. 혹시 근처를 산책하던 친구가 야스기부시 공연장에서 슬며시 빠져 나온 자신의 모습을 볼지 모른다고 생각하니 제정신이 아니었다. 저절로 걸음이 빨라졌다.

반 정^2 정도 걸으니 어둑어둑한 공원 입구였다. 입구 쪽 넓은 사거리를 경계로 인적이 드물어졌다. 몬조는 연못 철책 부근에 있던 오뎅집 붉은 사방등四方燈에 손목시계를 비춰보았다. 벌써 10시였다.

'이제 돌아갈까. 하지만 집에 가봐야 별수 없잖아.'

그는 썰렁한 하숙집 분위기를 생각하니 돌아가고 싶지 않았다. 심지어 봄밤의 아사쿠사浅草 공원이 이상하게 그를 유혹했다. 그는 무심결에 발길을 돌려 공원 안으로 들어갔다.

이 공원은 아무리 돌아다녀도 전체가 다 파악되지 않는 야릇한 매력이 있었다. 어느 구석에 가더라도 뜻밖의 상황과 마주칠 것 같았다. 무언가 멋진 걸 발견할 수도 있을 것 같았다.

그는 공원을 가로지르는 캄캄한 대로를 걸었다. 오른쪽은 군데군데 넓은 빈터가 있는 숲이었고, 왼쪽은 작은 연못을 따라 가는 길이었다. 연못에서는 가끔 잉어가 철석거리며 뛰어오르는 소리가 들렸다. 작은 콘크리트 다리 위로 등나무가 넝쿨져 있는 모습이 어렴풋이 보였다.

"나리, 나리."

. . . .
2_ 약 55m. 1정町=109m.

정신을 차리고 보니 오른쪽 어두운 곳에서 누군가가 그를 불렀다. 묘하게 소리를 죽인 목소리였다.

"뭐야?"

몬조는 노상강도라도 만난 것처럼 화들짝 놀라며 경계 태세를 취했다.

"나리, 잠깐만요. 다른 사람한테는 말하지 마십시오. 진짜 비밀인데요, 이거 아주 재미있는 거예요. 50전만 내세요."

줄무늬 기모노에 헌팅캡을 쓴 서른 남짓한 사내가 히죽거리며 달라붙었다.

"뭘 가지고 그러는데?"

"에헤헤헤……잘 아시면서. 절대 속이는 거 아닙니다. 자, 여기요."

사내는 힐끔 주위를 둘러보더니 종이 쪼가리 한 장을 저 멀리 있는 가로등 불빛에 비춰 보여주었다.

"받으시지요."

몬조는 크게 내키지는 않았지만 갑자기 호기심이 발동해 50전을 내고 종이 쪼가리를 받았다. 그리고 다시 걷기 시작했다.

'오늘 밤은 운수가 좋으려나.'

겁도 많은 주제에 모험을 좋아하는 그는 속으로 그런 생각을 했다.

요시와라³에서 이미 고주망태가 되어 돌아오는 길인지 점원

....
3_ 吉原. 에도시대 교외에 형성된 대표적인 유곽거리. 현재 위치로는 닌교초人形町에 해당되며, 제2차 세계대전 패전 후 연합군 최고사령부에 의해 공창제가

으로 보이는 일행 네댓 명이 어깨동무를 한 채 음정도 맞지 않는 도도이쓰[4]를 고래고래 부르며 지나갔다.

몬조는 공중변소 오른쪽으로 돌아 공터로 들어갔다. 구석구석 놓인 공동벤치에는 여느 때처럼 부랑자들이 잠자리를 보고 있었다. 벤치 옆에는 여기저기 바나나 껍질이 엄청나게 뭉개져 있었다. 부랑자들의 저녁이었다. 두세 명씩 모여 근처 음식점에서 얻어온 잔반을 나누는 모습도 보였다. 높이 솟은 가로등은 그 광경을 푸르스름하게 비추고 있었다.

그곳을 지나가려고 두세 걸음 떼었을 때 옆에서 뭔가 꿈적대는 기척이 느껴졌다. 어두워서 잘 보이지 않았지만 어쩐지 예사가 아닌, 몹시 괴상한 느낌이 드는 물체가 가만히 서 있었다.

순간 몬조는 기분이 이상해졌다. 머리가 좀 이상해진 것 같기도 했다. 하지만 눈이 어둠에 적응되니 차츰 상대의 정체가 보이기 시작했다. 거기 서 있는 것은 불쌍한 난쟁이였다.

열 살 정도 되는 아이의 몸 위에 명실상부한 어른 머리가 마치 빌린 물건처럼 얹혀 있었다. 이키닌교[5]인 척 시침을 떼며 몬조의 시선을 되받아치고 있는 난쟁이의 모습이 우스꽝스러우면서도 기괴했다. 자신을 그렇게 빤히 쳐다보다니 기분 나빴다.

········

폐지될 때까지 유지되었다.

4_ 都都逸. 에도 말기 도도이쓰보 센카都々逸坊扇歌에 의해 집대성된 구전 정형시. 7775 음수율이 기본으로 주로 사랑을 읊은 정가情歌였다.

5_ 生人形. 실제로 살아 있는 인물처럼 보일 정도로 세공이 정교한 인형 전시물. 주로 설화, 역사 속 인물, 불상, 유녀遊女, 요괴 등 기이한 인물들을 형상화했으며, 에도 말기부터 메이지시대에 이르기까지 오사카와 도쿄 아사쿠사를 중심으로 흥행했다.

더구나 좀 무섭기도 했으므로 별일 아니라는 듯이 다시 걸었다. 뒤를 돌아보지 않도록 주의했다.

그는 평소처럼 여기저기 공터를 누볐다. 날씨가 좋아서인지 빈 벤치가 없었다. 대개는 색이 바랜 핫피[6] 차림을 한 사람들이 벤치를 독차지하고 누워 있었다. 개중에는 벌써 코를 골며 정신없이 자는 사람도 있었다. 순사의 눈이 두려운 신출내기 부랑자들은 벤치를 피해 철책 안의 어두운 수풀에 잠자리를 마련했다.

그 사이를 기묘한 산책자들이 걷고 있었다. 잠자리를 찾는 부랑자, 형사, 양검洋劍을 철걱이며 30분마다 순찰하는 제복 순사, 몬조와 마찬가지로 특이한 것을 찾아다니는 엽기자獵奇者 등이 주를 이뤘지만, 어디에도 속하지 않는 색다른 부류도 있었다. 그들은 근처 벤치에 앉았다가 금방 다시 일어나 같은 길을 몇 번이고 오갔다. 나무 사이의 어두운 샛길에서 다른 산책자와 마주치면 의미심장하게 상대방의 얼굴을 들여다보기도 하고, 본인도 지니고 있는 성냥을 일부러 빌리기도 했다. 그들은 매우 깔끔하게 면도를 해서 모두 얼굴이 반지르르 했다. 줄무늬 기모노에 각대를 맨 사람이 많았다.

몬조는 전부터 이 사람들에게 일종의 흥미를 느꼈다. 어떻게든 정체를 밝혀내고 싶다고 생각했다. 그들의 걸음걸이를 보면 대충 상상이 되었지만, 모두 추레하고 나이 지긋한 30~40대라는

....
6_ 法被. 주로 마쓰리 참가자들이나 장인들이 착용하는 일본 전통 의상. 통소매에 등에는 커다란 상호가 있는 것이 특징인데 원래는 무가의 머슴들이 입던 옷이다.

점이 아무래도 이상했다.

지붕이 달린 정자풍의 공동벤치 옆을 지나는데 안쪽 어두운 곳에서 싸우는 소리가 나는 듯했다. 이 공원 부랑자들은 생각보다 고집이 세지 않아 위험하지 않다고 여겼던지라 다소 의외였다. 엉거주춤 서서 들여다보니 역시 싸움이 아니라 경찰이 양복 차림의 신사를 꿇어앉히는 상황이었다. 두세 마디 호통을 치는 사이 신사는 쉽사리 포승줄에 묶이고 말았다. 두 사람은 말없이 파출소 쪽으로 사이좋게 나란히 걸어갔다. 신사는 걸으면서 봄 외투로 자꾸 포승줄을 가리려 했다. 깜깜한 공원에는 그들을 뒤따라오는 떠들썩한 구경꾼도 없었다. 같은 벤치에 있던 노동자풍의 남자는 아무 일 없었다는 듯 멍하니 생각에 잠겨 있었다.

몬조는 들쭉날쭉한 돌계단을 올라 공원 위쪽의 언덕에 이르렀다. 드문드문 나무로 둘러싸인 10평 남짓한 평지에 벤치 서너 개가 나란히 있었는데 벤치에는 마치 동상처럼 세 사람이 띄엄띄엄 앉아 아무 말 없이 쉬고 있었다. 가끔씩 담뱃불만 붉게 빛날 뿐 아무도 움직이지 않았다. 몬조는 용기를 내어 그중 한 벤치에 앉았다.

이미 한참 전에 활동사진관은 문을 닫았고, 화려한 일루미네이션도 거의 꺼져 있었다. 넓은 공원에는 군데군데 가로등 불빛만 있을 뿐이었다. 성황일 때는 저 멀리까지 울려 퍼지던 모쿠바칸[7]의 고풍스런 악대 소리도 활동사진관 거리를 오가는 사람들

<hr />

7_　木馬館. 아사쿠사의 대중 공연장. 1907년 개관 당시에는 교육용 곤충 전시관
　　이었지만 1922년 회전목마를 설치하고 야스기부시 등 대중적인 흥행물을

의 웅성거림도 사라진 지 오래였다. 번화가인 만큼 이 공원은 밤이 깊어지면 훨씬 을씨년스러웠고, 이상야릇한 위협이 느껴지기도 했다. 손목시계는 얼추 12시를 가리켰다.

그는 자리에 앉아서 먼저 온 사람들을 슬쩍 살펴보았다. 한 벤치에는 콧수염을 기른 양복 차림의 남자가 점잔을 빼며 앉아 있었고, 다른 벤치에는 조리모를 벗은 횟집 주방장 같아 보이는 건달풍의 남자가 있었다. 그리고 또 다른 벤치에는 놀랍게도 아까 그 기괴한 난쟁이 녀석이 우두커니 앉아 있었다.

'저 녀석 아까부터 내 뒤를 따라온 거 아니야?'

몬조는 문득 그런 생각이 들었다. 이상하게 기분이 으스스했다. 하필이면 몬조의 등 뒤에 있던 가로등이 나뭇가지 사이로 난쟁이 주위에만 빛을 드리웠기 때문에 기형아의 전신을 비교적 확실히 볼 수 있었다.

부스스하고 짙은 머리카락 아래로 이상스레 넓은 이마가 도드라져 보였다. 얼굴은 흙빛이었고, 눈과 입은 전체적인 균형을 깨뜨릴 정도로 엄청나게 컸다. 그런 얼굴로도 천연덕스럽게 점잔을 빼고 앉아 있었는데, 경련이 오는지 가끔 얼굴 근육이 경직되었다. 뭔가 불쾌해서 얼굴을 찡그리는 것 같기도 했고, 어떻게 보면 쓴웃음을 짓는 것 같기도 했다. 그럴 때는 얼굴 전체가 발을 쭉 뻗친 무당거미 같다는 인상을 주었다.

굵은 가스리 무늬[8] 기모노를 입은 난쟁이는 팔짱을 끼고

....

공연하는 극장으로 변모하였다. 초기에는 회전목마의 배경음악을 악대가 직접 연주했으나 점차 녹음된 음악을 재생하는 방식으로 바뀌었다.

있었다. 어깨가 넓은 데 비해 팔은 몹시 짧았기 때문에 손목이 맞은편 팔에 닿지 않아 마치 서로 칼날을 겨누고 있을 때처럼 양쪽 손목이 가슴 앞에 교차되어 있었다. 전신이 머리와 몸통으로만 되어 있고 발 같은 건 명목상 겨우 붙어 있는 것 같았다. 난쟁이의 짧고 굵은 다리는 굽 높은 호바朴齒 게다[9]를 신은 채 바닥에서 2~3치[10] 떨어져서 흔들거렸다.

몬조는 자신의 얼굴이 그늘에 가려 있어 다행이라고 생각하며 구경거리라도 생긴 듯 난쟁이를 바라보았다. 처음 얼마간은 좀 불쾌했지만, 보는 동안 점차 이 괴물의 매력이 느껴졌다. 아마도 곡마단에서 일하는 사람 아닐까 싶었는데 저런 불구자는 대체 저 큰 머리통으로 무슨 생각을 할까 상상해보니 이상한 기분이 들었다.

난쟁이는 아까부터 뭘 훔쳐보는 것처럼 오묘한 시선으로 한곳만 바라보고 있었다. 그 시선을 쫓아가 보니 난쟁이가 그늘진 벤치에 앉아 있는 두 남자에게 정신이 팔려 있다는 것을 알게 되었다. 어느새 양복 입은 신사와 건달풍의 남자는 같은 벤치에 나란히 앉아 소곤소곤 이야기를 나누고 있었다.

"생각보다 따뜻하네요."

양복이 콧수염을 쓰다듬으며 웅얼거리는 소리로 말했다.

....
8_ 飛白. 마치 천을 긁어내거나 붓으로 칠한 것 같은 규칙적인 흰 무늬. 경사나 위사(또는 양방향)로 미리 염색한 실을 사용해서 직조한다.
9_ 일본 목련나무를 굽으로 사용한 나막신.
10_ 6~10cm. 1치寸=3.03cm.

"네, 요 2~3일 꽤 따뜻했죠."

건달풍의 남자가 작은 소리로 대답했다. 둘은 오늘 처음 보는 사이인 듯했는데 왠지 기묘한 조합이었다. 연배는 둘 다 사십에 가까워 보였지만 한 명은 말단 관리처럼 근엄한 얼굴이었고, 또 한 명은 순전히 아사쿠사 족속[11]이었다. 전차도 곧 끊길 것 같은 늦은 밤에 한가로이 날씨 이야기나 하고 있으니 아무래도 이상했다. 서로 모종의 의도가 있는 것이 분명했다. 몬조의 호기심은 점점 커져갔다.

"어때요, 요즘?"

양복은 상대의 뚱뚱한 몸을 빤히 쳐다보더니 아무래도 상관없다는 듯이 물었다.

"그렇죠, 뭐."

뚱뚱한 남자는 양쪽 팔꿈치를 무릎 위에 올려놓고 턱을 받친 채 굼뜨게 대답했다. 잠시 그런 시시한 대화가 이어졌다. 몬조도 난쟁이를 따라 한참 동안 두 사람에게서 눈을 떼지 않았다.

이윽고 양복이 "아아" 하고 기지개를 펴는 모습이 보여 벤치에서 일어나는 줄 알았는데 몬조가 있는 쪽을 빤히 쳐다보더니 잠시 후 희한하게도 뚱뚱한 남자 곁에 바싹 다가가 앉았다. 뚱뚱한 남자는 그걸 의식하고 잠시 양복을 쳐다보다가 얼른

....
11_ 번화가였던 아사쿠사 일대를 어슬렁거리는 사람들. 긴자나 신주쿠와는 달리 학생이나 점원, 장인들이 대부분이었다. 다소 고루하고 유행에 뒤처진 분위기였지만 그들의 즉각적이고 솔직한 반응은 아사쿠사의 공연 문화가 발달하는 기반이 되었다. 전쟁으로 공연장이 소실되고 예능인들이 흩어짐에 따라 점차 아사쿠사 족속도 사라지게 되었다.

원래 자세로 돌아갔다. 그리고 머리카락이 듬성듬성 빠진 사십 대 남자가 부끄럽다는 듯이 교태를 부렸다.

그러자 양복이 별안간 원숭이같이 팔을 길게 뻗어──정말 원숭이 같았다──뚱뚱한 남자의 손을 잡았다.

그들은 잠시 소곤거리더니 동시에 벤치에서 일어나 팔짱을 끼고 산을 내려갔다.

몬조는 한기를 느꼈다. 비유가 이상할지 모르지만 언젠가 위생박람회에서 밀랍으로 세공한 인체 모형을 보았을 때 느꼈던 한기와 매우 흡사했다. 불쾌나 공포와는 다른 감정이었다. 게다가 더 섬뜩했던 것은 그 앞 어스름한 곳에 있던 난쟁이가 아래로 내려가는 두 사람을 바라보며 키득키득 웃는 모습이었다(몬조는 괴이하게 웃는 그 얼굴을 그 후로도 오랫동안 잊을 수 없었다). 기형아는 계집아이처럼 손으로 입을 가린 채 작은 몸을 배배 꼬며 키득키득 웃음을 멈추지 않았다. 몬조는 아무리 발버둥을 쳐도 도망칠 수 없는 악몽의 세계에 갇힌 듯했다. 귓가에는 도도도……하며 멀리서 뭔가 밀려오는 소리가 들렸다.

잠시 후 난쟁이는 우스꽝스러운 몸짓으로 벤치에서 내려와 깡충거리며 그가 있는 쪽으로 다가왔다. 몬조는 난쟁이가 말을 걸까 봐 얼떨결에 몸을 움츠렸다. 다행히 그가 앉아 있던 곳은 커다란 나무 그늘이라 난쟁이는 거기에 사람이 있는지 알아채지 못한 채 그대로 그의 앞을 지나쳐서 내리막길로 걸어 내려갔다.

그런데 조금 전 난쟁이가 몬조의 앞을 두세 걸음 지나갈 때였다. 난쟁이의 품 안에서 검은 물건이 굴러 떨어졌다. 목공단

木貢緞 보자기로 싸인 1자^{12} 정도의 길쭉한 물건이었는데 보자기 한쪽이 풀려 있어 내용물이 살짝 드러나 보였다. 그건 분명 핏기가 사라진 사람 손목이었다. 가냘프고 긴 다섯 손가락이 단말마斷末魔의 고통을 느끼는 듯 허공을 부여잡고 있었다.

불구자는 주위에 아무도 없다고 생각했는지 당황하는 기색도 없이 꾸러미를 주워 품 안에 넣고 얼른 그 자리를 떠났다.

몬조는 순간 멍해졌다. 난쟁이가 사람 팔을 가지고 다니는 모습이 지극히 예사로워 보였던 것이다.

"어처구니없는 놈이로군, 소중한 것인 양 죽은 사람의 팔을 품 안에 넣고 다니다니."

왠지 우스꽝스럽게 느껴졌다.

하지만 잠시 후 그는 몹시 흥분했다. 기괴한 불구자와 사람 팔이라는 조합에서 유혈 낭자한 광경이 연상된 것이다. 그는 당장 일어나 난쟁이를 뒤쫓았다. 발소리가 나지 않도록 주의하며 돌계단을 내려가니 바로 눈앞에 기형아의 뒷모습이 보였다. 그는 상대에게 들키지 않으려고 적당한 간격을 유지하며 미행했다.

몬조는 미행하는 동안 꿈을 꾸는 듯했다. 지금이라도 어두운 곳에서 난쟁이가 뒤를 돌아보며 "어이" 하며 말을 건넬 것 같았다. 하지만 어떤 묘한 힘이 그를 이끌었다. 무슨 까닭인지 그는 난쟁이의 뒷모습에서 눈을 뗄 수 없었다.

....
12_ 약 30cm. 1자尺=30.3cm.

난쟁이는 종종걸음으로 깡충대며 걸었지만 생각보다 걸음이 빨랐다. 어두운 샛길을 몇 번이나 돌고 돌더니 관음상이 모셔진 불당을 가로질러 뒷골목을 통해 아즈마바시吾妻橋 쪽으로 빠져나 갔다. 한적한 곳으로만 다녀서인지 마주치는 사람이 거의 없었 기 때문에 쥐 죽은 듯 조용한 심야의 거리에는 홀로 걷는 난쟁이 의 모습만 요괴처럼 부각되어 보였다.

그들은 얼마 후 아즈마바시에 다다랐다. 혼잡한 낮과 달리 다리에는 인적도 없이 철 난간만 끝없이 보였다. 이따금 자동차 가 다리를 흔들며 지나갔다.

그때까지 곁눈질 한번 없이 급히 걷던 불구자는 다리 한가운데 서 멈춰 섰다. 그리고 뒤를 돌아보았다. 10간[13] 정도 떨어져 미행하던 몬조는 예상치 못한 반격에 몹시 당황했다. 다리 위는 훤히 노출되어 있어 당장 몸을 숨길 곳도 없었다. 그는 어쩔 수 없이 행인인 척하며 계속 걸었다. 그런데 난쟁이는 확실히 미행을 눈치챈 듯했다. 난쟁이는 그때 품 안에서 꾸러미를 꺼내 려던 참이었는데 몬조를 발견하자 얼른 손을 빼고 아무렇지도 않은 얼굴로 다시 걸었던 것이다.

'녀석, 여자 팔을 강에 버릴 생각이었나.'

몬조는 슬슬 예삿일이 아니라는 생각이 들었다.

그는 예전에 고대의 시체 은닉 방법에 관한 기록을 본 적이 있었다. 거기에 살인자는 종종 시체를 절단한다는 내용도 있었

....
13_ 약 18m. 1간間=1.8m.

다. 혼자 시체를 운반하려면 예닐곱 토막으로 자르는 것이 가장 편하다는 것이었다. 머리는 어느 포석 밑에 묻고, 몸통은 어느 수문에 버리고, 다리는 어느 도랑에 처박는다는 식의 범죄 사례가 많이 나와 있었다. 그 기록에 따르면 그들은 절단한 시체를 가급적 먼 곳에 따로따로 숨기려는 경향이 있는 듯했다.

몬조는 상대가 눈치를 챘다고 생각하니 두려웠지만 이대로 미행을 포기하고 싶지는 않았다. 그는 잔뜩 긴장한 채 아까보다 더 멀리 떨어져서 난쟁이의 뒤를 밟았다.

아즈마바시를 건너자 파출소가 보였다. 붉은 전등 아래 제복 차림의 순사가 멍하니 보초를 서고 있었다. 몬조는 바로 파출소로 뛰어가려다가 무슨 생각이 떠올랐는지 갑자기 멈춰 섰다. 지금 경찰에 알리기에는 너무 아쉬운 기분이 들었던 것이다. 그가 미행을 하는 것은 결코 정의를 위해서가 아니라 색다른 것을 추구하는 격렬한 모험심 때문이었다. 더 나아가 유혈 낭자한 광경이 보고 싶었다. 게다가 그는 범죄사건의 소용돌이에 휘말리는 것도 마다하지 않았다. 겁쟁이면서도 한편으로는 죽음도 불사하며 달려드는 기질이 있었다.

그는 파출소를 힐끗 쳐다보더니 약간 우쭐해진 기분으로 미행을 이어갔다. 난쟁이는 큰길을 지나 나카노고中之郷의 지저분한 뒷길로 들어갔다. 주변에 빈민굴도 있는 탓에 도쿄에 이런 곳이 있었나 생각될 정도로 미로처럼 복잡하게 얽혀 있는 길이었다. 난쟁이는 그 안에서도 몇 번이나 도는지 미행이 점점 곤란해질 지경이었다. 몬조는 파출소에서 3정도 못 가 후회를 했다.

길 한쪽은 문이 닫혀 어두컴컴한 인가였고, 또 한쪽은 삼나무 울타리로 둘러싸인 묘지였다. 유일하게 5촉燭짜리 가로등 하나가 쓰러진 돌비석 주위를 비추고 있었다. 그곳을 대가리만 커다란 괴물이 깡충거리며 황급히 지나가는 모습을 보니 마치 현실이 아닌 듯했다. 오늘 밤 일은 애초에 꿈이었을지 모른다는 생각이 들었다. 지금이라도 누군가 "어이, 몬조 씨, 일어나세요"라며 흔들어 깨울 것 같았다.

난쟁이는 미행자를 의식했는지 가는 동안 한번도 뒤를 돌아보지 않았다. 몬조 또한 상대가 모퉁이를 돌기 전까지는 자신의 모습이 드러나지 않도록 주의하면서 처마 밑으로만 다녔다.

묘지 쪽에서 모퉁이를 도니 작은 절이 나왔다. 난쟁이는 잠시 뒤를 돌아서 아무도 없는지 확인하고는 삐걱거리는 쪽문을 열고 집 안으로 사라졌다. 몸을 숨기고 있던 몬조는 얼른 문 앞으로 갔다. 잠시 동정을 살피고 살며시 쪽문을 열어보는데 안에서 빗장을 채웠는지 끄떡도 하지 않았다. 아까는 쪽문이 잠겨 있지 않았던 것을 생각하면 난쟁이는 그 절에 사는지도 몰랐다. 그러나 반드시 그렇다는 보장도 없었다. 그 녀석은 지금쯤 절 뒤편의 묘지 쪽으로 도망치는지도 몰랐다.

몬조는 부랴부랴 아까 지나온 길로 되돌아가서 삼나무 울타리 틈으로 절 뒤편을 들여다봤다. 묘지 건너편에는 공양간[14]인 듯한 건물이 있었는데 마침 누군가가 그 문을 열고 안으로

....
14_ 供養間. 절의 부엌.

들어가는 것이 보였다. 그때 문틈에서 새어나오던 빛에 비친 그림자는 꼴사나운 난쟁이가 틀림없었다. 그림자가 공양간 안으로 사라지자 문을 잠그는 듯한 금속음이 어렴풋이 들렸다.

더 이상 의심의 여지가 없었다. 뜻밖에도 난쟁이가 이 절에 살고 있는 모양이었다. 그래도 혹시 몰라 몬조는 삼나무 울타리 사이로 기어들어가 공양간 근처에서 잠시 망을 보았다. 전등을 껐는지 안에서는 전혀 빛이 새어나오지 않았고, 귀를 기울여 봐도 아무 소리가 나지 않았다.

다음 날 고바야시 몬조는 거의 10시까지 늦잠을 잤다. 근처 소학교小學校 운동장에서 들려오는 시끌벅적한 고함 소리에 눈을 떠보니, 빈지문[15] 틈으로 들어온 햇살이 번들거리는 코 끝에 반사되어 눈이 부셨다.

그는 이부자리에 누운 채 손을 뻗어 창문을 반만 열고 엎드려서 담배를 피웠다.

"어젯밤은 제정신이 아니었나보군. 야스기부시가 과했나."

그는 마른입을 축이며 혼잣말을 했다.

모든 것이 꿈같았다. 캄캄한 공양간 앞에 서서 동태를 살피는 동안 점점 흥분이 식어갔다. 한밤중의 냉기가 몸에 스미는 듯했다. 멀리서 가로등 빛이 역광으로 비추는 바람에 새카맣게 늘어서 있던 크고 작은 석탑들이 흡사 군집을 이룬 마물魔物처럼

....
15_ 雨戸. 비바람을 막기 위해 설치한 덧문으로 한 짝씩 끼웠다 뺐다 할 수 있다.

보였다. 또 다른 두려움이 그를 엄습해왔다.

게다가 어딘가에서 무엇을 짓이기는 듯한 기분 나쁜 닭 울음소리가 났다. 그 소리를 듣고 몬조는 더 이상 참을 수 없어 도망치고 말았다. 묘지를 빠져나가면서 뭔가에 쫓기는 듯한 기분이 들었다. 꿈속의 시가市街처럼 도무지 출구가 보이지 않는 복잡한 미로를 가까스로 빠져나와 전차가 다니는 큰길에 이르렀다. 차고지로 돌아가는 길인지 때마침 그의 앞을 지나는 빈 택시를 잡아타고 하숙집으로 돌아갔다. 운전사가 귀찮은 기색으로 행선지를 물었을 때 그는 순간 유흥가로 갈까 하다가 마음을 고쳐먹고 하숙집이 있는 동네를 알려주었다. 좌우지간 그는 상당히 피곤했다.

'내 착각이겠지. 사람 팔을 싼 보자기라니 도무지 말이 안 되는 일이잖아.'

방 안에 넘실거리는 봄 햇살을 보니 금세 기분이 쾌활해졌다. 어젯밤의 괴이했던 기분이 거짓인 것 같았다.

그는 활짝 기지개를 켠 후 하숙집 주인아주머니가 머리맡에 두고 간 신문을 펼쳤다. 평소 습관대로 사회면부터 훑어보았는데 흥미로운 기사가 별로 눈에 띄지 않았다. 2단, 3단으로 다룬 주요 기사들은 온통 피비린내 나는 범죄기사들로 막상 그렇게 활자화된 걸 보니 딴 나라 이야기같이 전혀 와 닿지 않았다. 하지만 다른 면으로 넘기려던 순간 한 기사가 그의 주의를 끌었다. 그는 기사 내용을 보고 화들짝 놀랄 수밖에 없었다. 거기에는 '도랑에서 발견된 여자의 한쪽 다리, 기괴한 살인사건

인가라는 세 줄짜리 제목 아래 다음과 같은 기사가 실려 있었다.

지난 6일 오후 도쿄 센주마치 나카구미千住町中組 ○○번지에서 도랑을 치던 인부 기다 산지로木田三次郎가 퍼 올린 진흙 속에서 무게추로 사용된 작은 돌과 함께 줄무늬 목면 보자기로 싼 아직 부패하지 않은 사람 다리가 발견되는 소동이 있었다. 도야마戶山 의학박사의 감정에 의하면 건강한 20세 전후 여성의 무릎 관절에서 절단된 다리로, 절단 이후 약 3일 정도 지났는데 절단 부위가 매우 거친 것으로 보아 외과의사의 솜씨는 아니라는 판정이었다. 하지만 이 일대에는 이에 해당하는 살인사건이나 여성 실종신고가 없었으므로 현재로서는 누구의 사체인지 밝혀지지 않은 상황이다. ○○서에서는 매우 교묘한 살인사건으로 추정하여 목하 엄중 수사 중이다.

신문에서 별로 비중 있게 취급한 기사도 아니었고 내용도 매우 간단했지만, 몬조의 눈에는 마치 기사가 활활 타오르는 것처럼 보였다. 그는 이불을 박차고 일어나 거의 무의식적으로 같은 기사를 대여섯 번이나 반복해서 읽었다.

'아마 우연의 일치일 거야. 어젯밤 일은 내 환각일지도 모르니까.'

그렇게 생각하며 애써 마음을 진정시키려 했지만 그 순간 바로 그 기괴한 난쟁이의 모습, 다시 말해 을씨년스러운 변두리

도랑가에서 보자기에 싸인 꾸러미를 던지려 했던 녀석의 끔찍한 형상이 눈앞에 생생히 떠올랐다.

그는 대책도 없이 무언가에 쫓기듯 잠자리에서 일어나 부랴부랴 옷을 갈아입었다.

무슨 생각인지 그는 옷장에서 새로 맞춘 간절기용 양복과 봄 외투를 꺼내 입었다. 학교를 졸업했지만 아직 일자리가 없었던 그는 이 단벌 외출복을 꽤 뿌듯하게 여겼다. 상하 세련된 하늘색이 그의 용모에 잘 어울렸다.

"그렇게 차려 입고 어디 가?"

아래층 거실을 지나는데 주인아주머니가 뒤에서 말을 건넸다.

"아닙니다, 그냥 좀."

그는 어색하게 인사를 하고 허둥지둥 구두끈을 묶었다.

하지만 문밖으로 나왔는데도 어디로 가야할지 갈피가 잡히지 않았다. 일단 경찰에 신고할까 생각했으나 그럴 자신이 없었다. 차라리 혼자만의 비밀로 간직하고 싶은 심정이었다. 아무튼 어젯밤 절에 가서 동태를 살피고 오길 잘했다는 생각이 들었다. 그런데 혹시 어젯밤 일이 모두 그의 환각에 불과한 것 아닐까 하는 생각이 자꾸 들었다. 밝은 대낮에 다시 한 번 확인해봐야 안심할 수 있을 것 같았다. 그는 과감히 혼쇼本所에 가보기로 했다.

가미나리몬雷門에서 전차를 내린 몬조는 아즈마바시를 건너 어렴풋한 기억만 남은 뒷골목으로 들어갔다. 그 일대는 밤과 낮의 상태가 전혀 달라 꼭 여우에 홀린 듯했다. 몇 번이나 같은 골목을 오간 끝에 겨우 어제 그 절 앞에 도착했다. 주변 거리가 누추했고, 쓸모없는 공터도 있어 이상하게 스산한 분위기였다. 절 앞에는 시골에나 있을 법한 막과자 가게가 덜렁 있을 뿐이었다. 가게 앞에는 한 노파가 햇볕을 쬐며 꾸벅꾸벅 졸고 있었다.

몬조는 구두 소리를 내며 절 안으로 들어갔다. 그리고 어젯밤의 그 공양간 앞에 가서 벌컥 장지문[16]을 열었다. 덜그럭덜그럭 요란스런 소리가 났다.

"실례합니다."

"누구시죠?"

10조[17] 크기의 어둡고 텅 빈 방에 마흔 살 남짓 되어 보이는 스님이 흰옷 차림으로 앉아 있었다.

"좀 여쭤볼 게 있습니다. 여기, 그 몸이 불편한 분이 살고 계시는지요."

"무슨 말씀을 하시는지. 몸이 불편하다고 하셨습니까?"

스님이 눈을 껌뻑거리며 되물었다.

"키가 작은 사람이요. 분명 어젯밤 아주 늦게 돌아오신 것 같았는데요."

몬조는 자신의 말이 이상하다는 것을 깨닫고 횡설수설했다. 오는 길에 생각해둔 책략 따위는 어디로 다 날아가 버린 듯했다.

"착각하신 것 같은데요. 여기는 사람을 두지 않습니다. 키가

....

16_ 障子. 방 사이에 칸을 막아 끼우는 문으로, 종이로 두껍게 안팎을 싼 맹장지와는 달리 주로 문살에 종이를 바른 형태이다.

17_ 약 5평. 다다미 1조(疊)의 크기는 180cm×90cm.

작고 몸이 불편한 자라니 전혀 짐작 가는 바가 없습니다."

"분명 이 절인 것 같은데요. 부근에는 다른 절이 없었습니다."

몬조는 심히 의심스럽다는 듯 공양간 안을 유심히 살피며
말했다.

"네, 가까이에는 절이 없습니다. 하지만 말씀하신 자는 여기
없습니다."

스님은 별 이상한 놈 다 보겠다는 듯이 몬조를 노려보며
퉁명스럽게 대답했다.

몬조는 더 버틸 수 없어 그대로 돌아가려 했지만 겨우 용기를
내서 말했다.

"실은 말이죠, 어젯밤 여기서 이상한 걸 봤어요."

그는 그렇게 말하며 성큼성큼 안으로 들어가서 마루 끝에
걸터앉았다.

"서커스 같은 데 나오는 난쟁이인데요, 그 난쟁이가 어떤
물건을 가지고 공양간 안으로 들어가는 것을 봤습니다. 당연히
건너편 삼나무 울타리 밖에서 봤죠. 전혀 모르시는 일입니까?"

몬조는 일단 말을 하기는 했으나 점점 분위기가 이상해지는
것을 느꼈다.

"그렇습니까?"

스님은 무시하는 말투로 말했다.

"전혀 모르겠습니다. 뭔가 착각하고 계시는 것 같은데요.
그런 어처구니없는 일이 가당키나 할까요? 하하하하하."

아가씨 사라지다

"뉘신지 모르겠지만 참 이상한 말씀도 다 하십니다."

잠시 문답을 주고받던 중 스님이 결국 화를 냈다.

"난쟁이가 어떻고 사람 한쪽 팔이 어떻고 하시는 걸 보니 꿈이라도 꾸신 거 아닙니까? 내가 모른다고 했으면 정말 모르는 겁니다. 보시다시피 절이 작아 어디 숨을 장소도 없어요. 의심이 가신다면 안에 들어가 찾아보세요. 아니면 이웃 사람들에게 물어보시든지요. 이 절에 그런 불구자가 살고 있는지."

"아닙니다. 추호도 당신을 의심하는 건 아닙니다."

몬조는 또 횡설수설했다.

"제 생각에는요, 그런 이상한 사내가 어젯밤 여기로 잠입한 것을 봤기 때문에 주의하시는 게 좋을 것 같아 말씀드린 겁니다. 그렇지만 괴이하군요. 저는 확실히 봤거든요."

"그럼 그런가 보죠. 제가 좀 바빠서."

스님은 오만상을 쓰며 미친놈을 상대할 정도로 한가하지 않다는 듯이 말했다.

"실례 많았습니다."

몬조는 하는 수 없이 일어섰다. 그리고 정신이 혼미해진 상태로 문밖을 나섰다.

'확실히 내가 좀 이상해진 것 같군. 정신이 나갔지, 여길 찾아오다니. 주지에게 조롱당해도 마땅하다. 보아하니 그 녀석은 별로 켕기는 것도 없는 모양인데. 영문을 모르겠네.'

그는 잠시 넋이 나간 것처럼 문 앞에 서 있다가 갑자기 생각난 듯 노파가 졸고 있던 막과자 가게로 갔다.

"저기요, 할머니. 거기 있는 센베 오십 전어치만 주세요."

그는 먹고 싶지도 않은 과자를 사며 천연덕스럽게 물었다.

"이 주위에 아이처럼 키가 작은, 그러니까 난쟁이요. 그런 불구자가 있습니까? 할머니는 모르시려나요?"

"모르겠습니다. 저도 여기 오래 살았는데 그런 사람은 듣도 보도 못했습니다."

노파가 의아하다는 듯이 대답했다.

"이 앞에 있는 절이요, 스님 외에는 어떤 사람이 사는지요?"

"아, 요겐지養原寺 말씀이십니까? 거기는 좀 이상한 절이에요. 주지 혼자만 있습니다. 얼마 전까지는 나이 어린 중이 하나 있었는데 내보냈는지 안 보이더라고요. 정말 꼬인 양반이지요. 우리 영감이 거기서 일한 적이 있어 잘 알고말고요."

노파는 수다 떠는 걸 좋아하는지 계속 말을 이어갔다. 하지만 몬조는 노파에게 더 이상 얻을 정보가 없었다. 그는 적당히 이야기를 끊고 나서 거추장스러워진 센베 봉지를 들고 전찻길 쪽으로 갔다. 가는 도중 술집이나 인력거 대기소 같은 곳도 들러 같은 질문을 했으나 어디에도 난쟁이를 아는 사람은 없었다. 그는 점점 괴이한 기분이 들었다.

가미나리몬에서 전차를 탄 후에도 그는 이상하게 몽롱한 상태였다. 어쩐지 머릿속에 얇은 막이 쳐 있는 것 같았다.

"어머, 고바야시 씨 아니에요?"

전차가 우에노 야마시타上野山下를 지날 때 누군가 그 앞에 서서 말을 걸어왔다. 작은 목소리였지만 한창 생각에 잠겨 있던 몬조는 그 소리에도 펄쩍 뛸 정도로 놀랐다. 나쁜 짓을 하다가 현장을 들킨 것 같았다. 상대가 누구인지 확인하기도 전에 이마 주변이 벌써 벌게졌다.

"호호호호호, 넋을 놓고 계시네요."

그의 앞에는 뜻밖에도 야마노 부인이 생글생글 웃으며 서 있었다.

"어디 가세요?"

그녀는 평소 버릇대로 고개를 살짝 갸우뚱하며 물었다.

사업가 야마노 다이고로山野大五郎 씨의 부인이라는 사람이 이 시간에 만원 전차 손잡이에 매달려 있다니 너무 의외여서 몬조는 몹시 당황했다.

"어, 그동안 격조했습니다. 어떻게 지내십니까?"

그는 자리를 양보하려고 벌떡 일어났다. 하지만 일어설 때 이미 경황이 없었을뿐더러 때마침 전차가 커브를 도는 지점이라 다리가 후들거려 그의 손이 그만 부인의 허벅지에 닿고 말았다. 그는 당황해서 얼굴이 시뻘게졌다.

"고마워요. 딱 좋은 곳에서 만났네요. 나 좀 물어볼 게 있었거든요. 방해가 안 된다면요, 다음 역이 히로코지広小路인 것 같은데 정차하면 나와 함께 내려주지 않을래요?"

"네, 알겠습니다."

몬조는 부인의 가신이라도 되는 것처럼 몸을 굽혀가며 공손하게 대답했다. 그는 평소에도 야마노 부인의 미모에 막연한 경외 같은 걸 느꼈다. 동향 선배인 야마노 다이고로 씨보다 부인을 대할 때가 훨씬 어려웠다.

우에노 히로코지에서 내린 두 사람은 나란히 공원 쪽으로 걸어갔다.

"점심 아직 안 먹었죠? 나도 그래요. 하지만 산책부터 먼저 가졌으면 해요. 대신 이야기가 끝나면 세요켄[18]에서 점심 살게요. 다른 사람이 들으면 좀 곤란한 이야기라서요."

부인은 무슨 이야기인지 몰라도 몹시 신중을 기하는 듯했다. 부인이 하려는 이야기가 무엇이든 간에 몬조는 지금 그녀와 나란히 걷고 있는 데다가 나중에 함께 식사까지 할 생각을 하니 벌써부터 기쁨을 주체할 수 없었다. 생각해보니 그는 오늘 아침부터 한 끼도 먹지 않았다.

몬조는 오늘 단벌 양복을 입고 나와 다행이라고 생각했다.

'이 옷이라면 부인도 부끄럽지 않을 거야. 아니, 심지어 부인의 복장과 꽤 잘 어울리는 것 같기도 하고.'

한 걸음 떨어져 부인의 아름다운 뒷모습을 바라보며 그는 그런 생각을 했다.

"고바야시 씨. 언젠가 당신 지인 중에 유명한 아마추어 탐정이 있다고 들은 것 같은데요. 제가 잘못 알고 있는 건 아니죠?"

부인은 공원 입구의 인적 드문 곳에 다다르자 별안간 몬조를

18_ 精養軒. 1872년에 개업한 서양식 레스토랑.

돌아보며 뜬금없는 질문을 했다.

"아, 아케치 고고로明智小五郎를 말씀하시는 것 같네요. 그 사람이라면 친구라고 할 정도는 아니지만 알긴 알아요. 한동안 상하이에 가 있다가 반년 전쯤 귀국했습니다. 그때 만나고 한참을 보지 못했네요. 돌아와서는 사건을 잘 맡지 않는 모양이더군요. 그런데 사모님은 무슨 일로 그 사람과 만나시려는지요."

"고바야시 씨는 아직 모를 테지만 큰일이 좀 생겼거든요. 실은 미치코美千子가 가출했어요."

"미치코 씨가요? 전혀 몰랐습니다. 그런데 언제요?"

"딱 5일 되었어요. 마치 사라진 것처럼 자취를 감췄어요. 아무리 생각해봐도 가출한 이유가 무엇인지 어디로 갔는지 전혀 모르겠어요. 정말로 쥐도 새도 모르게 사라져 버렸어요. 경찰에도 비밀리에 수사를 부탁했고, 남편을 비롯해 집을 드나드는 사람들도 각자 나눠서 여기저기 찾고 있는데 도대체 단서가 없어요. 어떤 사정인지 짐작되지요? 나 정말 곤란해요. 오사카 쪽에 좀 짚이는 데가 있어서 남편이 일도 없는데 어젯밤에 그쪽 지점으로 출장을 갔고, 나는 나대로 아침부터 아는 사람마다 다 찾아다니며 물어보고 있어요. 그래서 전차도 일부러 탔는데 마치 탐정이 된 기분이네요."

부인은 미묘한 웃음을 지으며 미치코와는 전혀 관계없는 일을 물어보았다.

"그건 그렇고 당신은 요겐지 주지스님을 아세요?"

몬조는 그 질문에 적잖이 당황하면서도 난데없이 바보 같은 망상이 떠올랐다.

"아뇨, 딱히 아는 사이는 아닙니다. 그런데 그런 건 왜 물으시는지요."

"방금 전에 요겐지 앞에서 당신을 봤거든요."

부인은 이상하다는 듯이 말했다.

"절 앞 공터에서 서로 스쳐 지나갔는데 당신이 모른 척하더군요. 그 절 주지도 야마노와 동향 사람이에요. 그런데 사람이 좀 이상해요. 나도 미치코 일 때문에 잠깐 들렀다가 돌아오는 길이거든요. 당신은 그 주지가 고향사람인 걸 알고 있었어요?"

"그래요? 전혀 몰랐습니다. 저는 어젯밤부터 여우에 홀린 것 같았는데 실제로도 좀 이상해졌나 봅니다. 사모님을 만났는데도 모른 척하다니 그때도 제정신이 아니었나 봅니다."

"그렇다면 뭘 골똘히 생각하던 중이었나 보네요. 무슨 일 있어요?"

"사모님도 보셨습니까? 오늘 아침 신문에 센주 도랑에서 젊은 여자의 한쪽 다리가 나왔다는 기사가 실린 거요."

"아, 그거 봤어요. 미치코 때문에 나도 잠시 깜짝 놀랐어요. 하지만 설마."

부인은 살짝 웃음을 띠었다.

"저는 아주 끔찍한 광경을 목격했거든요. 실은 어젯밤 아사쿠사 공원에 갔었어요." 몬조는 쑥스럽게 말했다.

"어두운 공원 안에서 괴물 같은 놈을 보게 되었는데 그 뒤로는 머리가 좀 이상해져 버렸습니다."

부인이 호기심을 보이는 듯해서 몬조는 어젯밤 일을 대략 이야기해주었다.

"어머, 기분 나빠." 부인은 미간을 찌푸렸다.

"그렇지만 그건 당신 신경 탓인지도 모르죠. 요겐지 주지가 거짓말을 할 사람은 아니에요. 게다가 이웃 사람들도 그런 불구자가 있으면 모를 리 없잖아요."

"저도 그렇게 생각합니다. 하지만 그래서 더 이상한 거 같거든요."

그들은 이야기를 주고받으며 30분 이상 우에노 야마우치山內를 걸었다. 몬조는 미치코가 왜 가출했는지 전말을 꼬치꼬치 물었고, 야마노 부인은 아케치 고고로가 어떤 사람인지 물었다. 이야기는 아케치의 숙소에 찾아가는 걸로 매듭지어졌다.

두 사람은 세요켄에서 식사를 마치고 자동차를 불러 아케치가 묵고 있는 아카사카赤坂의 기쿠스이菊水 여관으로 향했다. 몬조는 이상하게도 마음이 흡족했다. 아름다운 야마노 부인과 마주앉아 식사를 한 것도, 그녀와 무릎을 나란히 하고 흔들리는 차 안에 앉아 있는 것도, 그리고 그 행선지가 유명한 아마추어 탐정의 숙소인 것도 모두 그의 아이 같은 마음을 기쁘게 해주었다.

차에서 내려 넓은 여관 현관에 발을 디딜 때도 그는 기분이 너무 좋았다. 몬조는 자신의 애인인 야마노 부인이 남편 눈을 속이고 그를 만나러 이 집에 온 것이라는 발칙한 공상도 해보았다.

아케치는 다행히 숙소에 있었다. 그는 두 사람을 위해 기꺼이 복도까지 마중 나왔다.

숙소는 볕이 잘 드는 10조짜리 다다미방이었다. 셋은 자단목紫檀木 탁상에 둘러앉았다. 아케치는 강담사 하쿠류[19]처럼 빙글빙글 웃으면서 손님이 용건을 말할 때까지 기다렸다. 야마노 부인은 처음 만난 아마추어 탐정에게 호감을 느끼는 듯했다. 그녀는 미소를 지으며 미치코의 가출에 대해 이야기했다. 얼굴에 웃음을 띠자 천진한 소녀 같아져 그녀의 매력이 한층 배가되었다.

아마추어 탐정 아케치 고고로는 상해에서 돌아온 후 반 년 동안이나 무위도식을 하다 보니 괴로웠다. 취미삼아 탐정 일을 하는 것도 이제는 넌덜머리가 난다고 말하기는 했지만, 사실은 여관방에서 하는 일 없이 뒹구는 것이야말로 지루해서 견딜 수 없었다. 그럴 때 마침 가난한 시절 하숙집 동료였던 고바야시 몬조가 안성맞춤인 사건을 가지고 온 것이다. 그는 야마노 부인의 이야기를 들으면서 다년간의 경험에 비추어볼 때 제법 재미있는 사건이 될 거라고 직감했다. 어느새 길게 자란 머리카락에 손가락을 집어넣고 마구 헝크는 버릇이 또 나왔다.

야마노 부인의 이야기는 상당히 장황했지만 아케치는 자기 식으로 간추려 필요한 부분만 기억했다.

. . . .

19_ 강담은 일본 대중연예의 일종으로, 부채로 책상을 쳐서 박자를 맞추며 군담, 복수담, 협객전, 서민극과 같은 이야기를 1인이 구연하는 것을 특징으로 한다. 강담사講談師 간다 하쿠류神田伯竜는 1912년 5대 하쿠류를 물려받은 도츠카 이와타로戸塚岩太郎, 1889~1949로 다이쇼와 쇼와시대를 거쳐 서민극의 명인으로 유명했다.

행방불명자, 야마노 미치코, 19세, 야마노 씨의 외동딸, 작년 여학교 졸업.

아버지 다이고로, 46세, 철재상, 토지회사 중역.

어머니, 유리에百合枝, 30세, 미치코의 친모는 몇 년 전 사망, 유리에 부인은 계모.

고용인들, 하녀 2명, 식모 2명, 서생, 자동차 운전사, 조수.

이상이 야마노가山野家에 기거하는 사람들임.

"그러면 단서는 전혀 없는 겁니까?"

그는 일단 부인의 이야기를 듣고 나서 다시 요점을 질문했다.

"네, 정말 이상한 일이에요. 아까 말씀드린 대로 미치코의 침실은 양관洋館 2층에 있어요. 양관에는 출입구가 하나밖에 없는 데다가 출입구 바로 앞에는 우리가 휴식을 취하는 방이 있기 때문에 밖으로 나가는 걸 바로 알 수 있거든요. 혹시 우리가 알아채지 못했더라도 현관을 비롯해 모두 안쪽에서 철저히 문단속을 하기 때문에 빠져나갈 방법이 없어요."

"양관 쪽 창도 잠글 수 있습니까?"

"네, 모두 안쪽에서 잠가 놓아요. 더군다나 창밖의 지면은 비가 온 뒤라 흙이 부드러웠는데도 발자국이 나 있지 않았어요."

"따님이 창을 통해 나갔을 리는 없다는 거군요……. 전날 밤에 뭔가 이상한 일이라도 있었습니까?"

"이렇다 할 게 없었어요. 초저녁에 피아노 소리가 났던 것 같고, 9시쯤 제가 집을 둘러볼 때 미치코는 이미 잠자리에 든 후였어요. 그보다 그날 남편이 점포에서 돌아와 서재에서 장시간 조사 작업을 했어요. 서재가 미치코의 방 바로 아래 있기 때문에 만약 미치코가 방에서 내려오거나 누군가가 방으로 잠입했다면 남편이 알았을 거예요. 그리고 남편이 쉴 때는 이미 고용인들도 자고 있는 시간이었고요. 문단속을 다 끝낸 후라 빠져나갈 방법이 없었을 거예요."

"이상하군요. 설마 따님이 사라져버린 것도 아닐 테고, 분명 뭔가 빠뜨린 게 있을 겁니다."

"그렇지만 문단속은 틀림없었어요. 경찰에서도 이것저것 조사를 했는데 형사 분들도 이상하다는 말씀만 하셨거든요."

"아침에 나간 것 같지는 않았습니까?"

"그건 잔심부름하는 고마쓰小松한테 들었는데, 아침에 도착한 우편물을 전해주러 갔을 때 미치코의 침대가 비어 있었다네요. 그때는 아직 대문을 열어놓기 전이라 서생이 현관을 청소하고 있었어요. 부엌으로 통하는 뒷문도 막 열어놓은 상태였고, 식모들도 줄곧 부엌에 있었기 때문에 아무도 모르게 나갈 수는 없거든요."

"따님이 가출했을 법한 이유가 딱히 없다고 말씀하셨는데요."
아케치가 질문을 이어갔다.

"네, 전혀 짚이는 게 없어요. 다만 제가 계모이기 때문에 사람들이 이상한 억측을 하지 않을까 그게 괴로울 따름이죠. 그러니까 제 입장에서는 하루라도 빨리 미치코의 안위를 알고 싶은 거예요. 남편이 출타 중인데 여기 온 것도 그런 이유였어요.

가만있을 수 없었거든요."

야마노 부인은 이미 여러 번 자신의 괴로운 입장을 말했지만 또 장황하게 설명했다.

"혼담이라든가 아니면 그 밖에 연애 같은 건 없었습니까?"

"혼담은 두세 번 있었지만 모두 본인 마음에 안 든다고 해서 아직 정해진 혼처가 없고, 그 밖에도 별로……."

부인은 어쩐지 말을 꺼리는 눈치였다.

"그런데 바깥어른이 오사카에 가셨다고 하셨잖습니까?"

아케치는 부인의 급소를 찔렀다.

"네, 그건……."

부인이 당황해서 말했다.

"미치코가 많이 따르는 숙모님이 오사카에 계세요. 남편은 혹시 미치코가 숙모님 댁에 숨은 거 아니냐고 하더군요."

그러나 지금 야마노 부인이 머뭇거리는 이유는 다른 사정 때문인 듯했다.

"들은 대로라면 꽤 이상한 사건입니다만."

아케치는 말끝을 흐렸다.

"출구가 전혀 없는 집 안에서 따님이 자취를 감춘 것 같다고 하셨는데, 실제로 그런 일은 불가능합니다. 그러니까 어딘가 분명 지극히 하찮은 착오가 있을 것입니다. 나중에 보면 웃음거리처럼 보일지도 모르는 그런 착오요. 그걸 밝혀내면 의외로 따님의 소재를 쉽사리 알아낼 수도 있습니다. 제게 따님의 방을 좀 보여주시지요. 어쩌면 수수께끼가 쉽게 풀릴 수도 있습니다."

"네, 그러면 꼭 좀 부탁드리겠습니다. 밖에 차가 기다리고 있는데 함께 가주실 수 있는지요."

그들은 아케치가 옷 갈아입는 것을 기다렸다가 기쿠스이 여관을 나섰다. 아케치는 보란 듯이 상하이에서 가져온 마과[20] 차림을 하고 중절모를 썼다. 그는 몇 년 전과는 달리 요새는 꽤 겉치레에 신경 쓰는 듯했다. 자동차 안에서 세 사람은 아무 말도 하지 않았다. 각자 자기 생각에 빠져 있었다.

"극히 하찮은 것, 아마추어들에게는 어처구니없게 생각되는 것이 수수께끼를 풀 때 꽤 중요한 역할을 합니다. 특히 범죄에는 정상 궤도를 벗어나는 어처구니없는 것들이 부산물처럼 따르기 마련입니다. 그런 걸 하찮게 여기지 않는 것이 범죄를 해결하는 비결입니다……. 이런 말을 외국의 유명한 탐정이 남겼습니다."

아케치는 딱히 누구에게랄 것 없이 혼자 중얼거렸다.

3인용 좌석에 야마노 부인을 중심으로 오른쪽에는 아케치, 왼쪽에는 몬조가 앉았다. 몬조는 자동차가 흔들려 야마노 부인의 무릎이 자신의 무릎과 부딪칠 때마다 자꾸 몸을 움츠리다 보니 문 쪽으로 붙게 되었다. 그는 처음 경험하는 이런 일들을 내심 즐겼다.

이윽고 자동차는 스미다가와隅田川를 건너 강변을 따라 무코지마向島로 향했다. 아즈마바시를 지날 때 몬조는 오늘 아침 겪은 불쾌한 일이 떠올랐다. 그로 인해 또다시 미치코의 행방불명과

....
20_ 마과馬褂. 중국에서 남성들이 입는 허리까지 오는 짧은 상의. 주로 검정색이다.

기괴한 난쟁이가 갖고 있던 한쪽 팔이 서로 관련이 있을지도 모른다는 생각이 들어 꺼림칙했다.

야마노 씨의 자택은 무코지마 고우메초小梅町라는 고즈넉한 동네에 있었다. 자동차는 위풍당당하게 경적을 울리며 번듯한 가부키몽[21]으로 들어갔다.

말끔하게 청소된 자갈길을 지나 자동차가 일본식 현관 앞에 세워졌다. 본채는 일본식 가옥이었고, 본채 우측에 있는 ㄱ자 모양의 이층짜리 아담한 콘크리트 건물이 양관이었다. 본채에서 조금 떨어진 좌측에는 목조 창고가 보였다. 결코 으리으리하지는 않았지만 은근히 부유함이 느껴지는 저택이었다.

현관에 들어서자 야마노 부인은 마중 나온 서생에게 뭘 물어보는 듯하더니 긴 복도를 지나 양관 아래층 손님방으로 두 사람을 안내했다. 그렇게 넓지는 않았지만 벽지와 커튼, 양탄자의 색조나 세간 배치에 꽤 세심한 주의를 기울인 분위기 좋은 방이었다. 한쪽 구석에는 피아노가 놓여 있었는데, 반짝거리는 표면에 양탄자 무늬가 비쳤다.

"신발은 살펴보셨습니까?"

아케치는 흰 마직 커버를 씌운 팔걸이의자에 털썩 앉더니 무뚝뚝한 말투로 이상한 질문을 던졌다.

"네?"

부인은 그의 느닷없는 질문에 다소 놀란 듯했지만 미소를

....
21_ 冠木門. 가로대를 기둥 위에 건너지른 지붕 없는 문.

지으며 되물었다. 그녀는 다다미방 쪽으로 가려던 참이었지만 아케치가 말을 시작하자 다시 의자에 앉았다.

"가출을 했다면 따님의 신발 한 켤레는 없어야 하니까요."

아케치가 설명했다.

"아, 그런 거라면 평소에 편히 신던 신발이 보이지 않아요. 그것과 숄, 작은 그물백도 함께 없어졌어요."

"옷은 어떤 걸……."

"평소 입던 대로요. 거무스름한 메센[22] 옷이요."

"그럼 결국."

아케치는 비꼬듯이 말했다.

"한편으로는 철저히 문단속을 했기 때문에 밖으로 한 발자국도 나갔을 리 없고, 또 한편으로는 숄이나 신발 같은 가출의 증거가 다 갖춰져 있다는 거군요."

"그러네요." 부인이 당황하며 대답했다.

"그럼 양관 내부를 좀 보여주시지요."

아케치는 그렇게 말하면서 먼저 일어났다.

아래층에는 손님방과 야마노 씨 서재, 두 칸만 있었다. 아케치는 서재를 대충 훑어보고 나서 복도 끝의 계단으로 올라갔다. 고바야시와 야마노 부인이 그 뒤를 따랐다. 2층은 세 칸으로 나눠져 있었는데 외동딸인 미치코가 그 층을 전부 썼다. 방 상태를 보니 미치코는 별로 꼼꼼한 성격이 아닌 듯했다. 화장실

· · · · · · · · ·
22_ 銘仙. 꼬지 않은 실로 거칠게 짠 비단.

의 큰 거울 앞에는 이런저런 화장도구가 어지럽게 흐트러져 있었고, 서재에도 책장과 책상이 너저분하게 어질러져 있었다.

부인은 장과 서랍을 하나하나 열어 보여주었다. 책상 서랍에서 최근 받은 편지들도 꺼내 보여주었는데 무엇 하나 아케치의 관심을 끄는 것은 없었다.

"서랍은 그날 아침에도 철저히 조사했는데 별거 없었어요."

부인은 한군데도 빠뜨리지 않았다는 것을 보여주려 했다.

"하지만 유령이 아닌 이상 문단속이 끝난 방에서 빠져나갈 수는 없습니다."

아케치는 벽지에 손을 대기도 하고, 창문 잠금장치를 살펴보기도 했다.

"혹시 따님이 아직 집 안에 있는 것 아닐까요?"

그 말을 듣고 몬조는 미치코가 닷새나 집 안에 숨어 있었다면 분명 벌써 시체가 되었을 거라고 생각했다. 그는 어젯밤의 악몽 같은 기분에서 아직도 빠져나오지 못한 것이다.

한 바퀴 둘러본 후에 세 사람은 다시 객실로 돌아왔다.

"따님은 피아노를 좋아했나 봅니다. 사모님도 연주하십니까?"

아케치는 손님방 그랜드피아노 앞으로 가서 건반 뚜껑을 열며 물었다.

"아니오, 저는 전혀 소질 없어요."

"그럼 따님 외에는 칠 사람이 없겠군요."

부인이 고개를 끄덕이는 걸 보고 아케치는 무슨 생각인지 갑자기 피아노 앞에 앉아 건반을 두드렸다.

아케치의 아이 같은 돌발적인 행동에 두 사람은 자못 놀랐다. 그런데 그보다 더 이상한 건 피아노 소리였다. 아케치의 손가락이 건반에 닿자 태엽이 느슨하게 감긴 괘종시계 같은 소리가 났다.

"아픈가 보네요."

아케치는 손을 멈추고 부인의 얼굴을 보았다.

"아뇨, 그럴 리 없어요. 미치코가 줄곧 사용하던 거예요."

아케치는 조금 전에 쳤던 키를 다시 쳐보았으나 역시 같은 소리가 났다. 그 다음 키도 천식을 앓는 소리를 냈다. 순간 세 사람은 말을 잇지 못하고 서로 얼굴을 쳐다봤다. 매우 불길한 예감이 들었던 것이다. 야마노 부인은 새파랗게 질려 아케치의 눈을 바라봤다.

"열어보겠습니다."

잠시 후 아케치가 진지한 표정으로 말했다.

"네, 그러세요."

부인은 떨리는 목소리로 대답했다.

아케치는 건반 아래쪽에 있는 금속 페달의 위치를 옮긴 후 뚜껑을 들어 올려 눈을 가늘게 뜨고 안을 들여다봤다. 몬조는 아케치 뒤에 엉거주춤하게 서서 피아노 내부보다는 오히려 아케치의 표정을 주시했다. 그의 예상으로는 피아노 공명상자의 빈 공간에 무시무시한 것이 있을 듯했다. 팔과 다리가 잘려서 피투성이가 된 여자 시체가 눈앞에 아른거렸다.

하지만 뚜껑을 활짝 열어 내부를 보았더니 별 이상이 없었다. 넓은 빈 공간에는 종횡으로 교차된 현과 스프링이 있을 뿐이었다.

그것을 확인하고 한숨을 돌린 몬조는 편안한 자세로 돌아갔다. 조금 전의 엉뚱한 공상이 우습게 여겨졌다. 그는 부인과 눈이 마주치자 살짝 미소를 주고받았다. 부인도 분명 같은 마음인 듯했다.

하지만 아케치는 더 엄숙한 표정으로 피아노 내부를 열심히 살펴보더니 잠시 후 두 사람 쪽을 돌아보며 나직한 목소리로 이야기했다.

"사모님, 이건 그저 평범한 가출이 아닙니다. 훨씬 엄청난 사건입니다. 놀라지 마십시오. 이 머리핀은 따님 것이지요?"

아케치는 가는 금속 머리핀을 보여주었다.

"네, 그건 미치코의 핀일지도 모르겠네요."

"이게 피아노 안에 걸려 있었습니다. 그래서 그런 소리가 난 것이지요. 그런데 따님의 머리카락은 가늘고 약간 붉은 기가 돌지 않습니까?"

그는 핀에 붙은 머리카락 한 올을 손가락으로 집어냈다.

"아마도. 그럼……."

야마노 부인은 놀라서 소리쳤다.

"따님이 숨바꼭질 놀이를 했을 리는 없겠지요. 혼자서 이 안에 들어가 뚜껑을 닫을 수는 없습니다. 그렇다면 누군가가 따님을 여기에 숨겼다고 생각할 수밖에 없습니다."

아케치는 조금 주저하더니 말했다.

"이건 제 상상에 지나지 않지만 그 자는 일단 피아노 안에 따님을 숨기고 행방불명으로 위장하지 않았을까요? 주의를 다른 곳으로 돌리고 나서 적당한 때 따님의 몸을 집 밖으로 운반했을 가능성도 있습니다."

"그런데 그날 집에 찾아온 손님은 아무도 없었어요. 여기는 우리 방과 가까워서 누군가 잠입했다면 바로 알 수 있었을 거예요."

부인은 어떻게든 아케치의 상상을 부정하려 했다.

"하지만 그때 따님은 자유로운 몸이 아니었겠죠."

아케치는 아랑곳하지 않고 그의 판단을 밀고 나갔다.

"소리를 내거나 몸을 움직일 수 있었다면 누군가 알아챘을 겁니다. 아마 따님은 움직이거나 소리치지 못하는 상태였겠죠. 은닉 장소로 좀 이상하긴 하지만 돌발적인 상황이었다면 다른 방법이 없었을 겁니다. 범죄자들은 우리가 흔히 상상할 수 없는 엉뚱한 생각을 합니다. 운 좋게 댁에는 피아노를 치는 분이 따님밖에 없어 발견되지 않은 거죠. 하지만 따님을 숨긴 놈은 의외로 냉철하게 행동했던 모양입니다. 저는 아까부터 뚜껑의 옻칠에 지문이 남아 있지 않을까 살펴보았는데 아무것도 없었습니다. 말끔히 닦아놓았어요."

처음에는 비현실적이라 생각했는데 아케치의 설명을 듣다 보니 사건의 성격이 점점 명확해졌다. 가장 걱정되었던 것은 미치코가 아직 살아 있는지 여부였다. 야마노 부인은 그런 말을 입에 담기도 두려운지 잠시 머뭇거리더니 일부러 아무 일 아니라는 듯이 말했다.

"미치코가 유괴되었다는 말씀이에요? 아니면 혹시 더 엄청난 걸 말씀하시는지……."

"그건 아직 확실히 말씀드릴 수 없지만 지금 상황으로는 낙관할 수 없습니다."

"그렇지만 미치코의 몸을 여기 숨겼다 해도 그걸 어떻게 밖으로 들고 나갔다는 거죠? 낮에는 우리를 비롯해 보는 눈이 많았고, 밤에도 문단속을 했기 때문에 잠입하거나 밖으로 나가면 우리가 모를 리가 없는데요, 아침에도 잠금장치가 열린 적은 한번도 없었고요."

"그렇습니다. 저도 방금 그 생각을 했습니다. 매일 아침에 이곳 유리창도 잘 잠겨 있는지 살피십니까?"

"네, 남편이 매우 세심한 사람이라 일하는 사람들에게도 자주 주의를 주곤 해요. 더구나 그런 일이 일어난 다음이라 모두 각별히 주의하고 있고요."

"혹시 따님이 보이지 않게 된 후에." 아케치는 갑자기 생각났다는 듯이 말했다.

"뭔가 큰 물건을 밖으로 가지고 나간 적은 없으신지요. 이 피아노만 봐도 알 수 있듯이 따님을 어떻게 할 놈이면 뭔가 엉뚱한 생각을 했을 겁니다. 따님을 운반하기 위해 엉뚱한 물건을 사용했을지 모릅니다. 다시 말해 따님의 신체를 뭐랄까, 도저히 상상할 수 없는 물건 속에 숨겨서 밖으로 옮겼을지도 모른다는 생각이 듭니다."

부인은 아케치의 이상한 발상에 좀 놀란 듯했다.

"아뇨, 딱히 그런 큰 물건 같은 걸 밖으로 옮긴 적은 없어요."

"하지만 따님이 집에 없다면 무슨 방법으로든 밖으로 옮겨졌을 겁니다. 이 피아노 상태를 보면 따님이 스스로 외출했다고는 생각할 수 없습니다."

아케치는 약간 망설이더니 말했다.

"귀찮으시겠지만 여기로 하인들을 호출해주실 수 있을까요? 좀 물어볼 게 있습니다."

"네, 어렵지 않은 일이에요."

부인은 집 안에 있는 고용인들을 모두 손님방으로 호출했다. 왠지 장엄해 보이는 광경이었다. 다섯 명의 남녀가 문 앞에 떼 지어 서서 머뭇거리고 있었다. 그들은 도대체 정체를 알 수 없는 마과 차림의 아케치를 묘한 시선으로 바라보았다.

고용인들 중 두 사람이 없었다. 잔심부름을 하는 고마쓰는 두통이 있다며 하녀 방에서 자고 있고, 운전사 후키야葺屋는 2~3일 전에 본가로 돌아가 부재중이라고 했다.

아케치는 이렇게 사람들을 한곳에 모아 심문하는 것을 별로 선호하지 않았다. 평소 쓰는 방식은 아니었지만 지금은 (어쩌면 시체가 되었을지 모르는) 미치코가 어떻게 야마노가 밖으로 옮겨졌는지에 대해 조사하는 것이 급선무였다.

야마노 부인은 의아한 얼굴을 하는 고용인들에게 아케치 고고로를 소개하며 그의 질문에는 무엇이든 개의치 말고 대답하라고 일렀다.

"이 댁 아가씨가 행방불명된 이후, 그러니까 4월 2일이군요, 그날부터 이 집에 누가 출입했는지 가능한 한 전부 생각해내길 바랍니다."

아케치는 바로 본론으로 들어갔다. 그리고 맨 먼저 현관을 지키는 서생에게 시선을 돌렸다.

서생 야마키山木는 여드름이 난 얼굴을 살짝 붉히며 더듬더듬 내방객의 이름을 열거했다. 남녀 합쳐 대여섯 명 정도였는데 이들은 모두 오랜 세월 알고 지내는 사람들이라 전혀 의심할 구석이 없다고 했다. 부인도 동의했다.

"그중 큰 물건을 집 밖으로 가지고 나간 사람은 없었습니까? 방문객뿐 아니라 집안사람이라도 상관없습니다. 여하튼 큰 물건을 가지고 문밖으로 나간 사람은 없었습니까?"

"큰 물건이라 해도 고작 손가방 정도였지요."

서생은 의아하다는 듯이 대답했다.

"자동차나 인력거가 드나들긴 했는데 그런 큰 물건을 들고 나간 사람은 아무도 없었습니다."

다른 고용인들도 그 이상은 알지 못했다.

"뒷문으로 오간 사람은 없었습니까?"

아케치는 마지막으로 두 식모에게 물었다.

"부엌 쪽은 전부터 얼굴을 아는 상점 점원 정도예요."

식모 중 한 명이 다른 식모를 보고 동의를 구하듯 말했다. 결국 그들 중에는 아는 사람이 없었다. 자동차 조수도 주인어른

외에는 아무도 차에 태우지 않았다고 했다. 그는 큰 물건 같은 걸 운반한 기억이 없다고 똑똑히 말했다. 만약 그들이 뭔가 놓친 것이 아니라면 이제는 천장 위라든가 마루 밑 등 집 안 구석구석을 찾아볼 수밖에 없었다. 하지만 그런 곳은 이미 야마노가 사람들이 수색을 끝낸 상황이었다. 정말 야마노 미치코는 연기처럼 사라져버린 것이다.

"하지만 그런 건 불가능합니다. 뭔가 놓친 게 있습니다. 실제로 여러분은 이 피아노를 놓쳤습니다. 여러분이 좀 더 주의를 기울였다면 아가씨가 밖으로 옮겨지기 전에 발견했을 겁니다. 이건 너무도 자명한 일입니다. 정말 사소한 걸 놓치고 있는 겁니다. 지금까지 말한 것 외에 이야기할 게 더 없습니까? 예를 들어 서생 분은 집 안으로 우편배달부가 들어왔다 나간 것을 말하지 않았습니다. 물론 우편배달부가 아가씨를 밖으로 옮겼을 리는 없지만 그런 식으로 정말 사소한 걸 빼먹지 않았습니까?"

"청소부, 위생과 인부 같은 사람도 해당되겠네요."

문득 생각났다는 듯이 몬조가 옆에서 말을 거들었다.

"그렇죠, 그런 식으로요."

"아, 청소부라면 있었네요, 그치?"

한 식모가 동료를 돌아보며 새된 소리로 말했다.

"바로 그 다음 날이네요. 아침 일찍 쓰레기를 치우러 왔었어요. 구청 위생과 인부가."

말을 끝내며 아케치에게 허리를 약간 굽혔다.

"평소와 다른 점은 없었습니까?"

"아뇨, 딱히……하지만 웬일인지 날짜를 앞당겨 왔어요. 보통 때는 열흘마다 왔지만, 다녀간 지 2~3일밖에 안 됐는데 또 왔었거든요."

"쓰레기통은 부엌으로 통하는 문 쪽에 있겠네요."

"네, 통용문23 안쪽에 둬요."

"그 남자는 어땠습니까? 전에 본 얼굴이었습니까?"

아케치는 약간 호기심을 보이는 듯했다.

"아뇨, 보던 얼굴은 아닌 듯했어요. 하지만 평소와 마찬가지로 구청 마크가 있는 지저분한 작업복 차림의 남자였어요."

"그 남자가 통용문으로 들어왔겠네요. 그런데 쓰레기를 가지고 나가는 것을 보셨습니까?"

"아뇨, 문 쪽에서 서로 엇갈려 지나갔던 거라서요. 저는 심부름할 게 있었거든요. 어때, 넌 봤어?"

"아뇨, 저도 잘 보진 못했는데, 아 그러네요, 지금 생각해보니 이상한 점이 있었어요. 그전 사람이 쓰레기를 치운 지 2~3일밖에 안 지났는데 집 안 쓰레기통이 가득 차 있었어요. 제가 그날 아침 청소부 오기 전에 쓰레기를 버리러 가서 기억이 나거든요."

그녀는 아케치 쪽을 바라보며 덧붙였다.

"바빠서 그 일을 계속 잊고 있었어요."

"그 쓰레기통은 크기가 큰가요?"

몬조는 아케치가 질문할 때까지 기다리지 못하고 먼저 물었

....
23_ 通用門. 대문 이외에 늘 드나들 수 있게 따로 낸 문.

다. 그는 이런 이상한 사건을 보면 다른 사람보다 몇 갑절이나 마음이 끌렸다. 그는 미치코의 행방에 대해 자신의 판단이 맞는지 시험해보고 싶었다.

"네, 꽤 컸어요."

"사람이 들어갈 정도로?"

"네, 거뜬히 들어갈 수 있어요."

그런 문답을 주고받고 나서 아케치 일행은 부엌 쓰레기통을 살펴보러 갔다. 정문 반대편 콘크리트 담장에 통용문이 열려 있어 거기로 들어가니 바로 앞에 검게 칠한 대형 쓰레기통이 놓여 있었다. 일단 조사를 해보았지만 크기가 커서 엉뚱한 상상이 가능한 것 외에는 별다른 점이 발견되지 않았다.

"쓰레기통 안에 사람을 숨기고 그 위를 지저분한 쓰레기로 덮었을 겁니다. 그걸 위생부로 변장한 남자가 쓰레기차에 싣고 어디론가 옮겼을 테죠. 지극히 엉뚱한 공상처럼 보이지만 엉뚱할수록 오히려 진짜일 가능성도 있습니다. 이 사건은 엉뚱한 면이 있습니다. 다소 상식을 벗어난 부분이 있지요. 범죄자들은 때로 아주 엉뚱하고 어처구니없는 생각을 하니까요."

아케치는 미심쩍은 표정을 짓는 야마다 부인에게 설명했다.

그리고 면밀히 집 안을 수색했다. 하인들도 계속 취조했다. 두통이 있다며 하녀 방에서 자고 있던 고마쓰에게는 아케치가 방으로 찾아가서 이런저런 질문을 했다.

야마노가의 분위기에 젖어 있는 동안 아케치는 조금씩 감이 왔다. 야마노 부인을 비롯한 하인들의 언행과 표정에서 어렴풋이 판단되는 것이 있었다.

아케치와 몬조는 저녁을 대접받고 밤이 되어서야 야마노가를 나섰다. 몬조는 이런저런 말을 핑계 삼아 아케치의 판단을 들어보려 했다. 하지만 아케치는 몬조가 자동차에서 내려 하숙집으로 들어갈 때까지 거의 침묵으로 일관했다.

그 후 이틀 동안 표면상으로는 아무 일도 일어나지 않았다. 아케치는 아케치대로 탐문을 진행한 것이 틀림없었다. 몬조도 몬조대로 자신의 판단에 따라 야마노가를 방문하거나 아사쿠사 공원과 혼쇼의 요겐지 부근을 서성였다. 야마노가에서도 새로운 사건은 생기지 않았다.

그러나 사흘이 지난 4월 10일 밤, 긴자의 유명 백화점에서 전대미문의 희한한 사건이 벌어졌다. 그 사건으로 야마노 미치코 실종사건은 결코 평범한 가출이 아니라는 것이 판명되었다.

매 부인 마네킹

오전 2시, 긴자의 유명 백화점에서 젊은 지배인이 수습점원을 동반하고 3층 포목 매장을 둘러보고 있었다.

이 백화점에서는 매일 밤 지배인, 수습점원, 경찰, 소방수 등 수십 명씩 당직자를 정해서 넓은 점내를 밤새도록 구석구석 순찰했다.

낮 시간에 붐볐던 만큼 손님 한 명 없는 드넓은 매장은 더 썰렁했다. 전등을 거의 꺼놓아 계단 위나 모퉁이에 아주 조금 남은 빛들이 희미하게 통로를 비추고 있었다.

크기도 높낮이도 제각각인 매장 진열대는 전부 흰 천으로 덮여 있어 마치 수많은 송장들이 쓰러져 있는 것처럼 보였다.

젊은 지배인은 물건 그림자를 주의해가며 어두운 통로를 걸었다. 가끔 멈춰 서서 군데군데 잠겨 있는 작은 상자의 열쇠를 꺼내 지니고 있던 숙직시계에 표시했다.

곳곳에 굵은 원 기둥이 있었다. 그것이 왠지 덩치 큰 사람처럼 느껴졌다.

수습점원은 회중전등을 비추며 지배인보다 앞서 걸었다. 그는 허세를 부리며 성큼성큼 걷기도 했고 휘파람을 불기도 했다. 그런 소리들이 드넓은 매장 안에 여기저기 메아리쳐 한층 괴이한 기분이 들었다.

가장 소름 끼치는 것은 유젠[24] 매장 중앙에 있는 등신대等身大 마네킹이었다. 세 마네킹이 유행하는 봄 의상을 걸치고 큰 벚나무 아래 서 있었다. 백화점에서는 그 마네킹에 송, 죽, 매라는 이름을 붙여주고 마치 살아 있는 사람처럼 "매 부인 허리띠야", "매 부인 숄이야"라는 식으로 말했다. 매 부인은 셋 중 가장 예쁘고 어려 보이는 마네킹이었다.

마네킹과 관련해서는 여러 에피소드가 있었다. 젊은 점원이 마네킹을 연모한다는 소문이 심심찮게 돌았다. 밤중에 몰래

....
24_ 友禅. 화려한 채색으로 인물, 꽃, 새, 산수 등의 무늬가 선명하게 염색된 견직물.

들어와서 마네킹에게 말을 걸거나 희롱하는 사람도 있었다고 한다. 그러니 저렇게 아름다운 매 부인도 지금 누군가가 연모하고 있을지 모를 일이었다.

그런 소문이 날 정도로 이 마네킹들은 왠지 죽어 있는 사물 같지 않았다. 낮에는 시침 뚝 떼고 인공물인 척하지만 밤이 되면 여기저기 활동하고 다니지 않을까 의심스러웠다. 실제로 밤에 순찰을 돌 때 마네킹 바로 앞에서 가만히 얼굴을 바라보고 있으면 돌연 방긋방긋 웃을 것만 같았다.

지배인 일행이 가는 쪽에 그 세 마네킹이 있었는데 전등빛이 멀리서 희미하게 비추고 있어 그저 거무스름하게 보였다.

"잠깐만요. 언제 저런 아이 마네킹을 새로 놔뒀네요. 전혀 몰랐는데."

수습점원이 잠시 멈춰서 지배인의 소매를 끌어당겼다.

"뭐야, 아이 마네킹이라니. 그런 게 있을 리 없잖아."

젊은 지배인은 화난 말투로 수습점원의 말을 부정했다.

"하지만 여기 좀 보세요. 송 부인과 죽 부인이 아이 손을 잡고 있는 거 아니에요?"

수습점원은 그렇게 말하고 마네킹 쪽으로 회중전등을 비췄다. 멀어서 확실히 보이지는 않았지만 분명 매 부인의 그림자 쪽에 아이가 한 명 있었다.

하지만 아무리 생각해도 아이 마네킹이 거기 있을 리가 없었다. 괴이하다고 생각하니 공연히 무서워졌다.

"이봐, 스위치를 켜봐. 그 위의 샹들리에를 밝혀 보라고."

젊은 지배인은 소리를 지르며 냅다 도망치고 싶었지만 가까스로 버티며 수습점원을 독촉했다.

수습점원은 스위치를 켜러 갔지만, 당황하니 주위가 금방 분간되지 않았다. 몸이 단 지배인은 수습점원의 손에서 회중전등을 빼앗아 수상한 마네킹을 비추며 가까이 다가갔다.

기다란 진열대 하나를 도니 빈 공간이 나왔고 중앙에 세 마네킹이 서 있었다. 회중전등의 둥근 빛이 조금씩 떨리며 바닥을 따라 올라갔다. 마네킹 주위를 둘러싼 철책부터 시작해 인조 잔디, 송 부인의 발, 매 부인의 발, 죽 부인의 발이 차츰 둥근 빛 안에 들어왔다.

둥근 빛은 거기서 잠시 멈칫했다. 그리고 사실을 확인하기 두렵다는 듯이 부르르 떨었다. 빛은 갑자기 허공을 과감히 가로지르며 날아가더니 어딘가에 멈춰 섰는데 그곳에는 참으로 기이한 형상이 클로즈업되어 있었다.

헌팅캡에 거무스름한 옷을 입은 사람이 아까 수습점원이 말한 것처럼 천연덕스럽게 송 부인과 죽 부인의 손을 잡고 있었던 것이다. 하지만 얼핏 봐도 아이는 아니었다. 커다란 얼굴에 큰 눈과 코가 붙어 있었고 볼 주위에는 깊이 팬 주름이 있었다. 속된 말로 난쟁이였다. 분명 어른인데 키는 아이만 했다. 회중전등의 둥근 빛이 가슴 위쪽을 클로즈업하자 나는 인형입니다 하는 얼굴로 활인화[25]처럼 눈도 꿈쩍하지 않고 시치

....
25_ 活人畫. 살아 있는 사람들이 분장을 하고 정지된 모습으로 명화나 역사적 장면들을 연출하는 놀이. 19세기 유럽 사교모임이나 연회에서 유행했으며,

미를 떼고 있었다.

낮에 햇빛 아래에서 그 광경을 보았더라면 아름다운 등신대 마네킹과 기형아의 조화가 너무 기괴해서 모두들 박장대소했을 것이다. 그러나 한밤중에 회중전등의 흐릿하고 둥근 빛에 모습을 드러낸 기형아의 얼굴은 시치미를 뗀 모습이 너무 천연덕스러워서 더욱더 광기어리고 섬뜩하게 느껴졌다.

"거기 있는 건 누구냐."

젊은 지배인이 눈을 딱 감고 호통을 쳤다.

그러나 상대는 대답하지 않았다. 대답 대신 둥근 빛 속에 있던 반신상이 마치 활동사진의 필름이 끊긴 것처럼 돌연 사라졌다. 다시 말해 상대는 도망친 것이었다.

수습점원이 가까스로 스위치를 찾아 켜자 그 주변이 일제히 밝아졌다. 그러나 그때는 이미 철책을 넘어 진열대 사이로 빠져나간 기형아가 모습을 감추려던 참이었다. 종횡으로 무수히 늘어서 있는 진열대 사이로 그 높이보다 키가 작은 난쟁이가 도망을 치니 도저히 따라잡을 수가 없었다.

잠시 후 지배인의 비상 신호로 숙직자 전원이 3층에 모였다. 그들은 전등을 있는 대로 다 켜고 매우 삼엄한 수색을 시작했다. 진열대를 덮은 흰 천을 하나하나 들춰보고 진열대 밑과 여닫이문 안도 샅샅이 살펴보았다. 3층에는 숨지 않았다는 것이 확인되자 전원이 두 조로 나뉘어 한 조는 4층 이상을, 다른 조는 2층

....
타블로 비방Tableaux Vivant이라고도 한다.

이하를 찾기로 했다. 하지만 이처럼 종류별로 잡다한 물건들이 촘촘히 쌓여 있는 백화점 안에서 작은 사람 한 명을 찾아내기란 불가능에 가까웠다.

거의 새벽녘까지 대대적인 수색을 계속했지만 결국 알아낸 사실은 아무것도 도둑맞은 물건이 없으며, 창문을 비롯하여 사람이 드나들 수 있는 장소는 완전히 문이 잠겨 있었고 외부에서 잠입한 흔적도 전무하다는 것이었다.

도난당한 물건이 없다면 숙직자에게는 과실이 없는 셈이라서 처벌을 두려워할 일은 아니었다.

"그 녀석 겁쟁인가 보네. 분명 뭘 잘못 본 거야."

이런 말을 하며 수색은 유야무야 끝났다.

다음 날 백화점 개점 시간이 되자 모든 문과 창이 열리고 평소와 마찬가지로 사람들로 붐비기 시작했다.

지배인은 일단 출입구 담당자를 호출해서 난쟁이 손님을 보지 못했냐고 물었다. 하지만 어제나 오늘이나 그런 불구자를 본 사람은 아무도 없었다. 결국 어젯밤 소동은 젊은 지배인이 환영을 본 것에 지나지 않는 듯했다.

도난당한 물건도 없고 수상한 자가 잠입한 곳도 없다. 게다가 젊은 지배인이 주장하는 불구자는 어제 폐점 전에 들어온 흔적이 없었고, 폐점 후에도 나간 흔적이 없었다. (그런 불구자라면 누군가의 눈에 띄지 않았을 리 없다) 그러니까 젊은 지배인이 본 것이 단지 환영에 지나지 않든지, 아니면 수습점원이 장난기가 발동해 겁 많은 젊은 지배인을 위협하려고 일부러 마네킹

행세를 한 건지도 몰랐다. 사정이 이러한지라 이 사건은 발견자가 동료들에게 조소를 당하는 것으로 결말이 나는 줄 알았다.

그러나 그날 정오 무렵 3층 포목 매장에서 어처구니없는 소동이 벌어졌다.

벚나무 조화 아래 있던 세 미녀 마네킹은 최근 새로 치장을 마쳤기 때문에 3층에서도 가장 인기가 많았다. 그래서 그 주위에는 사람들이 많이 몰려들어 언제나 인산인해였지만 이상하게도 그것을 알아챈 사람은 아무도 없었다. 너무 기발한 착상이라서 아무래도 어른들은 눈치채기 힘들었는지 그 모습을 발견한 사람은 두 소학생이었다.

감색 서지 교복을 입은 아이들은 철책 바로 앞에서 마네킹을 올려다보고 있었다.

"형, 이 마네킹 이상해. 오른손과 왼손 색이 완전 달라. 만든 사람 실력이 형편 없나봐."

한 소학생이 마네킹 제작자를 비판했다.

"건방진 소리 하지 마."

형은 주위의 시선을 의식하며 동생을 나무랐다.

"저것 봐, 저기 핸드백을 든 손은 색이 좀 별로지만 세공은 정말 정교하잖아. 만든 사람이 솜씨가 없어서가 아냐."

"그래도 오른쪽과 왼쪽이 저렇게 느낌이 다르면 안 되잖아. 세공이 아무리 정교해도……그래도 역시 이상해. 오른손은 가는 주름을 일일이 그려 놓았지만, 왼손 다섯 손가락은 주름 같은 게 하나도 없는 걸. 그냥 밋밋해……. 그런데 오른손에는 솜털도 다 살아 있잖아……. 어? 형, 저거 진짜 사람 손이잖아. 퉁퉁 부은 것 좀 봐. 저기, 반지가 살에 묻혀 있어. 틀림없이 죽은 사람 손일 거야."

동생은 예상치 못한 발견에 숨을 헐떡이며 고함치듯 말했다. '죽은 사람 손'이라는 이 한마디에 그때까지 마네킹이 입은 의상과 외모만 보던 구경꾼들은 일제히 문제의 손으로 시선을 돌렸다. 가장 어려보이는 매 부인 마네킹의 오른쪽 소매부리 사이로 그 섬뜩한 것이 보였다.

자세히 들여다보니 색조며 잔주름이며 솜털이며 죽은 사람 손목이 틀림없었다. 하지만 상식을 갖춘 성인들은 여전히 자신의 눈을 의심했다. 그런 어처구니없는 일이 일어날 리 없다고 생각했다.

"저기요, 아주머니. 저거 진짜 사람 손 맞죠?"

소학생은 옆에 있던 부인을 붙들고 자신의 발견이 맞는지 확인하려고 했다.

"어머, 흉측해라. 과연 그런 일이 가능할까?"

부인은 태연하게 부정했지만 무슨 이유에서인지 문제의 손목을 뚫어지게 바라보았다.

"간단한 일이네. 그렇게 확인하고 싶으면 네가 철책 안으로 들어가 만져보면 되잖니."

다른 부인이 놀리듯 말했다.

"그러네요. 그럼 내가 확인해야지."

그 말이 끝나자마자 소학생은 잽싸게 철책을 넘어 매 부인

옆으로 달려갔다. 형이 말리려고 했지만 이미 때는 늦었다.

"이거네."

소학생은 매 부인의 오른손을 뽑아서 구경꾼들 쪽으로 높이 들어 올렸다. 그걸 보자 와와와와와 하며 일종의 공명共鳴이 일어났다. 지금까지 기모노 소매에 가려 있던 손목 밑둥이 팔꿈치에서 무참하게 떨어져 나왔고, 떨어진 부분에는 검붉은 핏덩이가 가득 묻어 있었다.

백화점에서 매 부인 마네킹 소동이 있던 날 오후, 아케치 고고로는 야마노가를 방문했다. 마침 야마노 부인이 현관에 있어 그는 바로 손님방으로 안내되었다. 인사가 끝나자 아케치는 마음이 급했는지 대화 절차도 무시하고 느닷없이 용건부터 말했다.

"미치코 씨의 지문이 필요한데 방을 한 번 더 보여줄 수 있으신지요."

"그러시겠어요?"

야마노 부인은 앞장서서 미치코의 방으로 올라갔다.

서재도 화장실도 전에 보았을 때와는 전혀 다른 방처럼 말끔히 정리되어 있었다. 미치코의 지문을 찾기는 어렵지 않았다. 우선 서재 책상에는 오래 사용한 듯한 압지[26]가 보였는데 거기에 시커멓게 오른쪽 엄지손가락 지문이 드러나 있었다. 화장실에는

....

26_ 押紙. 잉크나 먹물로 쓴 글자가 번지거나 묻어나지 않도록 위에서 눌러 물기를 빨아들이는 종이.

화장대와 보석함이 말끔하게 정리되어 있어 지문이 없었으나 화장대 서랍 속에 들어 있던 화장품 병에는 모두 지문이 뚜렷이 남아 있었다.

"이 병들을 빌려가도 되겠습니까?"

"네, 그러세요. 도움이 된다면요."

아케치는 주머니에서 마포麻布 손수건을 꺼내 선별한 화장품 용기를 조심스레 쌌다.

손님방으로 돌아와서 아케치는 테이블 위에 화장품 용기들과 압지, 그리고 종이 한 장을 늘어놓았다. 맨 나중에 놓은 종이에는 한쪽 손의 지문이 뚜렷하게 찍혀 있었다. 아케치는 그 위로 돋보기를 툭 던지며 말했다.

"사모님, 이 종이에 있는 다섯 손가락 지문을 따님의 방에 있던 압지나 화장품에서 나온 지문과 비교해 보십시오. 돋보기로 확대해 보면 전문가가 아니라도 알 수 있을 겁니다."

"어머."

부인은 창백해져 몸을 사렸다.

"제발 당신이 봐주세요. 저는 어쩐지 무서워서……."

"아뇨, 저는 이미 방금 전에 살펴보았기 때문에 양쪽 지문이 같다는 걸 알고 있습니다만, 부인께도 한 번 보여드리는 게 좋을 것 같았습니다."

"당신이 보았을 때 같았다면 그걸로 충분하잖아요. 제가 본다 해도 어차피 잘 모를 텐데요."

"그런가요……. 그럼 말씀드리겠는데 부인, 놀라지 마십시오 따님은 어떤 자에게 살해당했습니다. 이쪽 건 시체의 한쪽 손에서 채취한 지문입니다."

야마노 부인은 몸이 와르르 무너져 내리는 걸 겨우 참았다. 그리고 큰 눈으로 아케치를 쳐다보며 더듬더듬 말했다.

"그러면 시체는 도대체 어디에 있나요?"

"어젯밤 긴자 ○○백화점 포목 매장에 있던 마네킹 한쪽 손이 죽은 사람의 진짜 손으로 갈아 끼워져 있었다고 합니다. 경찰 쪽에 지인이 있어 빨리 알 수 있었죠. 그가 지문 채취한 것도 주었고요. 이건 손과 함께 경찰 쪽에 전달된 건데, 큰 루비 반지가 손에 끼워져 있었다고 합니다. 짐작이 가실 테지요?"

"루비 반지를 끼고 있었다는 게 정말이에요? 하지만 미치코의 손이 백화점 매장에 있다니. 이건 꿈도 아니고 전혀 사실처럼 느껴지지 않아요."

"당연히 그러시겠지만 틀림없는 사실입니다. 이제 오늘 석간 신문에 이 사건이 자세히 보도될 테고, 경찰에서도 따님 사건과 결부시켜 생각하겠죠. 이 댁으로서는 상심이 이만저만 아니실 텐데 앞으로 여러모로 매우 골치 아픈 문제가 생길지도 모르겠습니다."

"아케치 씨, 어쩌면 좋아요."

야마노 부인은 눈물을 글썽이면서 묘하게 일그러진 표정으로 아케치에게 매달리듯 말했다.

"빨리 범인을 찾아내서 따님의 시체를 돌려받는 것밖에 방법이 없습니다. 그렇게 되면 경찰에서도 충분히 수사해줄 테고,

의외로 빨리 해결을 볼 수도 있습니다. 그런데 바깥어른은 아직 안 돌아오셨습니까?"

"남편은 집에서 전보를 보내 그제 돌아오셨어요. 자식을 끔찍이 사랑하는 분이시라 피아노 건에 대해서도 말씀드렸더니 그럼 살아 있지 않을지도 모른다며 크게 낙심하셨어요. 그 뒤로 병자처럼 사람도 안 만나겠다며 침실에 틀어박혀 있으세요. 사정이 그렇다 보니 이 이야기도 남편에게 알려야 하나 아까부터 고민하고 있어요."

"어쩔 수 없네요. 바깥어른이 여간 낙심이 크신 게 아니군요. 그럼 오늘은 뵙지 못하겠죠?"

"네." 부인은 난처하다는 듯 말했다.

"아까도 당신이 온다고 말씀드렸는데 오늘은 좀 실례하겠다고 하시네요."

"그럼 저는 그냥 돌아가기로 하고, 지금까지 조사한 걸 두세 가지 보고하죠."

아케치는 잠시 생각하더니 말을 이었다.

"우선 위생과 인부의 행방입니다. 쓰레기 속에 따님의 몸을 숨겨서 나갔을 수도 있는 그 청소부 말입니다. 저는 그 다음 날 할 수 있는 조사는 다 해보았습니다. 여러 사람들의 기억을 끄집어내서 아즈마바시 동쪽 끝까지는 어떻게든 흔적을 끌어모을 수 있었죠. 문제는 그 다음부터였는데 온갖 수단을 동원해보았지만 다리를 건넜는지, 강가를 따라 우마야바시厩橋 쪽으로 갔는지, 아니면 좌회전해서 나리히라바시業平橋 쪽으로 갔는지 행방을 전혀 알 수 없었습니다. 사실 지금도 제 부하 한 명이 그 부근을 수색하고 있는데 아직 희소식은 들려오지 않네요. 또 하나는 후키야라는 댁의 운전사 말입니다."

아케치는 빙긋 웃으며 부인의 얼굴을 보았다.

"사모님은 숨기신 것 같은데, 뭐 그러는 것도 무리는 아니라고 생각합니다. 하지만 그렇게 숨기게 되면 오히려 궁금증을 유발하게 됩니다. 저는 신속히 후키야에 대해 조사해 보았습니다. 이제 제가 사모님보다도 더 자세한 사정을 알게 된 듯하군요. 따님과 후키야는 서로 진심이었던 것 같습니다. 굳이 말씀드리자면 따님 쪽이 더 열렬했을 수도 있겠네요. 그건 사모님도 알고 계실 테지요. 그런데 후키야는 전부터 하녀 고마쓰(그날 아침 따님의 침대가 비어 있는 걸 발견한 여자죠), 그 고마쓰와 꽤 깊은 관계였습니다. 일종의 삼각관계라 할 수 있군요.

그런데 때마침 후키야가 따님의 행방불명을 전후해 작별인사를 하고 고향으로 돌아간 겁니다. 바깥어른이 생각하신 대로 그건 의미 있어 보였습니다. 그래서 저도 바깥어른과 마찬가지로 후키야를 뒤쫓았습니다. 4월 2일 이후 그의 행동을 모두 조사해본 것이지요. 그는 3일 저녁에 갑자기 바깥어른에게 휴가를 달라고 해서 그날 밤 기차 편으로 고향인 오사카로 갔습니다. 그때 그는 단신이었고 여자 동행자가 없었다는 것은 여러 목격자들(대부분 동업자였지만)이 입을 모아 증명해주었습니다.

바깥어른은 오사카에서 후키야를 만나신 거죠? 직접 만나뵙고 여쭙지 못해서 아쉽지만 아마도 후키야는 따님의 이번

변고와는 아무런 관계도 없었나 봅니다. 다만 그가 뭘 알고 있을 수는 있겠지만요."

아케치는 그렇게 말하고 야마노 부인을 물끄러미 쳐다봤다. 부인은 파랗게 질려 눈물을 글썽이며 고개를 숙일 뿐이었다. 아케치는 그녀의 표정에서 아무것도 읽어낼 수 없었다.

"표면에 드러난 사실로만 말하자면 이 경우 가장 의심스러운 사람은 하녀 고마쓰입니다."

아케치는 목소리를 낮추어 말했다.

"그녀는 따님의 연적이니까요. 게다가 하녀라면 언제라도 아무에게도 의심받지 않고 따님 방에 드나들 수 있죠. 따님이 안 계시다는 걸 제일 처음 발견한 것도 그 여자잖아요. 그 후에 아프다며 방에만 틀어박혀 있는 것도 이상하게 받아들이면 충분히 이상하지요."

"아니에요, 적어도 그 아이가 그런 무시무시한 짓을 할 리는 없어요."

야마노 부인은 황급히 아케치의 말을 가로막았다.

"불행한 아이예요. 양친을 모두 잃고 몹쓸 큰아버지가 무시무시한 곳에 팔아넘기려는 걸 남편이 간신히 구해주었어요. 벌써 4년씩이나 딸처럼 생각하며 키웠는걸요. 본인도 그걸 큰 은혜로 여겼고요. 입버릇처럼 남편을 위해서라면 목숨도 아깝지 않다고 말하며 부지런히 일했죠. 게다가 기질이 매우 양순한 아이라 여하한 사정이 있더라도 미치코를 어떻게 할 리 없어요."

"그렇군요. 저도 고마쓰가 그럴 사람이라고는 생각하지 않습니다."

아케치는 손가락으로 머리카락을 헝클며 말했다.

"다만 표면적인 정황이 그녀에게 혐의를 둘 수밖에 없다는 걸 말씀드린 겁니다. 고마쓰에게 죄가 없다는 건 알겠는데, 죄가 없더라도 뭔가 아는 건 있을지도 모르죠. 요전에 저도 그녀가 자던 방에 가서 이런저런 질문을 했는데 뭘 물어도 모른다고 대답할 뿐 얼굴조차 들지 못했습니다. 다그쳐 물으니 결국 훌쩍훌쩍 울기 시작하더군요. 그 여자는 뭔가 비밀을 갖고 있는 게 확실합니다."

아케치는 아무리 사소한 표정 변화라도 놓치지 않겠다는 듯이 파랗게 질린 야마노 부인의 얼굴에서 눈을 떼지 않았다. 그러고 나서 정말 아무렇지도 않게 다음과 같은 화제로 넘어갔다.

"묘하게도 이 사건에는 불구자가 연루되어 있는 듯합니다. 속된 말로 난쟁이라고 하지요. 혹시 그 자에 대해 짐작이 가는 건 없으십니까? 이미 들으셨을 테지만 고바야시 군도 그날 밤 그런 자를 보았다고 하고, 이번 백화점 사건 역시 그 난쟁이가 관계된 것 같습니다. 어제 한밤중에 문제의 매 부인 마네킹 옆에서 그놈이 꿈적대는 걸 점원이 보았다고 합니다."

"저런."

야마노 부인은 정말 소름이 끼친다는 듯이 전율했다.

"고바야시 씨한테 들었을 때는 그 사람이 잘못 본 거라고 생각했는데, 역시 그런 불구자가 있었나 보네요. 아뇨, 저는 전혀 몰라요. 예전에 잠깐 서커스에서 본 것 외에는 난쟁이를 본 적이 없어요."

"그렇군요."

아케치는 줄곧 부인의 눈을 보고 있었다.

"그에 관련해 이상한 점이 있습니다. 고바야시 군은 분명 난쟁이가 요겐지로 들어가는 걸 봤다고 했는데, 절에서는 그런 사람이 없다고 하고, 이웃 사람들도 본 적이 없다고 하는 겁니다. 이번에도 같은 일이 일어났습니다."

아케치는 계속 이야기했다.

"점원이 밤중에 분명 난쟁이를 보았다고 하지만 그 전날도 다음 날도 그런 불구자가 출입구를 통과한 흔적이 없었습니다. 그렇다고 창을 깨고 출입한 흔적도 없습니다. 그 자는 언제나 사라지듯 모습을 감춰버립니다. 그래서 거기에 어떤 의미가 있지는 않을까 생각했습니다."

아케치는 뭔가 알고 있었다. 알면서 일부러 전혀 모르겠다는 표정으로 불필요한 대화를 반복하고 있는 듯했다. 그는 처음부터 계획에 따라 연극을 했을 수도 있다.

"그리고 이번 사건에서 가장 이상했던 건, 사모님도 깨달으신 것 같지만 범인이 자신의 범행을 공중公衆의 면전에 속속들이 드러내려고 한다는 점입니다. 고바야시 군이 보았다고 하는 센주 한쪽 다리 사건도 그렇고, (물론 전혀 다른 사건인지도 모르지만) 이번 백화점 사건도 그렇고, 범인은 엄청난 살인사건이 일어났다는 걸 항간에 알리려는 특성이 있습니다. 특히 이번에는 확실히 반지까지 끼고 있었습니다. 그야말로 야마노 미치코의 손이다라고 광고하는 것 아니겠습니까? 살인자가 자신의 범행을 광고하다니 도저히 생각할 수 없는 일입니다. 바보나 미친 사람이 아니라면요. 아니 아무리 바보나 미친 사람이라 해도 그런 난폭한 짓은 하지 않을 겁니다. 게다가 아무에게도 모습을 드러내지 않은 채 백화점 마네킹에 죽은 사람의 손을 달아놓다니, 결코 바보나 미친 사람이 할 수 있는 짓은 아닙니다. 일견 어처구니없어 보이는 이 사건에 틀림없이 뭔가 깊은 책략이 있는 겁니다."

아케치는 갑자기 말을 끊고 야마노 부인의 새파랗게 질린 얼굴을 바라보았다. 그는 부자연스럽게 꼼짝 않고 한참을 그러고 있었다.

야마노 부인은 아케치의 예리한 눈빛을 의식하고 고개를 숙인 채 떨고 있었다. 그녀는 두려운 나머지 겁에 질려 입을 열지 못하는 것 같았다.

"그런데, 만약 이게 치밀한 계획에 의한 사건이라면 그 의미는 오직 하나입니다. 다시 말해 범인이 따로 있는 거죠. 따님의 시체 일부를 사람들의 면전에 노출시키는 놈은 범인이 아닙니다. 그런 놀랄 만한 수법으로 진범을 협박하는 것일 테죠. 뭔가 의도한 속셈이 있어 비상수단을 쓰는 겁니다. 이런 식으로도 생각할 수 있지 않을까요."

야마노 부인은 그때 고개를 번쩍 들어 아케치를 보았다. 두 사람은 아무 말도 하지 않은 채 꼼짝 않고 서로를 노려보았다.

서로가 서로의 마음속을 꿰뚫어보려는 듯이 치열한 눈빛을 주고받았다. 그러나 잠시 후 야마노 부인은 테이블에 엎드려 격렬히 울기 시작했다. 아무리 진정을 하려 해도 가슴을 찌르는 듯한 높은 울음소리가 소매 사이로 새어나왔다. 그녀의 작은 어깨가 심하게 들썩였다. 널브러진 하얀 목덜미에는 귀밑머리가 흘러내려 요염하게 찰랑거렸다.

그사이 문이 열리고 서생이 들어왔다. 그는 분위기가 심상치 않은 걸 보고 그대로 나가려 했으나 생각을 바꿨는지 테이블 쪽으로 다가왔다. 어쩐지 그도 몹시 흥분한 것 같았다.

"사모님."

그는 부인에게 조심스레 말을 걸었다.

"심상치 않은 것이 도착했습니다."

부인은 가까스로 눈물을 참으며 고개를 들었다.

"방금 이런 소포가 왔습니다."

서생은 들고 온 기다란 나무상자를 테이블 위에 놓고 아케치를 힐끗 쳐다보았다.

조잡한 나무상자에는 못이 단단히 박혀 있었는데 서생이 무리하게 열었는지 반쯤 깨진 뚜껑 사이로 안에 싸여 있던 기름종이가 비어져 나와 있었다.

나무상자는 오후에 온 특급 우편물 속에 섞여 있었다고 했다. 발송인 이름은 적혀 있지 않았지만, 서생 야마키는 선물이 틀림없다고 생각해 무심코 뚜껑을 열었다는 것이다. (야마노가에서는 겉봉이 봉해진 편지가 아니면 소포나 서적 같은 것은 서생이 풀어보고 주인에게 전달했다) 하지만 안에 든 물건을 얼핏 본 야마키는 새파랗게 질렸다. 그는 내용물을 어떻게 처분하면 좋을지 판단이 서지 않았다. 병환 중인 주인어른을 놀라게 하는 건 삼가야 했다. 그렇다고 아무 말 하지 않고 그대로 둘 수도 없는 노릇이었다. 그때 문득 손님방에 아마추어 탐정 아케치가 와 있는 것이 생각났다. 그는 좌우지간 상자를 부인과 아케치가 있는 방으로 가져가 보기로 했다.

아케치는 서생의 설명을 들으며 상자 안에서 기름종이로 싸인 물건을 꺼냈다. 조심조심 풀어보았더니 안에는 황토색으로 변색된 한쪽 팔이 있었다. 팔꿈치에서 뚝 잘려 있었고, 절단면에는 피가 검게 굳어 있었다. 참을 수 없는 악취가 코를 찔렀다.

"자네, 사모님을 저쪽으로 모시고 가겠나. 이건 안 보시는 게 좋겠네."

아케치는 재빨리 포장지를 상자 안으로 밀어 넣으며 고함을 쳤다.

그러나 야마노 부인은 전부 보고 말았다. 그녀는 일어나서 무표정한 얼굴로 한곳만 물끄러미 보았다. 얼굴은 투명할 정도로 하얘졌다.

"자네, 어서."

아케치와 서생이 동시에 부인을 부축했다. 부인은 일어설 힘도 없는 듯했다. 말없이 서생에게 안기다시피 해서 방으로 들어갔다.

아케치는 부인이 들어간 후 다시 포장지를 풀고 안에 있는 물건을 꺼내 잠시 바라보았다. 피부가 짓물러 벗겨질 것 같았다. 젊은 여자의 손이었다. 이 손과 백화점에서 발견된 손이 한 쌍인 듯했다.

그는 선반 위에 있던 벼루 상자를 꺼내 부패하기 시작한 다섯 손가락에 먹을 묻혀 조심스레 수첩에 지문을 찍었다. 그리고 그 손을 원래대로 싸서 상자 안에 넣어 눈에 띄지 않게 방구석에 놔두었다. 나무상자와 포장지, 상자 표면에 주소를 쓴 글씨 등을 하나도 남김없이 샅샅이 살펴본 것은 말할 필요도 없었다.

그리고 지난번 화장품을 싼 손수건을 풀어 미치코의 화장품 용기 표면에 남은 지문과 지금 수첩에 찍은 지문을 돋보기로 보며 비교했다.

"역시 그렇군."

그는 한숨을 쉬며 나직하게 혼잣말을 했다. 상자 안의 손은 미치코의 것이 분명했다. 그는 무슨 생각인지 미치코의 방으로 올라갔다. 잠시 후 아래로 내려와보니 서생 야마키가 그를 기다리고 있었다.

"조사가 끝나셨으면 죄송하지만 알아서 돌아가 달라고 사모님께서 말씀하셨습니다. 그리고 경찰에 신고해달라는 부탁도 하셨습니다."

"아, 그렇군요. 그건 걱정 마시라고 전해주십시오. 그런데 잠깐이라도 좋으니 주인어른을 뵐 수 있을까요?"

"아뇨, 매우 죄송하지만 주인어른께서는 아가씨 일 때문에 심한 신경과민에 시달리고 계셔서 아무 얘기도 듣고 싶지 않으시답니다. 모두 비밀로 하고 있으니 이런 때는 되도록 만나지 않으시겠다고요."

"그렇습니까? 그럼 저는 이만 돌아가겠습니다. 이 상자는 어디 잘 보관해두십시오. 경찰에서 사람이 올 테니 그때까지 가급적 손을 대지 않도록요."

아케치는 화장품을 싼 손수건을 조심스레 가슴에 품고 일어섰다. 서생 야마키와 하녀 오유키가 현관까지 그를 배웅했다. 그때 복도 어스름한 곳에서 오유키가 작은 종이쪽지를 아케치에게 건네주었지만 앞서 가던 야마키는 전혀 눈치채지 못했다.

밀회

야마노 다이고로 씨는 오사카에서 돌아온 후 이불 속에서 나오지 않았다. 미열이 멈추지 않았고 극심한 두통이 뒤따랐다. 의사는 독감이라고 했지만 발열의 원인이 외동딸 미치코의 실종 때문이라는 건 의심할 여지가 없었다. 오사카행의 결과가 실망스러웠던 데다가 부재중에 아케치 고고로가 의외의 발견을 하는 바람에 미치코의 행방불명이 단순한 가출이 아니라는 것을 알고 그의 번민이 한층 더 심해진 듯했다.

다이고로 씨는 집안사람들과도 얼굴을 마주치고 싶어 하지 않았다. 서생 야마키가 깜빡 잊고 방문객이 찾아왔다는 말이라도 전하면 심하게 호통치곤 했다. 가게 지배인이 업무 때문에 의논하러 와도 대개는 만나지 않고 돌려보냈다. 그 무렵 그의 방에 들어갈 수 있는 사람은 부인 유리에와 하녀 오유키뿐이었고 그것도 하루 세 번 식사 시중을 드는 정도였다.

야마노 부인도 섬뜩한 나무상자 선물을 본 후로는 병자처럼 방에 틀어박혀 있었다. 저녁 시간이 되어도 거실에 얼굴을 비치지 않았다. 오유키가 걱정이 되어 때때로 상태를 살피러 가도 그녀는 언제나 아무 말 없이 시름에 잠겨 있었다.

7시가 좀 지나자 무슨 생각인지 유리에는 옷을 갈아입고 다이고로 씨 방으로 들어갔다. 다이고로 씨는 이불 위에 반듯하게 누워 창백한 얼굴로 멍하니 천장을 바라보고 있었다. 전등에 풀색 견직물 갓이 씌워져 있어 방이 한층 음침해 보였다.

부인은 남편에게 약을 드시라고 했다. 그리고 방이 건조해지지 않도록 뚜껑을 열어 머리맡 화로에 걸쳐 놓은 은병 안에 물을 붓고 나서 다이고로 씨의 안색을 살피며 조심스레 말했다.

"저, 가타마치片町에 좀 다녀오려는데요."

"의논이라도 드리려고?"

다이고로 씨는 수염이 자란 얼굴을 힘들게 부인 쪽으로 돌리며 물었다. 2~3일 사이 부쩍 야위어 눈에는 핏발이 서 있었다.

"네. 가끔씩은요, 몸이 많이 안 좋으신 경우가 아니라면 한 시간만이라도 좀 쉬게 해주셨으면 해요."

혼고本郷의 니시카타마치西片町에는 야마노 부인의 큰아버지가 살고 있었다. 양친을 여읜 그녀에게 큰아버지는 유일한 가족이었다.

"나는 걱정할 거 없으니까 조심해서 다녀오게."

다이고로 씨는 뭔가 딴생각을 하고 있는 것처럼 공허한 목소리로 말했다.

"그럼 잠시 다녀올게요."

야마노 부인은 그 말을 하고 자리에서 일어나다가 문득 머리맡에 펼쳐져 있는 석간신문을 보게 되었다. 꼬리에 꼬리를 물고 생기는 사건들에 정신이 혼미해져 그만 중요한 것을 놓쳤다. 오늘 석간은 남편이 봐서는 안 되는 것이었다.

신문에는 예상대로, 아니 예상보다 더 요란스럽게 백화점 사건이 보도되어 있었다. 두 면이 거의 그 격정적인 기사로 요동치고 있었다. 한 가족의 사생활이 어느새 큰 사회적 사건으로 확대된 셈이었다. 물론 그 기사에는 미치코에 대한 언급이 한마디도 없었지만 그 요란한 3면 기사가 실은 자신의 가족과 관계된 이야기라니 정말이지 사실이 아닌 것 같았다.

다이고로 씨가 기사를 읽은 것은 의심할 나위 없었다. 혹시 읽고 나서 뭔가 눈치채지는 않았을까. 부인은 다이고로 씨의 표정에서 그 여부를 읽어보려 애썼지만 그의 얼빠진 얼굴은 아무것도 말해주지 않았다. 어쩌면 그는 이 엄청난 사회면 기사가 딸의 운명을 암시한다고 상상조차 못하고 있는지도 몰랐다.

야마노 부인은 오유키에게 행선지를 알려주고 외출 준비를 시켰다. 오유키는 야마키라도 대동하고 가시라고 권했지만 부인은 근처에서 택시를 대절할 거니 그럴 필요는 없다고 말하며 혼자 문을 나섰다.

문밖에는 담장이 양쪽으로 길게 뻗어 있었고 중간중간에 보안등이 희미한 불빛을 비추고 있어 오히려 어둠이 더 도드라져 보였다. 거리에는 아무도 없었다.

그녀는 어두운 길에 멈춰 서서 잠시 생각하더니 다시 또각또각 걷기 시작했다. 그런데 무슨 일인지 택시 대기소와는 반대 방향에 있는 더 음침한 곳으로 가는 것이었다. 첫 번째 모퉁이에 다다랐을 때 그녀는 일단 뒤를 돌아 아무도 없는지 확인하고 나서 빠른 걸음으로 어두운 길만 골라 걸었다.

약 2~3정을 지나자 스미다가와의 한적한 제방이 나왔다. 강 건너편에 집집마다 등불이 켜져 있는 모습이 연극무대의 배경그림처럼 보였다. 칠흑같이 어둡고 드넓은 수면에는 짐 싣는 거룻배의 발그레한 제등堤燈이 하나둘씩 흔들거리고 있었다.

제방을 지나 좀 더 가서 완만한 고개를 내려가니 미메구리 신사三囲神社의 경내였다. 야마노 부인은 내려가는 길목에서 조심스레 좌우를 살피며 신사 안으로 들어갔다.

그렇게 각별히 주의를 기울였는데도 부인은 자신을 미행하는 사람이 있었다는 걸 깨닫지 못했다. 부인이 자택 문을 나설 때부터 하녀 오유키는 부인 이상으로 주의하며 그녀의 뒤를 밟고 있었던 것이다.

미메구리 신사의 경내는 묘지처럼 조용했다. 제방 위의 보안등에서 비치는 빛 이외에는 등불조차 새어나오지 않았다. 어둠 속에 마치 오뉴도[27] 같은 구비[28]만 여기저기 우뚝 서 있었다.

야마노 부인은 무엇을 찾으려는지 구비들 사이를 누비고 다녔다. 그리고 유달리 큰 구비 앞에 이르자 누군가를 기다리려는 듯 멈춰 섰다.

"사모님이십니까?"

구비 뒤에서 허연 형상이 나타나 속삭이듯 말을 걸었다. 사내는 기모노에 봄 외투를 걸친 채 대형 헌팅캡을 눈까지 깊이 눌러쓰고 있었다. 어두웠는데도 커다란 안경이 먼 곳의 빛을 반사해 번쩍였다.

"네."

야마노 부인은 희미한 목소리로 대답했다. 몹시 떨리지만 필사적으로 참는 듯한 목소리였다.

"내가 말했던 게 거짓이 아니지요? 말한 건 확실히 해치워야죠."

수상한 사내는 굵은 지팡이에 기대어 부인에게 얼굴을 바싹 들이대고 말했다.

"나는 목숨까지도 포기했어요. 어떤 일이라도 해치울 겁니다. 이 이상의 일이라도요. 대답해주세요. 내 부탁을 들어줄 건가요?"

"이제 다 틀렸어요. 여기까지 온 이상 되돌릴 수 없어요."

부인은 곧 울음을 터뜨릴 것 같은 목소리로 말했다.

"분명 모두 다 밝혀질 거예요. 게다가 아케치 씨에게 의뢰하고

27_ 大入道. 스님의 외양을 한 커다란 몸집의 도깨비.
28_ 句碑. 하이쿠를 새긴 비.

말았어요. 그 사람은 놀라운 사람이에요. 정말 밑바닥까지 꿰뚫어보는 것 같아요. 그런데 왜 좀 더 빨리 말해주지 않았나요? 적어도 아케치 씨에게 의뢰하기 전에는 말해줬어야죠."

"아케치라고? 흥."

사내는 코웃음을 쳤다.

"그놈이 뭐라고. 하나도 두려워할 거 없소. 이렇게 된 것도 다 당신 잘못이지. 나를 얕보고 대수롭지 않게 여긴 게 잘못인 거요. 말만 해서는 당신이 놀라지 않으니까 실행할 수밖에 없었지. 지금 와서 우는 소리 하면 어쩌라는 건지. 하지만 절대 절망할 필요는 없소. 모든 비밀은 내가 쥐고 있으니까. 미치코가 살해당한 것을 안다고 한들 누가 죽였는지 시체가 어디 있는지 경찰이나 아마추어 탐정이 어떻게 찾아낼 수 있겠어. 그러니까 조금도 걱정할 필요 없소."

오유키는 되도록 두 사람에게 가까이 다가가 그들의 밀담을 들으려 했다. 그녀는 두려움보다는 묘한 호기심과 일종의 정의감으로 충만해 있었다. 더구나 평소부터 자신과는 아예 인종부터 다르다고 경외했던 유리에 부인이 범죄자처럼 이런 기괴한 행동을 하는 걸 보니 묘하게 흥분되었다. 오유키는 왠지 부인이 괘씸하다는 생각이 들어 부들부들 떨었다.

"그러니까 안심해도 좋다는 거지. 나만 화나게 하지 않으면 아무 문제없소. 그런데 오늘 밤은 무슨 핑계로 집을 나왔소?"

남자는 목소리를 있는 대로 낮게 깔고 말을 이어갔다.

"가타마치에 다녀온다고."

부인은 띄엄띄엄 말했다.

"당신 큰아버지 댁 말이군. 2~3시간은 괜찮겠네. 제방 위에 택시를 대기시켰으니 나와 함께 가지. 2시간 안에는 반드시 돌아오게 해줄 테니 벌벌 떨 필요 없어요. 하지만 만약 당신이 내 제안을 거절하면 어이없는 상황을 맞이하게 될 거요. 나는 모조리 다 털어놓을 테니. 그러면 물론 나도 죄인이 되겠지만 당신은 일신이 파멸하게 돼. 살 수 없을 거야. 그러니까 내가 말한 걸 들어줄 수밖에 없겠지. 가당치도 않은 놈에게 간파당한 게 무슨 대수라고 포기를 해. 시간이 없으니까 빨리 결정해. 나도 기다릴 만큼 기다렸으니."

"당신이 그토록 끔찍한 사람일 줄이야. 속세를 떠나 완전히 도통한 사람 같은 얼굴을 하고 있었으면서 사실은 그런 끔찍한 악당이었다니."

부인은 한숨을 쉬며 말했다.

"하지만 도리가 없군요. 그런 비밀을 지키기 위해서는 어떤 희생이라도 치를 수밖에 없겠죠. 그렇지만 당신은 그런 억지스러운 일을 강요하면 잠자리가 뒤숭숭하지 않나요? 나는 도무지 당신을 좋아할 수 없어요."

"으ㅎㅎㅎㅎㅎㅎㅎㅎ."

기괴한 사내는 소리를 죽여 가며 섬뜩하게 웃었다.

"나는 10년 동안이나 죽 기다렸던 거야. 당신은 모르겠지만 그 긴 세월 계속 당신만을 생각했소. 내가 얼마나 괴로웠는지, 어떤 엄청난 계획들을 실행했는지 지금 다 고백하지. 으ㅎㅎㅎ

흐흐. 당신은 분명 놀랄 거요. 당신을 마음에 두고 있었던 남자의 정체를 알면 당신은 분명 기절할 정도로 놀라겠지. 이번 일은 하여간 행운이었소. 이런 일이 일어나지 않았으면 한평생 간직했던 내 애절한 마음을 밝힐 기회조차 없었을 테니까. 자세한 건 저쪽에 가서 말하자고. 어쨌든 당신은 나를 따라올 수밖에 없소."

사내는 그렇게 말하면서 자신감 넘치는 모습으로 신사를 나와 제방 쪽으로 걸어갔다. 야마노 부인은 의지를 잃은 것 같았다. 그녀는 타인의 명령에 따라 움직이는 사람처럼 고분고분 남자의 뒤를 따랐다.

미메구리 신사에서 상류 방면으로 반 정 정도 제방을 따라 걸으니 금방이라도 무너질 것 같은 빈집이 한 채 있었다. 그 뒤로는 눈에 띄지 않게 자동차 한 대가 서 있었는데 헤드라이트를 끄고 있어 언뜻 봐서는 빈집의 일부처럼 보였다. 자동차 옆에 선 기괴한 사내는 손짓으로 야마노 부인을 불러 강제로 차에 태웠다. 그리고 운전사에게 무어라고 소곤거리고 나서 그도 차에 올라탔다.

자동차는 요란한 소리를 내며 인적 없는 제방에서 아즈마바시 방향으로 날아가듯 순식간에 사라졌다.

오유키는 뒤에 서서 분하다는 듯 자동차를 바라보았다. 더 이상 어찌할 도리가 없었기에 집으로 돌아가야 했다. 하지만 그녀는 아케치에게 보고할 내용을 적어도 두 가지는 확보했다. 하나는 수상한 사내가 부인을 태우고 사라진 자동차 번호, 즉

2936이라는 숫자. 또 하나는 수상한 사내의 외양과 목소리, 특히 특징적인 걸음걸이가 자신이 아는 사람과 아주 비슷하다는 사실이었다.

오유키는 의외의 인물이 떠올라 기분이 께름칙했다. 머리가 좀 이상해진 것 같기도 했다. 하지만 절뚝거리는 걸음걸이를 보면 아무래도 그 사람이 틀림없었다. 어깨 생김새, 지팡이 짚는 법, 그 외에도 모든 것이 착각일 리 없는 명백한 특징을 보였다. 그녀는 아케치에게 그런 사항들을 보고하기 위해 서둘러 집으로 돌아갔다.

기괴한 사내와 야마노 부인을 태운 자동차는 넓은 대로와 좁은 샛길을 몇 번이나 돌고 돌더니 휑한 길모퉁이에서 정지했다. 출발할 때부터 창에는 커튼이 내려져 있어 야마노 부인은 어디로 가고 있는지 전혀 짐작할 수 없었다. 때때로 행선지를 물어보았지만 사내는 히죽거리며 웃기만 할 뿐 아무 대답도 하지 않았다.

"자, 도착했습니다."

자동차가 멈추자 사내는 부인을 재촉해 차에서 내리게 했다. 그는 사람이 바뀐 것처럼 출발 전에 비해 부쩍 말수가 줄었다.

부인은 차에서 내릴 때 혹시 전에 온 적이 있는 동네인지 둘러보았지만 을씨년스럽게 느껴질 뿐 전혀 모르는 곳이었다. 그렇게 오래 달린 것 같지는 않은데 동네는 시골에라도 온 듯 황량하고 누추했다.

사내는 지팡이에 의지해 다리를 질질 끌며 걸었지만 의외로 빨랐다. 그는 뒤도 돌아보지 않은 채 말없이 걷기만 했다. 부인도 그 뒤를 따를 수밖에 없었다. 좁은 길을 몇 번이나 돌며 3정 정도 걸었을 때 하나같이 문이 작은, 관사 같은 셋집이 죽 늘어서 있는 동네로 들어갔다. 수상한 사내는 몸을 굽히고 그중 한 집으로 들어가서 문 가까이의 유리 격자문을 열었다. 야마노 부인은 창백한 얼굴이었지만 이미 각오를 했는지 의외로 담담하게 사내 뒤를 따라갔다.

사내는 자동차 운전사에게 그의 은신처가 노출되지 않도록 일부러 3정 정도 떨어진 곳에서 내렸다. 하녀 오유키가 자동차 번호를 기억해두었다고 해도 이렇게 용의주도한 상대에게는 당해낼 재간이 없는 듯했다. 하지만 다행히 아케치와 오유키 외에도 야마노 부인 곁을 쉬지 않고 따라붙은 사람이 한 명 더 있었다. 그는 정의나 호기심보다는 좀 더 정열적인 동기 때문에 부인에 대한 감시를 한시도 게을리하지 않았다.

수상한 사내와 야마노 부인이 자동차에서 내려 어두운 거리로 모습을 감출 무렵, 앞좌석에 운전사와 나란히 앉아 있던 조수는 빌려 입은 화려한 오버코트를 벗어 지폐 한 장과 함께 운전사에게 건네주며 말했다.

"고마웠소. 약소하지만 사례의 표시니까. 조수에게 잘 말해주시오."

조수로 변장하고 앞좌석에 앉아 있던 사람은 다름 아닌 고바야시 몬조였다. 진짜 조수에게 빌린 오버코트를 벗으니 한 벌뿐인 그의 하늘색 봄 외투가 보였다.

그는 자동차에서 내려 반 정 정도 앞서 걸어가는 남녀를 조심조심 미행했다. 그리고 그들이 집에 들어갈 때까지 지켜보았다.

몬조는 강한 집념으로 그 집 앞에서 망을 보았다. 집 안에 들어갈 용기가 없는 것은 아니었지만 야마노 부인의 비밀이 무엇인지, 부인과 수상한 사내가 무슨 사이인지 내막을 알지 못한 채 무모한 짓을 하고 싶지는 않았다.

다행히 집 옆쪽으로 좁은 골목이 나 있고 뒷문 쪽은 막다른 골목이라 그 어귀에서 망을 보고 있으면 그들이 뒷문으로 빠져나가더라도 놓치지 않을 수 있었다.

몬조는 어두운 골목에 몸을 숨기고 끈질기게 동정을 살폈다. 그는 자동차 조수로 변장을 하고 어둠 속에서 수상한 인물을 지켜보고 있으니 내심 우쭐한 기분이 들었다.

격자문을 열고 들어가니 한 평가량 되는 봉당[29]이 있었고, 3조 크기의 현관에는 바로 2층으로 올라가는 계단이 있었다. 사내는 말없이 계단을 올라갔다. 야마노 부인은 자신도 모르게 발소리를 죽이며 그 뒤를 따랐다. 다리가 불편한 사내는 아이처럼 양손을 짚고 계단을 한 칸씩 느릿느릿 기어 올라갔다. 계단 아래에서 사내가 먼저 올라가기를 기다리던 부인은 그 모습이 마치 돌담을 기어오르는 게 같다고 생각했다.

....

29_ 土間. 마루를 깔지 않고 흙바닥을 그대로 둔 곳.

2층은 6조와 4조 크기의 다다미방 두 칸밖에 없었다. 사내는 그 6조짜리 다다미방으로 들어가 맹장지[30]를 꽉 닫았다.

"그렇게 서 있어도 방법이 없지 않겠소? 여기 방석이 있으니까 편하게 앉아요. 그런데 유리에 씨, 결국 왔군요."

사내는 기분 나쁘게 웃으면서 말했다. 그리고 자신도 방석을 가져와서 외투도 벗지 않은 채 그냥 앉으려 했다. 그는 다리를 굽히기 힘든지 한참 만에 겨우 비스듬히 앉았다.

"너무 긴장하는군. 좀 편하게 앉아요."

그는 안경 속의 뱀 같은 눈을 번뜩이며 부인을 보았다.

"여기는 아무도 없나요?"

유리에는 구석에 옹크리고 앉아 마른 입술로 말했다.

"아마 없을 거요. 귀가 어두운 할머니가 일하는데 당신이 싫어할 것 같아 나오지 말라고 일러두었소. 귀머거리나 마찬가지니까 괜찮아. 좀 큰 소리로 말해도 안 들리니 걱정할 필요가 없지."

사내는 그때까지 쓰고 있던 커다란 헌팅캡을 벗었다. 모자를 벗으니 짧은 머리카락이 지저분하게 헝클어져 있었다. 신기하게도 사내의 인상이 완전히 달라 보였다.

"어머."

그 모습을 본 유리에는 깜짝 놀라 숨을 들이쉬었다.

"하하하하하하하, 이거 말이군."

....
30_ 襖. 방과 방 사이에 칸을 막아 끼우는 문.

사내는 머리를 긁적이며 말했다.

"가발을 쓴 거지. 얼굴이 달라 보이는가 보군. 이런 정도로 놀라면 안 돼. 더한 것도 있는데. 하지만 무슨 일이 있어도 당신은 내 거야. 이제 도망치고 싶어도 도망칠 수 없을 거야. 도망치면 당신의 일신이 파멸할 테니까."

사내는 코 위에 흉한 주름을 만들어가며 기괴하게 웃었다. 그는 조금씩 가면을 벗고 잔인한 정체를 드러내기 시작했다.

"와하하하하하."

그는 별안간 이를 드러내며 미친 듯이 웃었다.

"유리에 씨. 이제 내가 이렇게 당신을 부를 수도 있네. 연인처럼 부를 수 있군. 지난 10년 동안 내가 이 이름을 마음속으로 얼마나 많이 불렀는지 몰라. 어쩔 수 없다는 걸 알았어도 희망을 버릴 수는 없었지. 하지만 이제 그게 이루어진 거지. 정말 꿈같은 행복이야. 유리에 씨, 나를 사랑해달라는 무리한 부탁은 하지 않겠소. 불행을 타고난 이 남자를 가엾이 여겨줘. 내 악행을 미워하지 말고 그럴 수밖에 없었던 내 애달픈 심정을 헤아려달라고."

남자는 위압적인 태도를 싹 버리고 몸부림치며 애원했다. 외투 차림의 긴 몸이 옆으로 쓰러지더니 어느새 기괴한 뱀처럼 꿈틀거리며 유리에 쪽으로 다가왔다.

"당신 대체 누구예요? 내가 알던 당신이 아닌 것 같아요. 누구예요, 대체?"

유리에는 몸을 더 구석 쪽으로 움츠리며 날카롭게 소리를 질렀다.

"그게 알고 싶은가 보지? 그럼 이제 알려주지."

기어오던 남자가 날아오르듯 벌떡 일어났다. 그가 전등 쪽으로 손을 뻗었는지 갑자기 파박 소리와 함께 방이 캄캄해졌다.

2층 빈지문이 완전히 닫혀 있는 데다가 바깥에도 어슴푸레한 문등 외에는 불빛이 없었다. 전등이 꺼지니 방 안은 완전히 암흑으로 변했다.

그 와중에 유리에 부인은 몸가짐을 단단히 하고 사내 쪽을 응시했다. 그녀는 무엇보다도 이번 사건의 진상이 폭로되는 것이 두려웠다. 그 비밀을 지키기 위해서는 어떤 희생도 견뎌야 한다고 각오를 다졌다. 처녀도 아닌 그녀가 경망스럽게 비명을 지를 필요는 없었지만 이루 말할 수 없는 공포에 가슴이 바르르 떨리는 것까지 제어할 수는 없었다.

당장이라도 덤벼들 것처럼 굴던 사내는 갑자기 조용해졌다. 저만치 떨어진 곳에서 덜그럭거리는 소리와 함께 그의 거친 숨소리만 들려올 뿐이었다.

"갑자기 전등을 끄면 놀라잖아요. 빨리 켜주세요. 그러지 않으면 나 돌아갈 거예요."

유리에는 애써 담담한 목소리로, 그러나 꽤 힘 있게 이야기했다.

"돌아가려면 돌아가든지. 그렇게 만용을 부리면 못써. 당신이 무슨 짓을 하더라도 돌아갈 수 없을 거야. 전기를 끈 건 당신이 겁먹으면 안 되기 때문이지."

그가 입을 다물고 웃는 소리가 소름 끼치게 암흑을 타고 들려왔다.

"당신은 벌써 잊었는지 모르지만 우리가 처음 야마노가에서 만난 지 10년도 더 지났군. 그때 당신은 아직 덜 자라 어른 옷을 줄여 입어야 했던 천진난만한 아가씨였지. 당신은 자주 야마노 부인에게 놀러왔어. 야마노가가 니시카타마치에 있던 시절이었지. 생각날 거야. 나는 그때도 이따금 야마노가에 드나들었으니까. 당신 얼굴을 보려는 목적도 있었지. 하지만 그런 건 내색도 안 했어. 나는 보통 사람들처럼 사랑 같은 걸 할 수 있는 몸이 아니거든. 세상만사 모두 포기했지. 그런데 무슨 운명인지 유리에 씨, 당신에 대해서만은 아무리 포기하려 해도 도저히 포기가 안 되더군. 아예 당신을 찌르고 나도 죽으려 했던 적도 몇 번 있었어. 야마노에게 시집갔을 때는 정말 가슴에 단도를 품고 당신을 만나러 갔어. 나는 그 정도로 오랜 세월을 벼르며 결심한 거야. 그러니 조금은 불쌍히 여겨줄 수 있잖아."

중간중간 끊어지는 애절한 목소리였다. 한마디 할 때마다 그 소리가 어둠 속을 기어오듯 유리에 쪽으로 다가왔다. 검은 무언가가 꿈지럭거리는 기척이 점점 가깝게 느껴지는 것을 보니 정말로 그 목소리의 주인공이 조금씩 그녀 쪽으로 다가오는 듯했다.

유리에는 기분이 이상했다. 무섭기보다는 어쩐지 끔찍한 짐승에게 습격당하는 것 같은 묘한 두려움이었다. 그런데 아이러니하게도 상대의 고백을 듣다 보니 그 뱀 같은 집념에 매력을 느끼게 되었다. 그건 연민의 정이라기보다는 오히려 일종의 육체적 그리움이었다.

별안간 부드러운 것이 그녀의 무릎으로 기어오르더니 도망칠 틈도 주지 않고 불쑥 그녀의 손을 잡았다. 땀이 배어 축축한 사내의 손바닥이 느껴졌다.

"어머!"

유리에는 엉겁결에 나지막이 소리를 지르며 그 손을 뿌리치려 했다. 하지만 이미 작정을 한 사내의 손은 끈끈이처럼 찰싹 달라붙어 쉽사리 떨어지지 않았다. 떨어지기는커녕 점점 강한 힘으로 그녀의 가냘픈 손가락을 죄어왔다.

그와 동시에 묘한 소리가 들렸다. 유리에는 사내가 기침을 하는 줄 알았다. 콜록콜록 하는 소리가 격하게 목에서 울려나왔다. 하지만 금세 코를 훌쩍이는 소리로 바뀌더니 난데없이 꺽꺽 꺽꺽꺽꺽꺽 숨이 막히는 듯한 소리가 났다. 사내가 울기 시작한 것이다. 그는 유리에의 손끝을 꼭 쥔 채 그녀의 팔에 눈물을 뚝뚝 흘리며 정신 나간 듯이 울기만 했다.

유리에는 사내의 격정에 이끌렸다. 어느덧 그녀도 야릇한 흥분을 느끼며 한쪽 손을 사내에게 맡긴 채 가만히 그의 울음소리를 들었다. 손 위에 비처럼 떨어져 내리는 눈물의 감촉은 그녀의 공포를 조금씩 누그러뜨렸다.

"유리에 씨, 유리에 씨."

사내는 흐느껴 울며 중간중간 몇 번이고 그녀의 이름을 불렀다. 그의 한쪽 손은 다섯 개의 다리를 가진 커다란 곤충처럼 유리에의 전신을 기어 다녔다. 무릎에서 허리로 넘어가서 가슴을 간지럽히며 기어 다니더니 부드럽게 어깨로 미끄러져 달래듯이 등 가운데의 고랑을 어루만졌다. 유리에는 얇은 기모노를 입었지만 축축하게 땀이 밴 폭신한 손바닥이 직접 피부에 닿는 것 같아 섬뜩했다. 그 손길이 몹시 섬뜩하긴 했으나 동시에 그녀의 도덕심을 마비시키는 괴력도 가지고 있는 듯했다.

그녀는 어느새 저항력을 잃어갔다. 사내의 달아오른 얼굴이 그녀의 볼에 스치고 뜨거운 눈물이 그녀의 입술을 적셔도, 불길 같은 한숨이 그녀의 호흡과 섞여도 그를 뿌리치지 않았다.

그러나 잠시 후 공포에 질린 그녀는 소리를 지르며 사내의 팔에서 몸을 빼려고 안간힘을 썼다. 그녀는 상대의 몸에서 일어난 무서운 변화를 느꼈던 것이다.

조금 전부터 그녀의 손은 무의식적으로 사내의 몸을 찾고 있었다. 그러다 우연히 다리 쪽에 손이 닿았는데 지금까지 앉아 있는 줄만 알았던 그가 기형적으로 짧은 다리를 최대한 길게 뻗고 서 있었다는 사실을 감지했다. 그의 얼굴은 그녀의 얼굴과 같은 높이에 있었다. 그녀는 앉아 있었지만 상대는 서 있는 것이 확실했다. 다시 말해 사내는 어느덧 비정상적으로 키가 작은 기형아로 변해버린 것이다. 순간 그녀는 모든 사정을 깨달았다. 오늘밤 가발과 안경, 외투로 변장한 것과 마찬가지로 평상시 사내의 모습도 결국 변장에 지나지 않았다. 또 하나의 변장 안에 이런 불쾌한 정체가 숨겨져 있었던 것이다. 고바야시 몬조가 미행을 했고 백화점 지배인이 발견했다던 난쟁이가 바로 이 사내였다. 자신을 협박했던 사내와 미치코의 시체를 절단해 악질적인 장난을 친 난쟁이가 동일인물이라는 것을 지금까지 전혀 눈치채지 못했다니 멍청하기 짝이 없었다. 사내가 보기만 해도 두려운 기형아라면 10년이라는 긴 세월 동안 자신의 애달픈 사랑을 털어놓지 못한 것도, 이런 범죄사건 뒤에 숨어서 그녀의 약점을 이용해 그 사랑을 이루려는 것도 크게 무리는 아니었다.

사내가 난쟁이라는 사실을 깨닫자, 아무리 단단히 각오를 했어도 그녀는 더 이상 참을 수 없었다. 이런 괴물에게 잠시라도 묘한 매력을 느꼈다고 생각하니 소름이 끼쳐 등줄기가 서늘해졌다. 그녀는 괴물의 팔을 떨쳐내려고 필사적으로 발버둥을 쳤다.

그러나 상대는 유리에가 눈치챈 걸 알고 더 힘껏 그녀를 끌어안았다. 기형아라고는 하지만 사생결단하듯 광기 어린 완력을 쓰니 가냘픈 여자가 당해낼 재간이 없었다.

"그래봤자 이제 와서 도망칠 수 있을까?"

그는 기를 쓰고 목소리를 짜냈다.

"소리를 지르고 싶으면 질러도 돼. 하지만 잊지 마. 그런 짓을 하면 네 일신이 파멸할 거야. 그래도 좋나? 야마노 일가는 망할 텐데."

난쟁이는 일어서는 유리에의 허리 언저리에 매달려 협박을 했다. 그리고 상대가 겁먹은 틈을 노려 자신의 짧은 다리를 그녀의 다리에 감아 엄청난 힘으로 그녀를 쓰러뜨리려 했다.

소리를 지르려 해도 소리칠 자유가 없었고 도망치려 해도 도망칠 힘이 없었다. 유리에는 마치 악몽에 시달리는 것 같았다. 기형아는 기분 나쁜 연체동물처럼 그녀의 하반신에 달라붙어 허리를 단단히 쥔 양팔에 점점 더 힘을 주는 듯했다.

고바야시 몬조는 으스스한 추위를 견디며 골목 입구에 서서 집념을 불태우고 있었다. 아직 밤이 깊지도 않았는데 동네는 이상하리만큼 어둡고 고요했다. 이 집 저 집 할 것 없이 빈집처럼 아무 소리도 나지 않았다.

박쥐처럼 고갯길 담장에 찰싹 붙어 어스름한 길을 바라보고 있으니 이따금 잿빛 그림자가 휙 지나갔다. 틀림없이 사람인 듯했지만 아무 기척이 없어 귀신처럼 느껴졌다.

야마노 부인은 2층으로 올라간 것 같았다. 혹시 말소리라도 새어나오지 않을까 위를 올려다보며 귀를 기울이고 있었다. 하지만 밀폐된 빈지문 안은 조용했고 등불 그림자조차 비치지 않았다.

갑자기 무슨 소리가 들리는 듯해서 그는 귀를 쫑긋 세웠지만 멀리서 들려오는 힘없는 아기 울음소리였다.

요 며칠 몬조는 오랜 권태에서 빠져나와 간만에 긴장감을 맛보았다. 드디어 이 세상에서 삶의 낙을 찾은 듯했다. 기괴한 범죄사건의 소용돌이에 휘말려 아마추어 탐정 시늉을 해보는 것도 어린애 같은 그에게는 꽤 흥미로운 일이었다. 게다가 지금까지 급이 다른 상대 같아 말도 잘 붙이지 못했던 야마노 부인이 뜻밖에도 허물없는 태도로 그에게 접근해온 것이 무엇보다도 기뻤다. 그는 미치코 일을 핑계 삼아 기회만 있으면 야마노가를 드나들며 부인 곁에 맴돌았다.

그리고 마침내 부인의 비밀을 손에 쥘 수 있었다. 그는 사랑이라는 요물 덕에 극도로 예민해진 것이다. 부인의 일이라면 아무리 사소한 것이라도 일거수일투족 그의 감시를 벗어날 수 없었다. 그는 오유키와 마찬가지로 오늘 밤 부인의 밀회를 알게 되었다. 그리고 오유키는 흉내 낼 수 없는 곡예를 한 것이다. 그는 민첩하게 수상한 사내가 탔던 자동차의 조수를 매수한 끝에 이 은신처를 알아낼 수 있었다. 전문가인 아케치 고고로를 제치고 그가 전혀 상상도 못할 단서를 손에 쥐었다고 생각하니 몬조는 우쭐해졌다.

하지만 자신이 상대하고 있는 기괴한 사내가 어떤 자인지 도무지 짐작이 가지 않았다. 어디선가 우연히 만난 적이 있는 사람 같기도 한데 그 이상은 생각나지 않았다. 그가 파악한 것은 그놈이 부인의 약점을 쥐고 협박하지만 부인에게는 두려운 비밀이 있어 그의 뜻대로 움직일 수밖에 없다는 것 정도였다.

몬조는 부인이 어떤 비밀을 가지고 있다 해도 그녀가 미워질 것 같지는 않았다. 미운 것은 상대 남자였다. 그는 사내에게 격렬한 질투심을 느꼈다. 연약한 부인이 지금쯤 그놈 때문에 고초를 겪는다고 생각하니 미칠 것 같았.

여러 흉측한 장면이 눈앞에 어른거렸다. 그 장면 속에는 짐승 같은 남자가 있었다. 요염하게 흐트러진 부인의 모습도 보였다. 그런 생각을 하니 육체적으로도 고통이 느껴졌다. 그는 몇 번이나 집 안으로 뛰어들려 했는지 모른다. 하지만 부인에게 폐가 될까 봐 간신히 버티고 있었다.

기다려도 기다려도 그들은 나올 기미가 보이지 않았다. 어둠 속에서 기다린 지 얼추 한 시간이 되어갔다. 기다리는 시간이 길어질수록 망상은 쌓여만 갔다. 더 이상 참을 수 없었다. 바로 그때 2층에서 여자 비명 소리가 들렸다. 아니 들린 것 같았다.

그는 반쯤 정신이 나가 거칠게 격자문을 열었다.

"미안합니다."

집 안은 쥐 죽은 듯 조용했다.

"아무도 안 계십니까?"

그는 두 번 세 번 큰 소리로 외쳤지만 아무 대답이 없었다. 그는 작정하고 현관 장지문을 열었다. 그래도 여전히 아무도 나오지 않아 다음 방으로 통하는 맹장지를 열고 안을 들여다보았다. 그림자 하나 없었다.

몬조는 어쩌다 검문을 당하는 경우에도 빠져나갈 구멍이 있으면 개의치 않았다. 그는 겁쟁이이긴 했지만 한편으로는 무모하게 대담한 면도 있었다.

그는 급히 신발을 벗고 현관으로 들어갔다. 하지만 당황한 탓에 봉당에 야마노 부인의 신발이 없다는 것을 알아채지 못했다. 맹장지를 활짝 열고 거실로 보이는 옆방으로 들어가 안방 쪽 맹장지도 열어보았다. 안에는 추레한 노파가 갑자기 졸다가 깬 듯 멍한 얼굴로 앉아 있었다.

"뭡니까, 여태껏 뵌 적이 없는 분 같은데 누구쇼."

노파는 큰 소리로 따지듯 물었다.

"실례가 많습니다. 아무리 불러도 대답이 없어서요. 여기 야마노 부인이 오셨지요? 실은 급한 일이 생겨 사모님을 모시러 왔습니다."

"누구시냐니까요. 지금 주인어른은 집에 안 계십니다."

노파는 귀가 어두운지 엉뚱한 대답을 했다.

두세 마디 더 물어보다가 초조해진 몬조는 지금 노파를 상대할 때가 아니라는 생각이 들어 제멋대로 주변의 장지문과 맹장지를 하나씩 열어가며 야마노 부인을 찾았다. 하지만 이제 아래층에서 남은 곳은 좁은 부엌뿐이었고, 어디에도 그림자 하나 보이지 않았다.

그는 노파가 말리는 데도 불구하고 2층으로 올라갔다. 당장 누구라도 만나면 호통을 칠 기세로 잔뜩 무장하고 계단을 올라갔지만 거기에도 이상하게 인기척이 전혀 없었다. 2층에는 방 두 칸밖에 없었는데 6조방 쪽에 어두운 전등이 켜져 있었고 세간도 말끔히 정리되어 있었다. 방은 이상하게 텅 비어 있었고 사람이 머물렀던 흔적도 전혀 없었다.

"사람이 왜 이렇게 예의가 없나. 주인양반이 집에 안 계시다고 하지 않았소. 나 빼놓곤 여기 고양이새끼 한 마리 얼씬하지 않았단 말이오."

노파는 태연스레 2층까지 따라와서 몬조를 감시하며 툴툴거렸다.

"분명히 이 집에 들어가는 걸 봤는데 이상하네. 당신 거짓말하는 거 아니오?"

그러나 무슨 말을 해도 노파에게는 통하지 않았다. 노파는 점점 소리를 높였고 종국에는 이웃에 들릴 정도로 큰 소리를 질러댔다.

몬조는 서랍까지 일일이 열어보며 빠짐없이 집 안을 살펴보았지만 노파가 말한 대로 고양이새끼 한 마리 없었다. 앞문이고 뒷문이고 철저히 감시했기에 만약 그들이 집에서 나갔다 하더라도 그의 눈에 띄지 않을 리 없었고, 그가 앞문으로 들어온 소리를 듣고 그사이에 뒷문으로 도망치는 것도 불가능했다. 시간적으로 그럴 여유가 있을 리 없었다. 따라서 그들이 집 안에서 사라졌다고밖에 달리 생각할 수 없었다.

몬조는 또다시 여우에 홀린 것 같았다. 생각해 보면 이번 사건은 이상하게도 같은 일이 몇 번씩이나 반복되었다. 미치코도 방 안에서 없어졌다. 그 섬뜩한 난쟁이는 요겐지의 공양간으로 들어간 채 사라지고 없었다. 그리고 오늘 밤은 야마노 부인 차례였다. 몬조는 치가 떨렸다.

그는 노파의 질타를 들으며 맥없이 밖으로 나왔다.

'요즘 내 머리가 좀 잘못되었나. 아니면 악인이 영문 모를 요술이라도 부리고 있나. 도대체 왜 그런 걸까.'

꼭 악몽에 시달리는 것 같았다. 그는 전찻길을 찾아 어두운 마을을 걸으며 문득 어린 시절에 들은, 여우와 너구리가 사람으로 변신했다는 이야기가 떠올랐다. 황당무계한 공포가 등줄기를 오싹하게 했다.

의혹

다음 날 아침, 고바야시 몬조는 얼이 빠진 얼굴로 야마노가 현관에 나타났다. 그는 밤새도록 악몽에 시달리는 바람에 꿈과 어젯밤 사건이 마구 뒤섞여 어디까지가 현실이고 어디까지가 꿈인지 잘 모를 지경이었다. 모두 거짓말 같았다.

기분 탓인지 야마노가는 이전과 어딘지 달라보였다. 대문 안쪽의 자갈길에는 쓰레기가 떨어져 있었고, 현관 입구에는 먼지가 쌓여 있었으며, 2층 빈지문은 반만 닫혀 있었다. 전체적으로 분위기가 쓸쓸하고 삭막해 보였다.

손님을 맞이하는 서생 야마키도 핏기 없이 해쓱해진 얼굴이었다. 몬조는 야마노 부인까지 행방불명되었으면 어쩌나 걱정될 따름이었다.

"사모님은?"

그는 안쪽을 들여다보며 작은 목소리로 물었다.

"안 계십니다."

몬조는 그 말을 듣고 흠칫했다.

"언제부터?"

"네?"

야마키는 이상한 표정으로 몬조를 봤다.

"어젯밤부터 안 들어오시지 않았나?"

"아니오, 방금 아케치 씨가 계신 곳으로 가셨습니다."

"아, 아케치 씨한테."

무안함을 감추려고 몬조는 얼른 말했다. 그는 부끄러움에 얼굴이 빨개졌다.

"그런데 어젯밤에도 어디 가시지 않았나?"

"어젯밤에는 가타마치의 친척 댁에 가셨습니다."

서생은 아무 일 없다는 듯 대답했다.

"언제쯤 돌아오셨지?"

"9시경입니다."

서생은 대답을 하며 의문스러운 표정을 지었다. 9시라면 몬조가 아직 어두운 골목에서 서성거릴 때였다. 몬조는 점점 알수 없어졌다. 야마노 부인은 그 엄중한 감시를 어떻게 빠져나갈수 있었을까. 도저히 불가능했을 텐데. 그렇다면 어젯밤 일은역시 한순간의 악몽에 지나지 않는 걸까. 그는 하여간에 일단부인을 만나보고 싶었다.

"그럼 지금은 아케치 씨 처소에 계시겠네?"

"네, 방금 집을 나가셨으니까요."

"그 뒤로 다른 이상한 일은 없었지?"

몬조는 돌아갈 준비를 하다가 갑자기 생각이 나서 물었다.

"바깥어른 병환은 괜찮으시고?"

"별로 좋지 않으십니다. 열이 높아서 오늘은 아침부터 간호사가 두 명이나 다녀갔고, 뭐랄까 집안이 엉망진창입니다. 게다가하녀 고마쓰가 어제 저녁 병원에 간다고 나가서 안 돌아왔습니다."

"고마쓰라면 두통이라며 자고 있던 그 아이?"

"네, 짐작 가는 곳에 전화도 해보고 사람을 보내기도 했는데 지금까지 행방불명입니다. 더군다나 오늘 아침 일찍 경찰까지 온 형편이고요. 사모님 혼자서 힘드셨습니다."

"경찰에서는 뭔가 단서라도 찾았나?"

몬조는 매번 선수를 빼앗긴 것 같아 유쾌한 기분은 아니었다.

"전혀요. 아무것도 알아내지 못했다고 합니다."

서생은 하소연하듯 말했다.

"그 한쪽 팔 소포 건을 아케치 씨가 경찰에 알렸잖아요. 그걸 조사하러 왔었습니다. 그 백화점 한쪽 팔 사건이 우리 아가씨 사건과 관계가 있다고 밝혀져서 경찰에서도 꽤나 시끄러웠나 봅니다. 아가씨가 돌아가신 걸 지금껏 주인어른께는 비밀로 했는데 그게 완전히 밝혀졌으니 병환이 더 안 좋아지신 거죠. 완전 엉망진창입니다. 요새 저희들도 밤잠을 제대로 못 잘 정도 니까요."

서생은 여드름이 난 얼굴을 찡그리며 호들갑스레 푸념을 늘어놓았다.

몬조는 서생의 말이 끝나자 야마노가를 나왔다. 그는 부인을 뒤쫓아서 아케치의 숙소가 있는 아사쿠사로 향했다. 그의 머릿속에는 여러 가지 일들이 마구 소용돌이치고 있었다. 매일같이 의문의 인물이 늘어가는 듯했다. 우선 그 기괴한 난쟁이, 휴가를 얻은 운전사 후키야, 어젯밤의 그 이상한 안경을 쓴 사내, 하녀 고마쓰의 실종, 더구나 그가 경애하는 유리에 부인도 틀림없이 소용돌이 속의 인물이었다.

어젯밤 일은 분명 꿈이 아니다. 아무리 좋은 쪽으로 해석해 봐도 이 사건에서 부인이 상당히 중요한 역할을 한 것은 확실한 듯했다. 나쁜 쪽으로 보면 부인이 의붓딸인 미치코를 죽였다고 의심할 수도 있었다. 몬조는 어젯밤부터 자꾸만 이런 무시무시한 의문에 봉착했다. 그럴 때마다 자신도 모르게 흠칫 놀라 억지로 다른 생각을 하곤 했다.

하지만 만일 의문이 사실이라 해도 그는 부인을 미워하기는커녕 오히려 그 죄가 발각될까 봐 그녀와 함께 걱정하며 비밀을 지키기 위해 노력할 것이 틀림없었다. 그리고 이런 약점을 알게 된 것이야말로 부인과의 영원한 인연이라 여기고 남몰래 기뻐할지도 모르겠다. 부인에 대한 동경은 요 며칠 사이 그 정도로 많이 커져 있었다. 그런 까닭에 그는 아케치의 재능을 두려워할 수밖에 없었다. 만약 아케치가 미치코를 살해한 범인을 순조롭게 밝혀낸다면, 그리고 그 범인이 다름 아닌 유리에 부인이라면, 여기까지 생각을 하니 몬조는 제정신이 아니었다. 그런 의미에서라도 그는 일단 아케치를 만나 상황을 파악해야 했다.

'설마 그런 건 아닐 거야. 만약 부인이 켕기는 게 있었으면 처음부터 아케치에게 의뢰하지도 않았을걸. 오늘만 해도 부인이 먼저 아케치를 방문했는데 앞뒤가 안 맞잖아.'

그렇게 생각하니 좀 안심이 되었다.

몬조가 걱정하는 동안 전차는 어느새 하차할 역에 도착했다. 차장이 큰 소리로 외치지 않았다면 역을 그냥 지나칠 뻔했다. 그는 기쿠스이 여관으로 가서 바로 아케치의 방을 찾아갔다.

하지만 방에는 아케치 혼자만 있을 뿐 원래 만나고자 했던 야마노 부인의 모습은 보이지 않았다.

"야마노 부인은 안 계시네요?"

몬조는 앉으면서 그것부터 물었다.

"방금 돌아가셨지. 조금만 빨리 왔으면 만날 수 있었을 텐데."

아케치는 변함없이 빙글빙글 웃으며 몬조를 맞이했다.

"그렇습니까? 서둘러 왔는데……. 그건 그렇고 그 후에 발견하신 단서라도 있으세요?"

연령이나 사회적 지위가 달라도 예전 하숙집 동료라는 막역함 때문인지 몬조는 그만 섣부른 말을 하고 말았다. 더구나 그는 어젯밤의 모험으로 다소 우쭐해진 상태였다. 자신 같은 아마추어가 그런 중대한 비밀을 알아냈는데 명탐정이라는 아케치가 아직 아무것도 모르는 눈치여서 안타까우면서도 한편으로는 꽤 유쾌하기도 했다.

"아니, 발견이라 할 정도는 없었어."

아케치는 침착했다.

"이번에는 사건이 상당히 어려운가 보네요. 당신답지 않게 진행이 좀 느린 거 아니에요?"

몬조는 한번쯤 그런 말을 해보고 싶었다. 말하고 나서도 화들짝 놀라서 아케치의 안색을 살폈다.

"꽤 이상한 사건이라서."

하지만 아케치는 별로 화가 나지 않는지 여전히 웃는 얼굴로 말했다.

"그건 그렇고, 자네 어젯밤에 대단한 활약을 한 것 같던데. 내 단서보다 그 활약상을 좀 들려주게. 자네도 여간내기가 아니더군."

몬조는 갑자기 얼굴이 붉어지고 말았다. 아케치가 어떻게 어젯밤 사건을 아는지 의아하기 짝이 없었다. 그의 웃는 얼굴이 갑자기 섬뜩하게 느껴졌다.

"자네는 내가 야마노 부인에게 무슨 말을 들었다고 생각할지 모르지만 그런 걱정은 하지 않아도 돼. 부인은 결코 자네의 변장을 눈치채지 못했으니까."

아케치는 몬조의 표정을 절묘하게 읽었다.

"부인은 요즘 아무것도 말하지 않더군. 별것 아닌 것도 자꾸 숨기려 하고. 내게 탐정을 의뢰한 것조차 후회하는 눈치였어. 그러니까 오늘 온 것도 빨리 범인을 찾기 위해서가 아니라 내가 어디까지 진상을 알아냈는지 겁이 나서 그걸 물으러 온 거였네."

"그럼 당신은 부인이 이번 범죄와 관계가 있다고 생각하는 거죠?"

몬조는 아케치의 저의가 알고 싶었다.

"관계가 있는 건 명백하지. 그러나 왜 본인이 직접 나서서 나 같은 사람에게 탐정을 의뢰했는지, 그리고 지금 와서 왜 그걸 후회하기 시작했는지 그걸 잘 모르겠더군. 애초에 그 여자 자체가 하나의 의문이야. 매우 정숙해 보이기도 하고, 또 어떻게 보면 의외로 요부 같은 면도 있고 도무지 종잡을 수가 없어.

그래서 어쩌면 그녀는 내 앞에 일부러 이 사건을 던져놓고 대담하게 연기했던 건지도 몰라. 비밀이 들통 날 염려는 없다고 믿고 대수롭지 않게 여겼을지 모르지. 여자 범죄자에게는 그런 특이한 면이 종종 있거든.”

“만약 그렇다 해도 최근에 자신감을 잃어버리는 사건이 있었어요.”

“이래 봬도 나도 꽤 일을 한다네. 만약 뒤가 켕긴다면 부인이 걱정을 하는 것도 무리는 아니지. 자네는 내가 손을 놓고 놀고 있다고 생각하는 모양이지만 결코 그렇지 않아. 실은 어젯밤 자네의 행동도 다 알고 있어.”

“어젯밤 행동이라고 하셨습니까?”

“하하하하하, 시치미 떼도 소용없어. 자동차 번호도 다 조사해 놓았으니까. 자네가 어젯밤 조수로 변장해서 부인과 어떤 사내를 태웠던 차 말이야. 그 차의 번호는 2936이었네. 자네는 아는지 모르지만.”

“그럼 어젯밤 당신도 어딘가에 숨어 있었던 겁니까?”

“저런, 마침내 고백을 하네. 추측해본 거야. 자네인 듯해서 속을 떠본 거지. 내막을 밝히자면 말일세, 야마노가의 오유키라는 하녀가 내 복심이야. 두 번째로 야마노가를 방문한 날, 고용인들을 한 사람씩 조사하면서 적당한 사람을 골랐거든. 물론 보수도 주기로 약속했지. 그 오유키라는 아이는 고용인들 중에서도 가장 충직했고, 또 야마노가를 위한 일이라고 하니 자진해서 내 부탁을 들어주었어. 여간 쓸모 있는 애가 아니야. 그 애가 어젯밤 부인 뒤를 밟아 자동차 번호를 알려주었어. 오유키의 전화를 받고 그 다음부터는 내가 직접 출동해서 조사했지. 자동차 번호를 아니까 차고지 기록을 찾는 것은 일도 아니었어. 차고지를 알고 운전사를 알면 이제 5엔짜리 지폐 한 장으로 조사가 완전히 끝나는 거지. 자네로 추정되는 남자가 부탁해서 앞좌석에 태운 것도, 그 남자가 두 승객의 뒤를 밟은 것도 명백해졌어. 하지만 부인을 데리고 간 사내는 꽤 용의주도하더군. 나쁜 짓에는 도통한 놈이야. 목적지인 집 앞까지 차를 타고 가지 않았더군. 그래서 나는 자네가 간 집까지는 모르지만, 자동차가 멈춘 곳은 혼교 나카노고 T쵸니까 나카노고 O쵸의 작은 문이 달린 폐업한 가겟집 아닐까 생각했는데, 맞나?"

"맞습니다. 어떻게 아셨습니까?"

몬조는 아케치의 놀라운 통찰력에 당황해서 부인을 위해 그 집은 비밀로 하겠다는 결심을 잊어버리고 그만 맞장구를 치고 말았다.

"역시 그랬군. 그럼 그 다음도 낱낱이 이야기해주게. 그 전에 먼저 보여줄 게 있네."

아케치는 손궤에서 기다랗게 찢긴 파지破紙 몇 조각을 꺼내 정성스레 주름을 폈다. 그리고 탁상에 늘어놓고 하나씩 순서를 맞추어 나갔다.

아케치는 파지 조각들을 다 맞추어 탁상 한쪽으로 밀어놓고, 손궤 안에서 물건들을 주섬주섬 꺼냈다. 피아노 스프링에 걸려 있던 검은 금속 트레머리 핀, 미치코의 화장대에서 가져온 화장품들, 미치코의 책상에 있던 지문이 찍힌 압지, 정체 모를 석고 파편, 그물 같은 천으로 된 봄철 숄, 부인들이 드는 소형 핸드백, 사진 한 장, 겉봉을 봉한 편지 세 통. 그는 그것들을 마치 노점 골동품상처럼 탁상에 쫙 펼쳐놓았다. 손궤 바닥에는 아직 낡은 펠트 꽃신 한 짝이 남아 있었다.

고바야시 몬조는 이 놀라운 광경을 보고 어안이 벙벙해졌다. 그 물건들은 모두 이번 사건의 증거품이 틀림없는 듯했다. 아케치가 언제 그것들을 다 모았는지 아직 일일이 설명을 듣지 않았지만 그 어마어마한 모습만 봐도 방금 전까지 아케치에게 품었던 경멸의 마음이 흔적 없이 사라지는 듯했다.

"어떤가, 고바야시 군. 내가 게으름을 피운 게 아니라는 증거라네. 이 물건들은 곧 내 손을 떠날 거야. 내 친구 다무라田村 검사가 이번 사건을 맡기로 해서 그에게 모두 전달해줄 생각이라네. 이것만 있으면 충분하지. 따로 조사하러 나갈 필요 없이 이것들을 충분히 살펴보면 그렇게 바삐 움직이지 않아도 앉아서 사건의 진상을 파악할 수 있거든. 그런데 내 손을 떠나기 전에 마침 좋은 기회라서 자네에게 먼저 보여준 거라네. 자네는 이번 사건을 소개해준 사람이고 워낙 열정적인 아마추어 탐정이니까 내 직업상의 비밀이긴 해도 특별히 구경시켜주는 거지. 대신 이 물건들에 대한 내 판단은 일체 말하지 않겠네. 어쩔 수 없지 않겠나, 말을 삼가야지. 자네도 알다시피 나는 사건이 완전히 해결될 때까지 어설픈 추측 같은 건 입 밖에 내지 않는 버릇이 있잖나."

아케치는 그 물건들을 애무하듯 만지작거리며 속을 알 수 없는 엷은 미소를 띠우고 말했다. 골동품상이었던 그의 부친이 골동품 값을 매길 때의 모습이었다.

"여기부터 시작할까."

그는 자못 즐거워 보였다.

"그래, O초에 있는 집 이야기를 했었지. 자네는 놀란 모양이지만 실은 이런 정보가 있었어. 이 파지 조각 말이야. 좀 읽어보게나."

반지[31] 반 장 크기의 종이가 잘게 찢겨 있었다. 아마도 편지인 듯했지만 군데군데 그을린 흔적이 있어 내용을 온전히 읽을 수 없었다.

……의뢰대로 매장했습니다. ……와 소생, 후키야 단 세 명에게 있어……위에 대해 급히 의논하고 싶어……고 앞……63 나카무라……읽으신 후에는 반드시 불에……

"어젯밤 자네의 행선지를 맞춘 것은 이 문구 때문이었네. 63이라는 것은 번지라고 생각할 수밖에 없으니까, 위의 '고 앞'에 해당하는 동네 이름은 도쿄 나카노고 O초밖에 없는 거지. 나는 급히 거기로 가보았어. 그리고 어렵지 않게 '나카무라 구中村寓'라는 문패가 있는, 문이 작은 집을 발견했지. 나카무라라

<hr>

31_ 半紙. 닥나무를 원료로 한 일본 전통지. 보통 세로 25cm, 가로 35cm 크기인데, 전지의 반을 접어 사용해서 생긴 명칭.

는 사람은 볼 수 없었지만 나는 그 집 자체를 연구했어. 그리고 여러 가지를 깨달았지. 만약 내 상상이 틀리지 않다면 이 사건에 는 실로 무시무시한 인물이 개입되어 있어. 그놈의 저주가 사건 전체를 매우 복잡하게 만들고 있지. 하지만 그놈은 무시무시한 살인범이 아니고, 범인은 또 따로 있어. 그러니까 진범이 발견될 때까지는 아쉽지만 그 악마의 정체를 폭로해서는 안 돼. 나는 진범이 도망쳐 버릴까 봐 두렵거든."

몬조는 아케치의 에두르는 화법이 답답했다. 아케치가 말한 악마는 어젯밤 야마노 부인을 데리고 간 사내가 분명했다. 그 수상한 사내가 부인을 협박했던 것도 명백했다. 그렇지만 그 사내가 범인이 아니라면 협박당한 사람, 그러니까 미치코의 계모인 유리에 부인이 바로 무시무시한 살인자라는 것 아닌가. 그는 그렇게밖에는 생각할 수 없었다. 아케치도 야마노 부인을 의심하는 것이 분명했지만, 결국 그녀를 범인이라고 생각하는지 는 확실치 않았다.

"그런데 이 파지 조각은 어디서 찾은 거죠?"

몬조는 그걸 밝히면 뭔가 알 수 있을 것 같았다.

"내 복심인 오유키가 주워 주었지. 편지 수취인은 야마노 부인이고, 부인이 편지에 나온 대로 다 읽은 후 갈기갈기 찢어 부엌 풍로에 넣고 태운 것을 오유키가 몰래 가져온 거야. 다행히 불길이 강하지 않아서 부인은 다 탔다고 생각했겠지만 풍로 안에 이만큼 남아 있었던 거지. 봉투가 완전히 재가 된 것은 아쉽지만 이것만으로도 꽤 단서가 되니까."

몬조는 거기까지 듣고 슬슬 자신이 의문을 가졌던 점을 확인해볼 수 있겠다고 생각했다.

"그럼 편지의 수취인이 부인이라면, 이 '의뢰대로'란 부인이 의뢰했다는 이야기네요. '매장'은 미치코 씨의 시체를 어딘가에 묻은 걸 말하는 것 같고요. 그리고 이 '소생과 후키야 단 세 명' 앞에는 부인의 이름이 있었겠네요."

그는 속사포같이 상상을 발전시켰다. 그리고 두려움에 떨면서 아케치의 표정을 살폈다.

"그렇게 생각할 수도 있지, 하지만 단정할 수는 없어. 그렇게 단정하면 범인은 확실히 야마노 부인이거든. 그러면 간단해지긴 하지만."

아케치는 속을 알 수 없이 빙글빙글 웃었다.

"하지만 달리 생각할 수 없잖아요."

몬조는 아케치가 본심을 털어놓지 않으면 그냥 넘어가지 않겠다는 패기를 보였다.

"부인을 의심한다면 그 외에도 아직 증거가 더 있지."

아케치는 태연자약하게 말했다.

"이 숄과 핸드백, 여기 손궤 안에 있는 꽃신이지. 이것들은 모두 미치코 씨가 가출할 때 착용한 것으로 알려진 물건이지만 오유키는 이 물건들을 야마노 부인의 벽장 구석에서 찾아냈네."

"야마노 부인이 미치코 씨가 가출한 것처럼 꾸미기 위해 그 물건들을 숨겨두었다는 거네요. 그러면 부인이 더더욱 의심스러운 거 아닌가요?"

몬조는 새로운 증거품을 보고 놀랐지만 날카롭게 지적했다.

"의심스럽다 뿐이지 아직은 부인이 범인이라고 단정할 수 없어."

아케치는 가볍게 흘려보냈다.

"자네가 그렇게 부인을 의심한다면 시험적으로 그 반대 관점에 서보게. 우선 첫째, 부인이 자발적으로 내게 사건을 의뢰했어. 그건 아까도 말했듯이 나를 대수롭지 않게 여긴 범죄자의 대담한 연기라 해도 편지가 충분히 다 탈 때까지 끝까지 지켜보지도 않고 자리를 뜬 거라든지, 중요한 증거품을 자기 방 벽장 구석에, 그러니까 조금만 찾아보면 알 수 있는 곳에 넣어둔 거라든지, 그런 건 피아노 지문을 없애고 시체를 쓰레기통에 숨긴 솜씨와는 천양지차야. 범죄자는 때때로 하찮은 과실을 범하지만 그 정도라면 실수가 너무 많다고 봐야지."

아케치는 일부러 모호하게 말했다. 그는 잠시 몬조의 얼굴을 쳐다보더니 또다시 의외의 말을 이어갔다.

"하지만 부인에게 불리한 증거가 계속 나오고 있어. 그중에는 이런 것도 있네."

그는 지문이 묻지 않게 주의하면서 탁상에 있는 이상한 석고 파편을 집어 올렸다.

"이 역시 부인 방 벽장 속에서 나온 거라네. 솜 같은 것에 싸여 문갑 뒤에 숨겨져 있었어. 물론 이건 파편을 하나만 가지고 온 건데, 높이 1자 정도 되는 석고상의 파편들이 거기 그대로 있었던 거지."

몬조는 곤란한 표정으로 아케치를 보았다.

"하지만 이런 것만으로는 알 수 없고, 그에 관해서는 우선 이 머리핀을 연구할 필요가 있어."

아케치는 전에 피아노 속에서 발견한 트레머리 핀을 들어 올렸다.

"탐정소설에 나오는 손다이크 박사[32]는 아니지만 이건 현미경적 검사가 필요했어. 나는 전문가가 아니라서 의사 친구에게 부탁했는데 이 핀에 붙어 있던 머리카락이 심하게 굴곡져 있다고 하더군. 물건 모서리에 맞은 흔적 같다고. 그걸 집으로 가지고 와서 밝은 곳에서 직접 살펴보았는데 굴곡진 부분에 흰 가루가 묻어 있었네. 머리카락이 검어서 잘 분간되지 않았지만 자세히 보니 혈흔 같은 것도 있었고. 지금도 자세히 보면 남아 있을 거야. 그 가루와 혈흔을 떼어내서 현미경으로 본 결과 가루 쪽은 석고와 어떤 염료가 섞여 있는 듯했어. 브론즈가 벗겨진 석고 세공품 가루였다고 하더군. 혈흔은 사람 피가 틀림없다고 밝혀졌고. 그래서 야마노가에 브론즈 석고상이 있었는지 조사할 필요가 있었지. 그 역시 오유키의 증언으로 쉽사리 알 수 있었어. 미치코 씨의 서재 선반 위에 푸른색 두상이 놓여 있었다고 하더라고. 거기에는 두꺼운 받침이 붙어 있기 때문에 던지면

....

32_ 추리작가 R. 오스틴 프리먼의 소설 속 주인공. 『붉은 엄지손가락 지문』(1907), 『손다이크 박사의 사건집』(1909), 『노래하는 백골』(1912) 등에서 등장하는 법의학자 손다이크는 과학적 수사 방법을 사용한 최초의 탐정으로 셜록 홈즈와 자주 비교된다.

맞은 부위가 어디냐에 따라 사람을 기절시킬 수도 있다더군. 경우에 따라서는 죽을 수도 있고. 야마노 부인 방 벽장에서 나온 석고 파편에 혈흔이 묻어 있는 걸 보면, 받침의 모서리가 머리에 맞아 피해자는 뇌진탕을 일으킨 게 분명해. 부인 방에서 발견된 이 석고 파편은 말하자면 이번 살인사건의 흉기에 해당하는 거고."

"이만큼 증거가 모였는데도 부인이 살인자가 아니라는 겁니까?"

"아니라는 건 아냐. 단정하기는 이르다는 거지. 이 사건이 겉보기는 간단한 것 같아도 사실 꽤 복잡해. 아까 말했듯이 괴물이 연루되어 있다는 것만으로도 정말 특이한 사건이지. 난쟁이가 사람 한쪽 팔을 가지고 다닌다든가, 백화점 마네킹에서 죽은 사람 팔이 나왔다든가, 묘하게 정상궤도를 벗어나는 비인간적인 면이 있거든. 어쨌든 다시 얘기하지만 흉기가 석고였고 시체를 피아노 속에 숨겼다, 이 두 가지를 생각해보면 이 살인은 결코 사전에 준비했던 게 아냐. 아마 범인으로서도 예기치 않은 사건이었겠지. 사실 죽일 생각이 아니었는데 이런 대사건이 되어버린 셈이니까. 그렇기 때문에 탐정으로서는 더 성가시게 된 거야. 준비된 범행은 어딘가 계획의 흔적이 있어. 그 흔적을 따라가면 뭔가 찾을 수 있지. 이번 건은 그게 전혀 없는 거고."

"하지만 증거란 증거는 죄다 야마노 부인을 지목하고 있잖습니까."

"기다려봐, 아직 남았어. 논쟁은 뒤로 미루고 일단 설명부터 하지. 나도 바쁜 몸이야. 다음은 그 세 통의 편지야. 이게 또 여러 가지를 알려주지. 봉투에 든 편지가 두 통, 엽서가 한 장이었는데, 겉봉의 발송자명은 모두 K지만 봉투 속에는 기타지마 하루오北島春雄라는 본명이 적혀 있어. 섬뜩한 전과자 한 명이 더 사건에 연루된 셈이지. 이 기타지마라는 자는 불과 열흘 전에 형무소에서 출소한 전과자야. 자네는 미치코 씨를 잘 알겠지만 어지간히 행실이 야무지지 못한 여자야. 친부는 외동딸이라고 응석을 받아주었고 어머니는 의붓자식이기 때문에 제대로 훈육을 할 수 없었으니까 그런 것도 무리는 아니지만, 미치코라는 여자는 타고나길 음탕했던 모양이야. 이건 야마노 부인이 가지고 온 미치코 씨의 최근 사진인데 이 사진만 봐도 미치코 씨의 기질을 상상할 수 있어."

아케치는 탁상에 있는 대형 사진을 들고 찬찬히 바라보면서 설명했다. 그건 야마노가 식구 전원이 모여서 찍은 사진으로 가운데 다이고로 씨를 위시하여 하인들까지 모두 면면을 드러내고 있었다.

"나는 미치코 씨뿐 아니라 운전사 후키야의 얼굴을 보고 싶어 일부러 모두 모여 찍은 이 사진을 받아왔지. 찢겨진 편지에 따르면, 후키야가 이 사건에 연루되어 있는 것이 확실해 보이거든."

아케치는 약간 설명을 추가했다.

"나는 사람 얼굴을 보는 걸 좋아해. 상대의 얼굴을 물끄러미

보고 있으면 얼굴에서 풍겨 나오는 느낌이 있거든. 그 인물의 과거 사연들이 온통 그 작은 얼굴에 결정結晶을 맺고 있는 것 같아. 그걸 하나하나 풀어가는 게 정말 흥미롭지. 여기 미치코 씨의 표정만 해도 여러 이야기를 하고 있어. 가장 먼저 등장하는 건 인공적이라는 느낌이지. 가공품 같은 느낌. 머리 묶는 방식, 화장 방법, 옷맵시, 이것만 봐도 얼마나 기교가 좋은 여자인지 알 수 있어. 게다가 이 기막힌 표정을 봐. 이건 결코 있는 그대로의 미치코가 아니야. 무대에 오른 배우의 얼굴이지. 마침 옆에 하녀 고마쓰가 있는데, 참 재미있는 대조 아닌가. 이쪽은 정반대로 무기교거든. 기모노도, 얼굴도, 무표정한 얼굴까지 천생 구식 일본 여자지. 하지만 이런 얌전한 여자야말로 마음만 먹으면 꽤 엉뚱한 짓을 하곤 해. 아마 근시용 안경을 쓰고 있는 듯한데 눈썹이 보이지 않아. 눈썹을 밀었다는 게 묘하지. 타고난 엷은 눈썹을 감추기 위해 그런 거지만 왠지 시집가는 신부 같은 느낌이야. 엷은 눈썹. 아, 나는 엷은 눈썹인 여자를 알고 있어. 떠올리기만 해도 무서운 여자지."

아케치는 점점 설득조로 말했다. 그는 몹시 즐거워보였다. 하지만 듣고 있는 몬조는 아케치의 장황한 말들이 무엇을 의미하는지 전혀 감이 잡히지 않았다. 그는 기타지마 하루오라는 남자가 미치코에게 보낸 세 통의 편지를 만지작거리다가 문득 고마쓰의 실종이 수상하다는 생각이 들었다. 아케치의 이야기에 따르면 아케치는 고마쓰를 의심하고 있는 듯했다.

"고마쓰가 없어진 것은 알고 있어요?"

"야마노 부인에게 들었지. 나는 지금 그와 관련해 어떤 생각이 떠오르는군. 어쩌면 이 사건의 중심인물이 그 여자인지도 몰라."

아케치는 머리카락을 손가락으로 휘저으면서 말했다. 그는 묘하게 흥분했다. 몬조는 그가 고마쓰를 의심한다고 생각했다. 고마쓰는 미치코의 연적이었기 때문에 만약 그렇게 얌전해 보이는 여자가 아니라면 고마쓰야말로 가장 먼저 의심받았을 인물이었다. 하지만 몬조의 추정은 약간 잘못되었다는 것이 나중에 밝혀졌다.

"이 편지 이야기를 하고 있었네."

아케치는 갑자기 생각났다는 듯 원래 하던 이야기로 돌아갔다.

"나는 그걸 미치코 씨의 서재에 있던 의자 쿠션 속에서 찾아냈지. 처음에 미치코 씨의 책상 주변을 조사했을 때 편지 다발을 보았지만, 이상하게 편지가 하나같이 평범해서 구미가 당기지 않았어. 젊은 여자의 방에는 좀 화사한 편지가 있을 법한데 말이지. 그래서 다음에 갔을 때는 어딘가 비밀을 숨겨놓은 장소가 없는지 면밀히 찾아보았거든. 책장 같은 데도 조사했지. 그런데 이 아가씨가 의외로 탐정소설 애독자라는 걸 알게 되었지. 국내외 탐정서적들이 죽 꽂혀 있었거든. 마음이 들뜨더라고. 미치코 씨에게 탐정 취향이 있다면 수사방침을 좀 바꿔야 된다고 생각했지. 그래서 그때부터 탐정광探偵狂이 숨길 만한 장소를 찾았지. 가장 먼저 떠올랐던 것이 의자 쿠션이었어."

아케치는 재미있다는 듯이 웃었다.

"그런데 놀랐던 게 쿠션 속에 숨겨져 있던 연서의 분량이야. 부친의 감독 소홀과 모친의 조심스런 태도가 일단 잘못되었지만, 본인이 천성적으로 음탕하지 않고서야 그 정도로 품행이 난잡할 수는 없다는 생각이 들었어. 게다가 부모는 그런 걸 전혀 몰랐던 거야. 날짜를 따져보니 2년 사이에 일곱 명의 남자와 연서를 주고받았어. 내용을 보면 모두 꽤 깊은 관계까지 진도가 나간 듯했고, 그 일곱 번째 남자가 운전사 후키야였지. 이 경우 오히려 미치코 씨가 더 푹 빠졌던 것 같더군. 사진을 봐도 여자들이 좋아할 것 같은 남자긴 하지. 후키야도 꽤 진지하게 편지를 썼더군. 그런데 한편으로는 고마쓰와의 관계가 있었던지라 미치코 씨가 화를 냈던 모양이야. 하지만 후키야로서는 그렇게 매정하게 굴 수는 없다는 입장인 것 같았고. 그리고 후키야 전에 또 한 남자가 있었어. 기타지마 하루오는 그 전 남자였지. 편지를 읽어보면 알겠지만 자업자득이긴 한데, 이 남자는 좀 가엾다는 생각이 들어. 미치코 씨 때문에 감옥까지 갔거든. 그 사실을 부모 모르게 끝까지 숨긴 걸 보면 미치코 씨도 무서운 여자지. 우선 봉투부터 읽어보게."

편지의 날짜가 양쪽 모두 다이쇼 ○○년 2월이었다. 그러니까 대략 1년 전에 쓴 편지였다.

……나는 널 원망해. 네 환심을 사기 위해 내가 얼마나 고생을 했는지 몰라. 결국 나는 도둑으로 전락했어. 너와 계속 사귀려면, 네게 경멸을 받지 않으려면 내게는 그 방법밖

에 없었던 거야. 사기로 기소되어 지금 끌려가. 언젠가 네게 돈을 융통해달라고 부탁했던 거 기억해? 그때 어떻게 해줬으면 이런 일 없이도 잘 해결할 수 있었잖아. 하지만 넌 이미 변심했었지. 다른 남자에게 빨리 가고 싶어 내 말 따위는 듣지도 않았어. 그때 내 심정을 상상할 수 있어? 사랑에 대한 원망, 죄에 대한 두려움. 나는 제정신이 아니었지. 나는 몇 번이나 가슴에 단도를 품고 너희 집 주변을 서성거렸어. 하지만 도저히 기회가 없었어. 나는 이 원망을 털어버릴 때까지는 경찰의 손에서 도망치고 싶었기 때문에 하숙집으로 돌아가지 않고 싸구려 여인숙에 묵었지. 당신의 매끈한 뺨에 단도를 꽂아 마구 비틀어댈 생각만 했어. 그러나 이제 소용없어. 나는 결국 붙잡히고 말았어. 형사에게 울음으로 애원해서 겨우 편지를 쓸 시간을 얻었어. 말하고 싶은 것은 산더미처럼 많지만 이제 시간이 없어. 다만 한 가지 약속해둘 게 있어. 나는 몇 년이나 수감될지 모르지만 맹세컨대 감옥에서 나가면 복수할 거야. 나는 지금부터 그날을 낙으로 삼을 거야. 너도 각오하고 기다리는 게 좋을 거야. ……

또 한 통의 편지는 그보다 열흘 전쯤에 쓴 것으로, 거기에는 딱 한번만이라도 좋으니 만나달라는 간절한 애원의 말이 구구절절 적혀 있었다.

엽서는 3월 27일자였다. 미치코가 변사하기 하루 이틀 전에 도착한 것이었다. 그는 아마 형무소에서 출소하여 그길로 우체

국부터 들른 모양이었다. 연필로 급히 갈겨써서 본인 이외에는 알아보기 힘들었는데, 거기 적힌 내용은 간단하지만 무시무시했다.

기뻐해 주십시오. 드디어 뵐 수 있게 되었군요. 근시일 안에 아무쪼록 찾아뵙고 약속을 지킬 생각입니다. 그 약속을. K.

"이런 엽서를 받고 가만있었던 거네요. 무섭지 않았을까요?" 몬조는 다 읽고 나서 의문을 제기했다.

"나도 그렇게 생각했는데, 어쩌면 야마노 씨에게는 털어놓았는지도 모르지. 나는 사실 아직 한번도 야마노 씨와 만난 적이 없어. 열이 심하다더군. 하지만 경찰에 보호를 요청하지 않은 것은 확실해. 그런 건 꽤 수모니까. 미치코 씨도 꺼림칙해서 후키야에게 털어놓지 못했을 거고, 연인에게 그런 전과를 알리는 것은 괴로운 일일 테니까."

"그렇다면 이번 사건은 이 집념 강한 실연남의 복수였을지도 모르겠네요."

몬조는 잇달아 나타난 증거품들 때문에 당황한 모양이었다. 그는 오늘 이 기쿠스이 여관에 올 때까지는 어느 정도 사건의 진상을 파악했다고 생각했다. 하지만 아케치의 이야기를 듣다 보니 차츰 자신감을 잃었다. 이 증거품들이 대체 무엇을 가리키는 건지, 아케치는 어떤 판단을 내린 건지 전혀 알 수 없었다. 이번 사건은 희한하게도 증거가 하나씩 나타날 때마다 사건의 진상이 명백해지는 것이 아니라 반대로 점점 복잡하고 불명료해지는 것 같았다.

"그 점도 지금 시점에서는 확언할 수 없지만 만약 그 남자가 살인자라면 여러 가지로 이치에 안 맞는 부분이 생겨. 무엇보다 그날 밤에는 외부에서 사람이 들어온 흔적이 전혀 없었으니까. 이 남자가 출옥했을 때 미치코가 살해당한 건 우연의 일치에 불과한 것 같기도 해. 하지만 기타지마는 틀림없이 1년 동안 감옥에서 복수만 생각했을 테니 뭔가 교묘한 수단을 궁리했는지도 모르지. 게다가 실연과 전과 때문에 반쯤 미친 사람이 목숨 걸고 하는 일이기도 하고, 그가 살인자가 아니라고는 쉽게 단언할 수 없지."

몬조는 아케치가 일부러 모호하게 말하며 그를 약 올리고 있는지도 모른다고 생각했다. 그때 문득 전에 보았던 난쟁이의 흉측한 모습이 떠올랐다. 그 무렵 그는 도저히 이해할 수 없는 사실에 봉착하면 바로 그 기형아를 떠올리게 되었다.

"그럼 기타지마의 행방은 아십니까?"

"지금은 파악이 안 되네. 그러나 이 증거품들이 경찰의 손에 건너가면 그는 전과자이기도 하니까 그리 어렵지 않게 찾을 수 있겠지. 그건 그렇고 여기 아직 증거품이 좀 더 남아 있어."

아케치는 탁상의 화장품들과 압지를 눈으로 가리키며 말했다.

"자네는 이미 부인한테 들어 알고 있을 테지만 백화점에서 발견된 한쪽 팔과 어제 야마노 씨 앞으로 우송된 한쪽 팔의 지문을 채취해서 미치코 씨의 지문과 일치하는지 조사해 보았네. 불행히도 내 추측이 맞았는데, 증거가 이거야."

아케치는 소중한 것인 양 손수건을 풀어 다양한 형태의 병과 니켈 용기를 탁상에 늘어놓았다. 매끄러운 표면에 검은 얼룩이 많이 보였다. 지문이 확실히 보이도록 검은 가루를 뿌린 것이다.

"미치코 씨는 상당히 멋쟁이 같았는데, 화장품 종류도 놀랄 만큼 많았어. 손에 바르는 화장품이나 손톱 연마분, 손톱 줄이나 끌 같은 것도 종류별로 다 갖추고 있었지. 하지만 그 병들 중에 지문이 나온 건 이것뿐이고, 나머지는 용기 표면이 거칠거칠하거나 종이제품이었어. 매끈한 것들에도 지문이 남아 있지 않아 별로 도움이 되지 않았고, 거울 표면이나 서랍의 금속 손잡이도 조사했지만 청소를 끝낸 다음이었지. 하긴 이것만 있어도 증거품으로는 충분하지만."

아케치는 용기를 하나씩 집어 올려 조심스럽게 늘어놓았다.

"과산화수소 화장수, 녹색 물분, 동백분, 동백향유, 과산화수소 크림……. 모두 수수하지. 국산품이고 별로 비싸지 않은 제품들이야. 게다가 미치코 씨는 자기 주관 없이 닥치는 대로 화장품을 사들이는 사람이었어. 고상한 취미는 아니지. 그런데 이 폼페이안 박래품舶來品 말이야. 박래품이라도 크게 고급은 아니지만, 지방이 많은 크림이지."

아케치는 맨 끝의 화장품을 흥미롭다는 듯이 계속 만지작거렸다.

"거기에만 지문이 없는 것 같은데요."

몬조는 금세 알아채고 물었다.

"바깥쪽은 닦아놓은 듯 깨끗하지. 그런데 이것 봐, 안에 있는 크림에는 온통 손가락 자국이 나 있잖아."

아케치는 그렇게 말하고 악동처럼 교활한 표정을 지었다.

마지막으로 남은 것은 복숭아색 압지였는데, 미치코의 지문이 있다는 것 외에는 별로 주목할 만한 점이 없었다. 글자의 잉크를 빨아들인 흔적이 많았지만, 모두 불명료하고 거의 읽을 수 없었다.

"이것으로 내가 발견한 건 전부 보여주었네. 이번에는 자네 이야기를 들려주지 않겠나? 어젯밤 이야기 말일세."

아케치는 탁상의 물건을 손궤에 집어넣으면서 몬조에게 이야기를 재촉했다.

"다 소용없어요." 몬조는 머리를 긁적였다.

"당신이 아는 것 이상은 없거든요."

그는 어제 야마노 부인과 그놈이 어느새 집 안에서 사라져버린 상황에 대해 간략하게 이야기했다.

아케치는 그런 희한한 사실에도 전혀 놀라지 않고 흥미 없는 듯이 흘려들었다. 그리고 무엇인가 생각났는지 느닷없이 뜬금없는 질문을 던졌다.

"미치코 씨는 혈색이 좋은 편이었나? 사진으로는 잘 모르겠던데 붉은 기가 돌고 반들거리는 피부 아니었어?"

"아뇨, 그 정반대였어요. 딱히 몸이 약하다는 말은 못 들은 것 같은데 어딘지 병적으로 거칠어 보였어요. 안색도 창백한 편이고요. 그걸 화장 기교와 표정으로 감쪽같이 감춘 거죠.

전부터 왠지 처녀 같다는 생각이 안 들었어요."

몬조는 의아한 표정으로 아케치를 보았다. 그사이 아케치는 또 버릇처럼 머리카락을 헝클고 있었다.

이윽고 아케치는 떠들 만큼 다 떠들었는지 상대의 의사는 묻지도 않고 용건이 다 끝났다는 듯 여종업원을 불러 차를 내오라고 했다.

잠시 후 몬조는 인사를 하고 기쿠스이 여관을 나왔다. 걸으면서도, 전차를 타서도, 그의 머릿속에는 아케치가 보여주었던 증거품들과 잇달아 등장했던 수상한 인물들이 가득 차 있었다.

'그중에서 화장품과 압지는 미치코의 지문을 확인한 것이니 별개로 하고, 의자 쿠션에서 나온 편지로 기타지마 하루오를 의심해볼 수 있다는 정도 외에는 다른 건 없다. 머리핀이나 석고상, 솔, 핸드백, 펠트 꽃신, 모두 하나같이 야마노 부인에게 불리한 증거다. 부인은 의심스런 편지를 풍로에 태웠을 뿐 아니라 수상한 사내와 밀회를 하기도 했다. 그런 걸 보면 부인이야말로 분명 가장 유력한 용의자일 것이다.'

몬조는 아케치의 변호에도 불구하고 도무지 의심을 떨칠 수가 없었다. 그는 지금까지 등장한 의심할 만한 인물과 상상할 수 있는 살인동기에 대해서도 생각해보았다.

'어떤 의미로는 의심할 만한 인물이 여섯 명이다. 그중 난쟁이와 어제 야마노 부인을 데려갔던 사내는 전혀 정체를 알 수 없다. 운전사 후키야는 사건 바로 다음날 고향으로 돌아갔으며 아까 본 불에 타다 남은 편지 속에 그의 이름이 등장하는 걸 보면 충분히 의심할 만하다. 그러나 그 세 명은 아무래도 직접적인 가해자가 아닌 것 같다. 지금으로서는 딱히 의심할 만한 동기가 없고, 전후 사정을 고려하더라도 그런 생각이 든다. 그에 반해 야마노 부인, 기타지마 하루오, 고마쓰, 이 세 명은 각각 미치코를 살해할 만한 동기가 있다. 부인은 미치코의 계모이고 제멋대로 구는 딸과 사이가 좋지 않은 것이 분명하며, 기타지마는 실연의 원한으로 제정신이 아니었고, 고마쓰는 사랑하는 후키야를 빼앗겨 원한이 깊었다. 그런데 이 세 사람 중 만약 기타지마가 가해자라면? 그날 밤 외부에서 사람이 들어온 흔적이 없었다, 흉기를 미리 준비하지 않은 채 미치코 씨 방에 있는 석고상을 사용했다, 미치코 씨의 시체를 일단 숨겨놓았다가 나중에 반출했다, 이런 점들은 좀 이치에 안 맞지 않는가. 고마쓰는 원래 조신한 여자니까 그런 무시무시한 짓을 할 것 같지는 않은데, 만약 그녀가 범인이라면 어째서 어젯밤까지 도망치지 않고 주저했는지 의문이다. 결국 가장 의심 가는 사람은 야마노 부인 아니겠는가.'

몬조의 생각은 아무래도 그쪽으로 치우쳤다. 그는 아직도 생생한 어젯밤의 기괴한 경험을 잊을 수 없었다.

기형마畸形魔

벌써 밤 1시가 넘었다. 그 시각쯤 되면 아사쿠사 공원도 인적이 끊겼다. 저녁 내내 번화했던 곳이니만큼 오히려 스산한 기운이 더 몸에 스며들었다. 특히 인왕문仁王門으로 들어가 오른편의 오층탑에서 경당,[33] 불상, 벤텐야마[34]에 이르는 구획은 초저녁부터 오가는 사람들이 없었다. 넓은 공원에서도 여기만 버림받은 듯이 더 어스름하고 을씨년스러웠다.

오층탑 뒤편의 가장 을씨년스러운 곳에는 무슨 나무인지 신목神木이라 해도 될 법한 큰 나무가 가지를 드리우고 있었다. 멀리 있는 보안등 빛은 오층탑 앞까지도 미치지 않았기 때문에 그 뒤에 있는 나무 그늘은 그림자도 보이지 않을 정도로 컴컴했다. 공원 내 악마의 처소라고 해도 무방할 것 같았다. 그 주위는 순찰할 때 나는 양검 소리도 하룻밤에 두어 번밖에 들리지 않았다.

그날 밤은 하늘에 별빛도 없었고 큰 나무 밑은 평소보다 훨씬 어둡고 섬뜩해 보였다. 이따금 수상쩍은 새 울음소리가 들렸다.

"어라, 형, 자는 거야?"

큰 나무 밑동에서 낮게 우물거리는 목소리가 들렸다. 썩은 거적이 꿈틀꿈틀 움직였다. 언뜻 보기에는 그냥 거적 한 장이 버려져 있는 것처럼 보였지만 사실 그 아래에는 노숙자가 몸을 최대한 납작하게 하고 누워 있었다.

"깨 있었어."

....

33_ 經堂. 절에서 불경을 넣어두는 곳.
34_ 弁天山. 센소지浅草寺 본당 동쪽에 있는 언덕.

어디선가 또 다른 목소리가 대답했다. 마찬가지로 잔뜩 소리를 죽이고 소곤거리는 목소리였다.

"늦는 거 같은데. 철부지들, 멍청한 짓 하는 거 아니야."

"괜찮아, 익숙할 테니까. 이제 자도록 해."

더 이상 목소리가 들리지 않았다. 거적은 원래대로 그저 버려진 거적처럼 보였다.

잠시 침묵이 흘렀다. 비구름이 낮게 깔리고, 죽은 듯이 바람도 불지 않았다. 으스스한 정적이었다.

그런데 희미하게 무슨 소리가 들리기 시작했다. 그 소리가 끊겼다가 다시 들리고 그렇게 10분 남짓 반복되더니 오층탑의 큰 문이 서서히 열렸다. 어두컴컴한 내부에서 두 청년이 빠져나왔다. 둘 다 성긴 가스리 기모노 차림에 학생모를 쓰고 있었다.

"누구냐? 아, 너희들이냐. 일은 잘됐고?"

거적이 움직이며 아까 그 목소리로 속삭였다.

"별로야. 오늘은 얼마 안 돼."

청년들은 툇마루에서 내려와 거적 쪽으로 다가갔다.

"나는 괜찮은데, 여기 사다코定公 몫은 잊지 말고 챙겨줘야 해."

또 다른 목소리가 말했다. 자세히 보니 큰 나무의 줄기 밑동에는 유달리 검고 커다란 구멍이 입을 벌리고 있었다. 그 텅 빈 공간 안에 누군가가 둥지를 튼 모양이었다.

"알았다고. 이것 봐, 이런 게 세 장이야. 너무 피곤해서 숨 좀 돌리러 왔어. 오늘 밤은 이걸로 끝이야."

청년들은 탑 내부에서 떼어낸 귀중한 금장식을 팔아서 생활하는 것이었다. 센소지淺草寺 관음전 경내 오층탑에 이런 도둑놈이 숨어드는 것은 그곳에서 불과 1정 거리의 파출소 순사조차 몰랐던 것이다.

"까악 까악 까악."

갑자기 날카로운 새소리가 들렸다.

"신호다, 위험하다."

거적은 그렇게 속삭이며 행동을 멈췄다. 청년들도 허겁지겁 원래 나왔던 문안으로 숨었다. 양검 소리가 탑 건너편에서 들릴 때는 이미 아무 낌새도 남아 있지 않았다.

그들은 그렇게 순사의 눈을 피할 수 있었지만 보는 눈이 하나 더 있었다는 건 전혀 눈치채지 못했다. 탑의 툇마루 밑에서 감색 신사복을 입은 남자가 아까부터 가만히 그들의 모습을 엿보고 있었다.

"아, 형, 요새 한동안 얼굴을 못 봤는데 또 어딘가 쏠고 다니는 것 같네."

순사의 발소리가 멀어지기를 기다려 거적이 이야기를 시작했다.

"응, 좀 바쁜 일이 있어서. 요즘 장난은 좀 자제하고 있어. 오랜만에 빨간 놈이 좀 보고 싶어져서 말이야."

구멍 속에서 대답이 들렸다.

"못 고칠 병이네. ……그건 그렇고 그 한쪽 팔 건은 수습 좀 했어?"

"으흐흐, 기억하고 있네. 너니깐 뭐든지 이야기하는데 지금 항간에서는 난리도 아니야. 오늘 신문에도 말이지, 내가 뿌린 씨로 3면 기사가 소용돌이치고 있어. 이번에야말로 체증이 뚫리는 것 같아. 이제 예고는 됐고, 앞으로 어떻게 될지도 사람들에게 좀 말해줘야 할 것 같아. 나 말이야, 우하하, 다리 하나는 센주 도랑 속에, 또 하나는 공원 효탄이케[35]에, 팔 하나는 백화점 진열장에, 또 하나는 어떤 집에 소포로 보냈어. 으하하하하, 지금 항간에서는 난리야. 이렇게 기분이 좋을 수가."

구멍 속의 악마는 이런 깜짝 놀랄 만한 사실을 태연자약하게 털어놓고 유쾌해서 어쩔 줄 모르겠다는 듯이 기괴한 웃음소리를 냈다. 웃음소리 사이로 섬뜩하게 이를 가는 소리도 섞여 나왔다. 그는 이까지 갈아가며 광희狂喜를 즐기는 것이었다.

거적은 너무 엄청나서 차마 대답도 할 수 없는지 한동안 아무 소리도 내지 않았다.

"너, 절대 말해서는 안 돼. 만약 말하면 너도 똑같은 꼴 당하게 될 거야, 알았지?"

구멍 속에서 또 섬뜩하게 웃는 소리가 들렸다.

"어림없지, 너와 나 사이잖아. 입이 썩어 문드러져도 말하면 안 돼. 게다가 너는 늘 형에게 신세지고 있잖아. ……그래, 그럴 수밖에 없어. 나 말이야, 사다코. 나도 알고 있어. 불행히도 이런 몸으로 태어나는 바람에 천성이 삐뚤어져서 미친 거야.

....
35_ 瓢箪池. 아사쿠사 록구에 있던 표주박 모양의 연못. 1951년 센소지 본당 재건 공사 때 매립되어 현재는 남아 있지 않다.

항간의 멀쩡한 것들이 전부 미워 죽겠어. 나한테는 원수나 다름 없는 놈들이야. 너니까 말하는 거야, 아무한테도 말하면 안 돼. 나는 앞으로 더욱더 나쁜 짓을 할 작정이야. 운이 나빠 붙잡힐 때까지는 내 힘으로 할 수 있는 만큼 다할 거야."

처음에는 소리 죽여 말하던 목소리는 이 가는 소리와 함께 점점 고조되더니 구멍 속에서 어마어마하게 울려 퍼졌다.

그리고 잠시 침묵이 이어졌다.

"어, 형, 불났나봐. 다 타버리겠네."

귀를 기울여보니 멀리서 종소리가 들렸다.

"사다코, 아무도 없는 거지?"

"응, 괜찮아."

그 말을 듣고 악마는 비로소 구멍 속에서 느릿느릿 모습을 드러냈다. 흉측한 난쟁이였다. 그는 조심스레 주위를 둘러보더니 불구자답지 않게 냉큼 나무를 타고 올라가서 이 가지 저 가지 옮겨가며 무성한 잎사귀들 속으로 사라졌다. 그의 손은 짧은 다리의 결핍을 보충하며 곡예사처럼 자유자재로 움직였다. 꼭 원숭이가 나무를 타는 것 같았다.

"훨훨 타라. 바람이 없어도 이 정도면 열 채는 확실하겠다."

주위를 의식했는지 악마의 저주가 거의 들리지 않을 정도로 가지 끝에서 울렸다.

불은 공원에서 서쪽으로 불과 10정 정도의 거리에서 난 듯했다. 경보 소리, 증기펌프 사이렌 소리가 활동사진관 거리를 건너 전해졌다. 나무 위에서는 사이렌 소리에 섞여 이따금 기형아의 광희에 찬 소리도 함께 들렸다.

잠시 후 소리를 죽이긴 했어도 다급한 발소리가 나더니 지저분한 두 청년이 탑 뒤로 뛰어왔다.

"저건 너희들이 낸 불이냐?"

"그래."

거적의 질문에 한 명이 자랑스럽게 대답했다.

"불길이 잘 살았네. 바람이 없어도 열 채는 해치우겠는걸."

그 소리를 들은 건지 큰 나무에서 잎사귀 바스락거리는 소리를 내며 원숭이 같은 기형아가 지상으로 뛰어내렸다.

"잘했다. 사다코, 내가 또 구경거리를 보여줄게. 이걸 철부지들에게 나눠줘라."

그는 급히 품 안에서 지폐 한 장을 꺼내 거적 밖으로 내민 손에 쥐어주며 빠르게 속삭였다. 그의 작은 몸은 날아오르듯 어둠 속으로 사라졌다. 그리고 탑의 툇마루 밑에 숨어 있던 신사복 차림의 남자는 남아 있던 부랑자들의 눈에 띄지 않도록 반대 방향으로 기어가서 난쟁이를 뒤쫓았다.

록구六区를 지나 넓은 대로로 나오니 심야인데도 구경꾼들이 기세 좋게 여기저기에서 뛰어나왔다. 처마 밑에 서서 붉은 하늘을 바라보는 사람들도 있었다. 난쟁이와 미행자는 구경꾼들 틈에 섞여 뛰어다녔다. 때가 때인지라 아무도 기형아에게 주목하지 않았다. 미행자도 상대에게 들킬 걱정 없이 꽤 지근거리에서 같이 뛸 수 있었다.

진원지는 갓파바시合羽橋 정류장에서 2~3정 더 가면 나오는

기요시마초淸島町 뒷골목이었다. 아직 경찰도 얼마 출동하지
않아 구경꾼들은 자유롭게 화재 장소에 접근할 수 있었다. 불타
고 있는 곳은 나가야[36]였다. 벌써 대여섯 채에 불길이 퍼져
있었다.

증기펌프에서 물을 빨아들이는 소리와 소방관들의 필사적인
구호소리 외의 다른 소리는 나지 않았다. 수많은 구경꾼들이
입을 꾹 다물고 여기저기 모여 있었다. 불은 묵묵히 타올랐다.
바람이 없었기 때문에 불길은 거의 수직으로 타올랐고 불똥이
구경꾼들의 머리 위로 떨어졌다. 새빨간 소용돌이 속으로 줄줄
이 펌프 물이 치솟았다.

호스에서 흘러나오는 물 때문에 비가 내린 후 진흙탕처럼
되어버린 거리를 우왕좌왕하는 소방수 틈에 섞여 광희에 빠진
난쟁이가 깡충거리며 뛰어다녔다. 그의 기괴한 얼굴은 화염에
새빨갛게 물들었고, 큰 입이 얼굴을 꽉 채우며 섬뜩한 조소를
날리고 있었다. 그야말로 세상에 불의 재앙을 몰고 온 악마처럼
보였다.

신사복 차림의 남자는 인파에 섞여 그 모습을 물끄러미 바라보
고 있었다. 그의 얼굴도 화염에 물들어 이상한 긴장감이 감돌았
다.

하지만 얼마 후 증기펌프의 위력이 불길의 기세를 서서히
잠재웠다. 구경꾼들도 안심했는지 하나둘씩 사라지자 점점 인파

....
36_ 長屋. 긴 건물을 수평으로 구분하여 각각에 출입문을 만든 일본의 전통
   다세대 주택.

가 줄었다.

난쟁이는 광란을 벌인 탓인지 이미 녹초가 되었지만, 그래도 충분히 만족스럽다는 듯이 인파에 섞여 조금 전에 왔던 길로 되돌아갔다. 두말할 필요도 없이 신사복 차림의 남자도 미행을 계속했다.

난쟁이는 어두컴컴한 마을의 처마 밑만 골라 다니며 족제비처럼 빠르게 뛰어갔다. 다리가 극단적으로 짧다는 걸 생각하면 놀랄 만한 속도였다. 게다가 어린아이처럼 키가 작고 옷이 보호색처럼 거무스름해서 언뜻언뜻 모습이 보이다 말다 했다. 종잡을 수 없는 요괴 같아 자칫하다가는 놓칠 것 같았다. 신사복 차림의 남자는 가까스로 미행했다.

기형아는 어두운 곳만 골라서 공원을 가로질러갔다. 아즈마바시를 건너 혼쇼구의 복잡한 길을 몇 번이고 돌고 돈 끝에 괴상하게 생긴 집의 격자문 안으로 사라졌다.

그곳은 좀 휑한 동네로 요새는 보기 드문 낡은 가겟집들이 즐비했는데 그중에도 그 집은 특히 괴상했다. 일반 가정집처럼 밖으로 돌출된 격자창 일부를 작은 쇼윈도로 개조하여 유리 안에 커다란 인형머리 서너 개를 진열해 놓았다. 눈을 금색으로 꿰맨 붉은 도깨비 머리, 살아 있는 것처럼 이쪽을 보고 웃고 있는 대흑천[37]상, 절세미인의 창백한 얼굴 등이 어슴푸레한 5촉 전등 빛을 받으며 먼지 자욱한 유리창 안에 골동품처럼

....

37_ 大黑天. 전쟁과 재복을 관장하는 불교의 신.

진열되어 있었다. 다른 가겟집은 문을 꽉 닫아놓아 문 앞의 등 외에는 어떤 빛도 새어나오지 않는 가운데 문도 없는 것처럼 꿈결같이 빛줄기를 분출하고 있는 쇼윈도의 초라한 모습이 한층 으스스한 느낌을 주었다.

신사복 차림의 남자는 창백한 얼굴로 그 수상한 집을 둘러보았다. 그는 난쟁이가 그런 곳으로 들어간 것이 의외라고 생각하는 듯했다. '인형사 야스카와 구니마쓰安川国松'라고 문패에 쓰인 글자가 겨우 보였다.

안으로 들어간 난쟁이는 격자문을 잠그고 나서야 한숨을 돌렸다. 하지만 그는 미행자가 있다는 걸 알아채지 못했다. 미칠 것 같은 흥분 때문에 넋을 잃은 것 같았다.

문안으로는 세로로 긴 봉당이 이어졌고, 그 옆으로 구식 가겟집에 흔히 있는 장지문 없는 넓은 점방이 있었다. 한쪽에는 인형 세공에 사용하는 상자라든가 도구 같은 것이 어지럽게 겹겹이 쌓여 있었고, 정면의 팔각시계 밑에는 엄청나게 큰 점토 큐피 인형[38]이 전등 빛 아래 파수병처럼 눈을 부릅뜨고 있었다. 얼핏 보면 살아 있는 사람이 노려보는 것처럼 착각할 정도였다. 불그스름하게 변색된 다다미를 비롯해 모든 것이 낡아빠진 가운데 오직 이 인형만 눈에 띄게 새것이었다. 인형의 복숭앗빛 피부가 반짝반짝 빛났다.

기형아는 현관 봉당 끝에 가로막힌 여닫이문을 열고 뒤편으로

....
38_ 1909년 미국의 작가 로즈 오닐에 의해 탄생한 아기 인형으로 큐피kewpie라는 이름은 그리스로마 신화의 '큐피드'에서 따왔다.

뻗어 있는 좁은 마당 안쪽으로 들어갔다.

"누구냐."

바로 옆에 있던 장지문 안에서 비몽사몽인 목소리가 들렸다.

"나야."

난쟁이는 짧게 대답하고 얼른 지나갔다. 안에 있던 사람은
더 이상 물어보지도 않았다. 괴물의 모습은 그대로 마당 안의
어둠 속으로 사라져버렸다.

문 앞에 홀로 남겨진 신사복 차림의 남자는 문틈으로 집
안을 들여다보다가 집 뒤편을 살펴보기도 했다. 그리고 마을을
쭉 둘러보며 여기저기 걸려 있는 문패를 살펴보더니 동네 이름과
번지를 확인해 수첩에 적기도 했다. 거의 두 시간 동안 끈질긴
집념으로 그 근방을 서성였는데 동녘 하늘이 훤해지자 드디어
단념했는지 피곤한 다리를 이끌며 왔던 길을 되돌아갔다.

아즈마바시를 건너자 그는 갑자기 생각났다는 듯이 공중전화
부스로 들어가 수첩을 뒤져 아카사카 기쿠스이 여관의 번호를
불렀다. 상대에게 전화가 연결될 때까지 10분이나 걸렸다.

"기쿠스이 여관이죠?"

그는 의욕에 차서 말했다.

"이른 시간부터 죄송합니다. 아케치 씨 계신지요. 급히 알릴
사항이 있습니다. 아직 주무시겠지만 좀 깨워주시겠습니까?
저요? 사이토斎藤입니다."

그는 제자리걸음을 하며 아케치와 통화하기를 기다렸다.

고바야시 몬조가 아케치를 방문해 여러 증거품을 보고 놀라던 날, 그러니까 하녀 고마쓰의 실종을 알게 된 날, 그리고 미치코 살해사건이 슬슬 경찰에서 큰 소동으로 발전한 날로부터 벌써 3일이나 지났다.

그동안 여러 중대 사건들이 일어났다. 이면의 사건이라면 사이토란 사람이 난쟁이의 잔혹하기 짝이 없는 행동을 본 것도 그 하나였다. 표면적인 사건 중에는 아케치가 제공한 증거품을 바탕으로 행동에 나선 경찰이 우선 첫 번째 용의자로 미치코에게 복수를 맹세한 기타지마 하루오를 지목한 것이 있었다. 그의 행방을 수색한 결과, 어느 싸구려 여인숙에 숨어 있던 그를 어렵지 않게 체포했다. 기타지마는 아직도 취조 중이었다. 아직 죄는 확정되지 않았지만 미치코가 변사한 당일 밤의 알리바이 (현장에 없었다는 증거)를 내놓을 수 없었으며 가명으로 여인숙에 숙박하는 등 애매한 주장이 많았기 때문에 만약 다른 유력한 용의자가 나타나지 않으면 전과자인 기타지마가 가장 의심을 받을 수밖에 없었다. 경찰은 기타지마와 더불어 두 번째 용의자인 하녀 고마쓰의 행방도 추적했다. 애인 후키야가 오사카 본가로 돌아갔기 때문에 달리 혈육이 없는 고마쓰도 분명 그를 찾아 오사카에 갔을 것이라 추정했다. 그래서 지역 경찰에게 추적을 의뢰하면서 이쪽에서도 오사카로 형사를 급파했다. 그 결과 최근 며칠간 후키야는 본가에 가지 않았으며, 고마쓰도 찾아간 흔적이 없다고 확인되었을 뿐 그 이상은 밝혀지지 않았다.

벽장에서 발견된 수많은 증거품들 때문에 야마노 부인이 취조를 받은 것은 말할 것도 없었다. 취조를 받으며 그녀는 그 물건들은 전혀 모르는 것이며 누군가 자신을 함정에 빠뜨리기 위해 준비한 위조 증거가 분명하다고 주장했다. 그녀가 범인이라면 자발적으로 경찰에 수색을 요청하거나 아마추어 탐정에게 사건을 의뢰할 이유가 없었다. 게다가 뜻밖에도 그녀에게는 정말 유력한 증인이 나타났다. 병석에 있던 야마노 다이고로 씨가 그날 밤 부인이 한번도 침실을 나가지 않았다고 증언한 것이다. 따라서 야마노 부인에 대한 혐의는 일단 풀린 셈이었다.

하지만 고바야시 몬조는 그 정도 증언으로 부인의 무죄를 믿을 수 없었다. 몬조가 나카노고 O초의 수상한 집에 대해 함구한 것은 당연지사였지만 무슨 연유인지 아케치 역시 침묵을 지키는 것 같았다. 경찰은 야마노 부인과 수상한 절름발이 사내가 밀회를 한 사실을 전혀 모르는 눈치였다. 몬조는 부인을 위해서는 다행스런 일이라 은밀히 기뻐했지만 부인에게 호의를 품으면 품을수록 오히려 무서운 의혹은 더 깊어졌다.

물론 연일 신문에서 야마노가 사건에 관해 기사를 써대고 있었다. 백화점 한쪽 팔 사건이 유례없이 잔인한 데다가 피해자가 젊은 여자였고, 가해자가 매우 모호했으며, 거기에다 난쟁이 괴담까지 온갖 요소를 다 갖췄기 때문에 센세이션을 일으킨 것은 당연했다. 사건이 유명해질수록 야마노가 관계자들이 가슴앓이가 깊어지는 것은 당연했다. 그중에서도 주인공인 다이고로 씨는 외동딸을 잃은 슬픔과 충격으로 병세가 급격히 나빠졌을 뿐 아니라 그것이 또 걱정의 씨앗이 되어 야마노 일가로 돌아왔다.

그 와중에 뜻밖에도 야마노 부인은 또다시 수상한 남자의 제안에 응했다. 그녀는 두 번째 밀회가 되는 것을 피하기 위해 이번에는 대담하게 대낮에 집을 나섰다. 부인이 외출하면서 여느 때처럼 가타마치에 간다고 했다는 말을 듣고 몬조는 혹시나 해서 그녀의 큰아버지 댁으로 전화를 걸어 확인했다. 몬조 이외에 이 사실을 아는 사람은 아무도 없었다.

그런데 마치 날을 맞춘 듯 그날 부인에게 실로 위험한 일이 생겼다. 마침내 부인의 비밀이 폭로되는 날이 온 듯했다.

몬조는 야마노 부인이 가타마치로 가지 않았다는 사실을 확인했지만 전처럼 선뜻 뒤를 밟을 기운이 없었다. 부인의 안위가 걱정되기도 했지만 요전날 밤에 닭 쫓던 개가 된 듯한 기분이 떠올라서 그런 걱정을 하고 있는 자신이 바보처럼 여겨지기도 했다. 묘한 질투심이 그를 지독히 우울하게 했다.

부인의 행선지는 나카노고 O초에 있는 집이 분명했지만 뒤따라갔다가 만약 끔찍한 광경을 목격하면 견딜 수 없을 것 같았다. 그렇다고 서생 야마키와 한방에서 서로 노려보며 부인이 돌아오기를 기다리는 것은 더 괴로웠다. 그는 야마노가를 나와 전찻길 쪽으로 걸었다.

'차라리 아케치를 찾아가서 기분전환을 하는 편이 나을지도 모르겠다. 사흘을 만나지 못했으니 탐정 일도 상당히 진척되었을 거고, 저번에는 숨겼지만 아무래도 O초 집의 비밀을 알고

있는 모양이니 좀 더 자세히 물어봐야지.'

몬조는 문득 그런 생각이 들었다. 이 사건에서 부인이 맡은 역할이 무엇인지 아케치의 입으로 듣고 싶었던 것이다.

아케치는 오늘도 숙소에 있었다. 언제 일을 하는지 알 수 없는 사람이었다.

"마침 잘 왔군."

몬조가 종업원의 뒤를 따라 방으로 들어가자 아케치는 여느 때처럼 빙글빙글 웃는 얼굴로 맞이했다.

"사실 미치코 씨 사건이 거의 윤곽이 잡혔거든. 자네에게도 알리려던 참이었는데."

"그럼 범인이 밝혀졌나요?"

몬조가 놀라서 물었다.

"그건 전부터 이미 알고 있었어. 다만 오늘까지 발표할 수 없었던 거지. 실은 지금 범인을 체포하러 갈 거야. 지금 경시청에서 친구가 나를 데리러 오고 있어. 내가 지휘관인 거지. 게다가 오늘은 드물게 형사부장이 직접 현장에 나갈 거야. 간단한 거거든. 내가 끌어냈어. 오늘 체포는 그 자체로도 충분히 가치가 있는 거라서. 상대가 전례 없는 악당이니까. 실제로 세상에는 상상을 초월하는 무시무시한 놈이 있는 법이라."

"그 난쟁이인 거죠?"

"맞아. 그런데 녀석은 보통 불구자가 아니야. 기형아라고 하면 대개 백치나 저능아인데, 그놈은 저능아는커녕 정말 무섭도록 머리가 좋아. 희대의 악당이지. 자네는 스티븐슨의 『지킬 박사와 하이드 씨』라는 소설을 읽어봤나? 딱 그거야. 낮에는 선량한 사람인 척하고 밤이 되면 섬뜩한 악마의 형상을 하고 이 동네 저 동네 돌아다니며 악행이란 악행은 다 저지르지. 집념이 강한 불구자의 저주랄까. 살인, 도둑질, 방화, 그 외에도 온갖 해로운 독을 세상에 뿌리고 다녀. 놀라운 건 그게 그놈의 유일한 도락이라는 거야.”

"그럼 역시 그 불구자가 미치코의 살인범인 건가요?”

"아니, 살인범은 아니야. 전에도 말한 것처럼 살인자는 따로 있어. 하지만 그놈은 살인자보다도 훨씬 더 악당이야. 우리는 무슨 일이 있어도 그놈을 파멸시켜야 해. 지금까지 기다렸던 건 직접 살인을 저지른 다른 사람을 놓치지 않기 위해서였는데 그쪽도 이젠 도망칠 염려가 없어졌고.”

"대체 누군데요.”

몬조는 숨을 죽이고 물어보았다. 아름답게 웃는 야마노 부인의 얼굴이 눈앞에 아른거렸다.

바로 그때 여관 종업원이 들어와서 아케치에게 명함 한 장을 전해주었다.

"아, 형사부장 일행이 도착했군. 곧 나가야 해. 자네도 함께 가보겠나? 나머지 이야기는 자동차 안에서 하면 되니까.”

아케치는 이미 일어서서 옷을 갈아입고 있었다.

여관 앞에는 경시청 대형 자동차가 서 있었다. 일행은 수사과장 외에 사복형사가 두 명 더 있었고 거기에 아케치와 몬조가 동승했다.

"자네가 주의를 준 대로 하라니와原庭 경찰서에 수배를 의뢰해 놓았네. 그런데 위험한 일은 없을까."

수사과장은 지위에 비해 아직 살이 붙지 않아 여우 같은 인상을 주는 마른 남자였다. 언뜻 보면 왠지 가벼워 보였지만 가만히 보면 묘하게 무서운 기운이 풍겼다. 보통 이런 경우 현장에 출동하는 사람은 아닌지라 현장과 썩 어울리는 느낌은 아니었다.

"글쎄, 뭐라고 할지. 불구자이긴 하지만 지옥에서 기어 나온 것 같은 악당이라서. 사실 사람이 아니지. 난쟁이 주제에 무섭게 빠르고, 능수능란하게 나무를 타는 게 꼭 원숭이 같네. 게다가 그놈 하나면 괜찮은데 동료도 있어."

아케치는 자동차 좌석에 앉으면서 말했다.

"눈치채고 도망가면 안 되는데, 망은 잘 보고 있나?"

"괜찮아. 내 부하 세 명이 각기 다른 방향에서 단단히 망을 보고 있어. 모두 믿을 만한 애들이야."

자동차가 달리기 시작하자 앞과 뒤의 좌석은 서로 대화를 할 수 없었다. 아케치는 자연스럽게 옆에 앉은 고바야시 몬조와 이야기를 나누게 되었다.

"그 나카노고 O초의 집 말이야. 그 후 자네는 그 집을 조사해봤나? 거기는 과거 오랫동안 매음굴 같은 곳이었다고 하네. 아주 은밀하게 신참 아가씨들과 부인네들을 알선해주는 곳이지. 그쪽에 다니는 사람들에게는 꽤 유명하지만 근처 사람들은 잘 모른다고 하더군. 그 괴물이 거길 빌린 거야. 그런 집에는 흔히 2층에 비밀 통로가 있어. 만일 경찰이 단속을 나오면 도주로가 되는 거지. 벽장을 통해 옆집 벽 사이로 나가 아예 엉뚱한 곳으로 빠져나갈 수 있거든. 그래서 자네가 그렇게 망을 봤어도 무리 없이 빠져나갈 수 있었던 거지."

"그러리라고는 생각하지 못했는데 어처구니없군요. 대체 어디로 나갔는데요?"

몬조는 이상하게 허탈한 기분이 들었다.

"요겐지 뒤편으로 나간 거지. 자네는 알고 있었나? 요겐지는 나카노고 A초에 있어. 그 A초와 O초가 서로 등을 맞대고 있잖아. 즉 A초 요겐지로 들어가 O초로 빠져나갈 수 있으면, O초의 그 집에서도 요겐지 경내를 통과해 A초로도 빠져나갈 수 있는 거지. 대로로 돌아가면 2~3정이나 되는 거리지만 샛길로는 서로 인접해 있잖아. 요겐지는 언젠가 자네도 본 적이 있으니 대충 짐작이 되지? 그놈이 요술을 부리는 내막이 바로 그거야."

"그렇군요. 서로 등을 맞대고 있었군요. 몰랐어요."

"그런데 그놈의 도주로가 하나 더 있어. 마찬가지로 A초 요겐지의 묘소 뒤편에 역시 서로 등을 맞대고 있는 이상한 인형사 가게가 있거든. 불구자가 그 집으로도 드나들었어. 그러니까 그놈의 소굴은 서로 다른 세 마을로 출입구가 나 있는 셈이야. 그놈이 그렇게 악행을 저지르면서도 지금까지 비밀을 지킬 수 있었던 것은 전적으로 신출귀몰할 수 있는 출입구 덕분이지."

"그러면 그 절의 주지나 인형사도 동료인 건가요?"

"물론이지. 동료 이상일 수도 있고."

아케치는 또 약을 올리듯이 말했다.

"그래서 오늘은 그 세 방향의 입구에서 포위공격을 할 거야."

"그러면 요전에 야마노 부인과 함께 O초 집으로 들어간 사내는 누구죠?" 몬조가 물었다.

"역시 동료 중 하나 아닐까요?"

"그 사내 절름발이였지?"

"네, 절름발이였어요."

"그럼, 그 난쟁이네. 얼굴이 눈에 익지 않았나?"

"헌팅캡과 큰 안경으로 가리고 있는 데다 어두워서 잘 모르겠던데요. 만약 그렇다면 난쟁이가 어떻게 그렇게 커졌을까요?"

"그거야. 그 점이 또, 놈의 악행이 드러나지 않은 이유였지. 놈은 어둠의 세계에서는 난쟁이이고, 낮에는 보통 사람이야. 엄청난 요술이지."

"그렇지만 그게 어떻게 가능하죠?"

"놈은 어렸을 때 사고를 당해 두 다리를 크게 수술했다고 거짓말을 하고 다녔어. 그리고 의족을 신고 다녔던 거지. 난쟁이의 머리와 몸통은 보통 사람과 다름없어. 다만 다리가 부자연스럽게 짧다는 걸 생각해 보라고."

"의족이요? 그런 어처구니없는 걸로 속였다고요?"

"어처구니없는 만큼 오히려 완전한 거지. 의족을 썼을 거라고는 생각하지 못할 테니까. 나는 그 실물을 보았네. 자세한 건 이제야 알았지만. 게다가 난쟁이를 본 사람은 오직 자네뿐이었네. 야마노가 사람들은 난쟁이 같은 특수한 사람을 본 적이 없었지. 처음부터 의족을 한 남자로 통했더라고."

"그럼 그 의족을 한 남자는 도대체 누구인데요?"

"요겐지 주지."

소통이 힘든 자동차 안에서 이 정도의 대화를 주고받는 것도 수월치 않았다. 몬조는 아직 아케치의 말이 잘 이해가 되지 않았다. 너무 상식 밖의 이야기라서 어처구니가 없었고 우롱당하는 기분까지 들었다. 그러나 그 의혹을 확인하기 전에 자동차는 어느새 혼쇼 하라니와 경찰서 건물 앞에 섰다.

경찰서에서는 서장을 비롯해 여러 사람들이 그들의 도착을 기다리고 있었다. 일동이 차에서 내려 사전 협의를 끝내고 그곳에 있던 형사들과 함께 근처에 있는 O초로 걸어서 이동했다. 형사부장은 서장실에 남아 희소식을 기다리기로 했다.

형사들은 형사부장과 아마추어 탐정의 지도에 따랐다. 그들은 요겐지, O초 집, 인형사의 거처, 이렇게 세 갈래로 나뉘어 입구에서 각기 보초를 서기로 했다. 그리고 아케치의 부하라는 남자가 조금 전부터 그들이 오기를 기다리고 있었다.

"내가 신호할 때까지는 절대 아무도 도망치지 못하게 해주십시오 여자건 아이건 집에서 나오는 사람은 일단 붙잡아 두십시오."

아케치는 몇 번이고 거듭 당부했다. 그리고 자신은 몬조와 함께 형사 한 명을 거느리고 요겐지 안으로 들어갔다.

공양간 문을 여니 꾀죄죄한 노인이 부뚜막 앞에서 뭔가를 하고 있었다.

"자네는 건너편 과자가게 할아범이었지?" 아케치가 말을 걸었다.

"주지는 출타 중인가?"

"아닙니다, 계십니다. 누구시지요?"

"잊었나? 2~3일 전에 자네 가게에서 물건을 샀는데. 사실 오늘은 경찰 용무로 왔지. 주지를 여기로 좀 불러주게."

노인은 알겠다며 주지를 찾으러 안으로 들어갔으나 잠시 후 의아한 얼굴로 되돌아왔다.

"안 보이는데요. 몰랐는데 어느새 나가셨나 봅니다."

"그런가. 어찌 되었든 일단 들어가겠네. 경찰 용무니까."

아케치는 그렇게 말하며 얼른 신발을 벗고 안으로 들어갔다. 노인은 놀라 저지하지도 못했다. 몬조와 형사도 아케치를 따라 구두를 벗었는데 그때 몬조는 지금껏 잊고 있던 일이 문득 생각났다. 주지가 안 보이는 것을 보니 절 뒤편으로 해서 O초 그 집에 간 것이 틀림없다. 그러면 야마노 부인도 거기에 있을 것이다. 만약 주지가 발견되면 부인도 함께 치부가 노출되는 처지가 된다. 치부뿐 아니라 빼도 박도 못할 증거까지 잡히는 것이다.

몬조는 그와 동시에 놀랄 만한 사실을 깨달았다. 지금까지는 부인을 협박하던 사내가 누군지 몰라 그저 질투를 느낀 데 불과했지만 아케치가 명확하게 밝힌 대로 그 사내는 다름 아닌 섬뜩한 난쟁이다. 부인에게 대체 어떤 약점이 있어 저렇게 불쾌한 자와 밀회를 하고 있나 따져보니 점점 부인의 정체가 무엇인지 모르겠다는 생각이 들었다.

몬조가 그런 생각을 하고 있는 동안 아케치는 성큼성큼 본당 쪽으로 걸어갔다. 텅 빈 본당에는 이미 석양이 져서 다다미 틈새의 붉게 변색된 부분도 보이지 않았다. 이상한 조각이 새겨진 굵은 기둥, 칠이 벗겨져 한쪽 구석에 안치된 목상, 커다란 위패의 행렬, 기이한 족자, 향냄새. 그런 것들이 서로 구색을 맞추고 있으니 이루 말할 수 없는 섬뜩함이 풍겼다. 물론 인기척은 없었다.

아케치는 주의 깊게 본당 구석구석 그늘까지 다 둘러본 후 넓은 방을 두세 개 통과해 마지막으로 마당으로 나갔다. 그리고 석등과 나무 사이까지 샅샅이 살펴보고 나서 울타리 방향의 여닫이문을 열어 묘지 쪽으로 나갔다. 몬조와 형사도 툇마루 밑에 있는 짚신을 신고 그 뒤를 따랐다.

묘지는 이미 어두웠다. 길가 쪽 산울타리 틈으로 아케치의 부하라는 자가 망을 보고 있는 모습이 언뜻언뜻 보였다. 몬조는 언젠가 밤에 그 틈으로 묘지 안에 숨어들었던 기억이 자연스레 떠오를 수밖에 없었다.

"여기 좀 보십시오. 저기 검정 판자 울타리에 좁은 틈이 있지요? 그 건너편이 인형사인 야스카와의 작업장입니다. 미안하지만 잠시 저쪽 망을 좀 봐주시겠습니까? 우리는 이쪽 O초에 붙은 집을 일단 조사해볼 테니까요."

아케치는 형사 쪽을 돌아보고 정중하게 말했다. 형사는 두말 않고 그의 지시에 따라 판자 울타리 쪽으로 갔다. O초 집은 성긴 대나무 울타리였으므로 조금 무리를 하면 거기로도 출입이 가능해 보였다.

"자네 잠깐 여기 좀 보세."

아케치는 갑자기 멈춰 서서 묘지 한쪽 구석에 있는 은행나무 밑동을 가리켰다. 그쪽 나무 그늘에는 커다란 구멍이 파여 있었고, 그 안에 쓰레기가 산더미같이 쌓여 있었다.

"여긴 절의 쓰레기장인 것 같은데, 나는 2~3일 전 밤에 여기로 잠입해서 이 쓰레기더미를 휘저으며 살펴봤네. 새로 생긴 묘지를 파헤쳐 보기도 했고, 미치코 씨의 시체가 이 주변에 숨겨져 있을 가능성이 있어서."

아케치는 아무 일 아닌 것처럼 말했다.

"이거 봐, 야마노가에서 미치코 씨를 밖으로 옮길 때 누군가 위생부로 변장해서 쓰레기차를 이용한 흔적이 있었던 건 자네도 알 거야. 아즈마바시에서도 쓰레기차의 행방을 찾지 못했는데 자네에게 난쟁이 이야기를 듣고 그 쓰레기가 혹시 여기로 운반되지 않았을까 의심해 보았다네. 그래서 얼른 이 절 부근으로 가서 물어보았더니 바로 그날 아침 일찍 쓰레기차 한 대가 절 문을 통과했다고 하더군. 시체를 숨기는 데 묘지만큼 안성맞춤인 장소도 없지. 좋은 생각인 듯했어. 하지만 내가 찾았을 때는 이미 어디론가 이동시킨 후였는지 시체는 없었어."

"그러면 위생부로 변장한 것도 역시 그놈 아니었을까요?"

"아니, 그런 불구자가 무거운 걸 끌 수는 없지. 그건 그놈이 아니야."

그들은 나직한 목소리로 이야기하면서 대나무 울타리 쪽으로 걸어갔다. 대나무 울타리를 통과하자 바로 돌담이 죽 이어져 있었고 거기서부터는 지면이 더 높아졌다. 아케치는 그 돌담을 기어 올라가 판자 울타리와 회벽 사이로 나 있는 어스름한 골목으로 들어갔다. 5~6간 정도를 가니 막다른 길이 나왔고 그곳에서 다른 쪽 담장으로 가는 길도 막혀 있었다. 아케치는 주머니에서 가느다란 철사를 꺼내 담장 한구석에 집어넣고 한참을 덜그럭거렸다. 잠시 후 털컥 무엇이 빠지는 소리가 나더니 담장 일부가 끼익 하고 열렸다. 비밀 문이었던 것이다.

비밀 문 내부에는 벽과 벽 사이에 겨우 한 사람이 통과할 만한 좁은 통로가 있었다. 그들은 더듬거리며 안으로 들어갔다. 몬조는 문득 어린 시절 술래잡기 놀이가 떠올랐다. 무섭기보다는 어쩐지 그때 술래잡기 할 때처럼 아슬아슬하게 느껴졌다.

앞장서 가던 아케치가 "사다리야" 하고 주의를 주었다. 그들은 소리를 내지 않도록 조심하면서 위험해 보이는 사다리를 천천히 올라갔다. 올라가 보니 1간 정도 되는 좁고 긴 마루가 나타나서 멈춰 섰다. 좌우 모두 판자가 대어져 있었고 몸을 모로 하지 않으면 지나갈 수 없을 정도로 폭이 좁았다.

"여기가 벽장의 측면에 해당하지."

아케치가 속삭이는 목소리로 말했다.

"조용히 해."

그들은 잠시 그 컴컴한 동굴 같은 곳에서 서로의 숨소리를 들었다. 몬조는 벽장 건너편에 있는 야마노 부인을 상상하니 몸이 마비되는 것 같았다. 부인이 돌아간 후였으면 좋겠다고 바라면서도 한편으로는 마음이 쓰라리지만 그 흉측한 난쟁이와 함께 있는 부인의 흐트러진 모습이 보고 싶기도 했다.

방에서는 한동안 아무 소리도 나지 않았다. 그런데 잠시 후, 장지문을 꽉 닫는 소리가 들렸다.

"유리에 씨, 누가 눈치채거나 하면 안 돼."

사내가 굵은 목소리로 말했다.

"뭐야, 창문에서 보니 지금 문 앞에 이상한 놈들이 어슬렁거리잖아. 귀찮은 놈들이네. 요전에도 애송이 같은 놈이 멋대로 집 안에 들어와 말을 시키지 않나. 위험해, 이제 이 집도 포기해야되나. 설마 저 녀석들이 도주로까지 아는 건 아니겠지."

얇은 판자와 맹장지로만 막혀 있을 뿐이어서 건너편에서 말하는 소리가 손에 잡힐 듯 들려왔다.

"빨리 도망쳐요. 이미 발견된 거라면 정말 돌이킬 수 없어지니까."

평소와는 달리 전혀 조신하지 않은 말투였지만 분명 야마노 부인의 목소리였다.

"그건 나도 마찬가지야. 하지만 아직 걱정할 건 없어. 당신은 내 능력을 모를 테니까."

몬조는 낮게 내리깐 굵은 목소리가 그 기형이라고 생각하니 이상한 기분이 들었다. 목소리만은 보통 사람 이상으로 당당한 것이 우스꽝스럽고 소름 끼쳤다.

"그럼 철수할까. 소지품 주의해서 잘 챙겨."

그 목소리가 점점 몬조 쪽으로 가까워지는데, 다다미 디디는 발소리와 함께 살며시 맹장지를 여는 기척이 났다.

아케치가 어둠 속에서 몬조의 팔을 붙들고 신호를 보냈다. 그리고 소리가 나지 않도록 조심조심 판자 일부를 떼어내자 사각형 모양의 구멍이 뻐끔 뚫려 희미한 빛이 들어왔다. 몬조는 갑자기 얼굴을 마주치게 될까 봐 태세를 단단히 했다. 구멍 맞은편에는 고리짝이 쌓여 있어 아직 상대의 모습이 보이지 않았다.

드디어 제일 위에 있던 고리짝이 치워지더니 그 뒤로 불쑥 팔 하나가 튀어나와 두 번째 고리짝 끈을 붙잡고 반대편으로 질질 끌어당겼다. 몬조의 팔을 잡은 아케치의 손이 실룩실룩 움직였다.

고리짝이 치워진 반대편으로 주지의 빡빡머리가 보였다. 그리고 2~3자 거리에서 여덟 개의 눈이 부딪쳤다.

"으악!"

외치는 소리가 났다. 네 명이 동시에 소리를 지른 것이었다.

주지는 냉큼 4조방 쪽으로 도망쳤다. 아케치가 고리짝을 걷어차며 바짝 뒤쫓았다. 4조방 창을 여니 빨래 건조장이 있었다. 아래층에는 망을 보는 사람이 있었기 때문에 도망갈 곳은 옥상밖에 없었다. 기형아는 재빨리 창밖으로 나가서 건조장 난간을 발판 삼아 2층 지붕으로 기어 올라갔다. 한발 늦은 아케치는 지붕에 매달린 상대의 발을 붙잡았다. 하지만 잠시 옥신각신

하는 사이 발이 쑥 빠져 아케치의 손에 남겨졌다. 흰 양말로 표면을 씌운 인형 발 같았다.

원숭이처럼 나무를 잘 타는 기형아에게 옥상은 더할 나위 없는 도피처였다. 그는 승복의 흰 옷자락을 걷어붙이고 경사가 가파른 옥상을 기었다.

"고바야시 군, 그쪽 창에서 형사를 불러주게."

그 말을 하고 아케치도 옥상으로 기어 올라갔다. 긴 용마루[39] 위에는 땅거미 지는 하늘을 배경으로 기형아의 흰옷과 아케치의 검정 마과가 서로 엉키며 달렸다.

지붕 끝에 다다르자 기형아는 전신주와 담장을 발판 삼아 옆 지붕으로 옮겨갔다. 어떤 때는 1간이나 되는 곳도 양손으로 전선을 붙잡고 건너가기도 했다. 난쟁이의 곡예였다.

그러니 아케치가 당해낼 재간이 없었다. 얼마 안 되는 거리인데도 난쟁이처럼 곡예를 부릴 수 없어 먼 길로 돌아가야 했다. 두 사람의 거리가 점점 더 멀어져 갔다.

정체가 탄로 난 기형아는 더 필사적이었다. 그렇게 끝까지 도망치려고 마음먹은 건 아니었지만 그런 것까지 생각할 여유는 없었다. 그는 빨리 인형사 야스카와의 집으로 피신하려는 마음뿐이었다.

그러나 커다란 공중목욕탕 지붕이 기형아의 앞길을 막아섰다. 뒤를 돌아보니 쫓는 사람이 어느덧 둘로 늘어나 있었다. 우물쭈

....
39_ 지붕 가운데 가장 높은 수평마루.

물하다가는 숫자가 더 늘 수도 있을 것 같았다. 그는 과감하게 아래층 지붕으로 뛰어내려 몸을 움츠리고 처마를 따라서 달리기 시작했다. 가까스로 모퉁이에 다다르자, 떠들썩한 소리를 듣고 먼저 도착해 있던 형사가 건너편 지붕에서 획 날아오는 것이 보였다. 형사는 난쟁이의 모습을 발견하고 얼른 큰 소리로 외쳤다.

난쟁이는 마지막 힘까지 짜내서 홈통을 타고 공중목욕탕 지붕으로 올라갔다. 하지만 그 높은 용마루 위까지 올라갔어도 지붕 양 끝에 이미 추격자들이 도착해 있어 숨 돌릴 새가 없었다. 더 이상 도망칠 곳이 없었다. 뛰어내리면 머리가 깨질 테고, 얌전히 기다리고 있자니 밧줄에 묶일 상황이었다.

추격자들은 태세를 단단히 하고 기와를 한 장 한 장 짚으며 기어왔다. 기형아의 상기된 눈에는 그들이 큰 도마뱀 세 마리처럼 보였다. 그는 별수 없이 사방을 힐끔거리며 둘러봤다. 공중목욕탕 굴뚝이 불현듯 눈에 띄었다. 검은색 굵은 철통이 바로 옆의 기와를 뚫고 하늘로 죽 뻗어 있었다. 그는 얼른 자신의 장기인 나무타기를 활용해 굴뚝을 타고 위로 죽죽 올라갔다.

추격자들은 난쟁이처럼 굴뚝을 타고 올라갈 재주가 없었다. 그들은 굴뚝 아래 모여서 나무 위의 원숭이에게 기와조각을 던졌다. 상대가 피곤해지기를 느긋하게 기다릴 생각이었다.

그러나 기형아는 따로 생각이 있었다. 굴뚝에는 배의 돛대처럼 굵은 철사가 정상에서 세 방향으로 내려져 있었는데 그중 하나가 좁은 공터를 넘어 반대편에 있는 허름한 나가야 지붕까지 뻗어 있었다. 그는 케이블카처럼 길게 이어져 있는 철사를 타고 내려가 반대편으로 건너갈 작정이었다. 만약 성공한다면, 거기는 미로같이 복잡한 동네인 데다 지금은 땅거미가 질 때이므로 끝까지 도망치는 것도 전혀 불가능한 일은 아니었다.

기형아의 목숨을 건 곡예가 시작되었다. 흰옷 차림의 괴물이 하늘로 뛰어올라 철사를 붙들자 눈 깜짝할 새에 6간 정도 되는 높이에서 죽죽 미끄러져 내려갔다. 철사가 팽팽해지고 굴뚝이 활 모양으로 굽었다.

철사가 기형아의 손바닥 살을 파고들어 뼈를 갈았다. 아직 반도 내려가지 못했지만 기형아는 고통을 참을 수 없었다. 더 이상 철사를 쥘 힘도 없었다. 아래를 보니 공터에는 어느새 대여섯 명이 하늘을 올려다보며 떠들고 있었다. 설령 건너편까지 무사히 미끄러져 도달할 수 있다고 해도 더 이상 도망칠 수 있을 것 같지 않았다. "이제 끝이다." 그런 생각이 들자 기형아는 철사를 쥔 손가락을 폈다. 그 순간 기형아의 눈앞에서 세상이 팽이처럼 돌았다.

추락한 난쟁이는 그대로 정신을 잃었다. 공터에 있던 사람들은 소리를 지르며 그 주위로 모여들었다.

오해

고바야시 몬조는 아케치의 지시에 따라 문 앞쪽 창을 열고 큰 목소리로 외쳤다. 그리고 망을 보던 형사가 추격 장소로 달려가는 걸 보며 잠시 망연자실 서 있었다. 아케치를 따라 지붕으로 올라갈까 여기 머물며 야마노 부인을 돌봐줄까 망설였던 것이다. 부인은 그의 발치에 엎드려서 죽은 듯이 미동도 하지 않았다. 잘 살펴보니 어깨를 가늘게 떨며 울고 있었다. 옷깃이 흐트러져 우윳빛 목덜미에서 등까지 맨살이 드러나 있고 그 위로 귀밑머리가 흘러내렸다.

지붕 위의 소동도 점점 멀어져 갔다. 아래층 노파는 어떻게 된 일인지 모습이 보이지 않았다. 그 와중에 이상한 정적이 흘렀다. 세상이 두 쪽으로 쪼개진 것 같았다.

"사모님."

몬조는 부인의 어깨에 손을 올리고 나직한 목소리로 불렀다. 그러자 갑자기 부인이 일어나 소리치기 시작했다.

"나예요. 미치코를 죽인 건 나예요. 순사에게 그렇게 말해줘요. 고바야시 씨, 파출소로 데려다줘요."

부인의 창백해진 얼굴은 눈물로 범벅이 되었고 입술은 심하게 경련을 일으켰다.

"아니, 그 전에 집으로 데려다주세요. 집에 돌아가야 해요. 빨리요, 고바야시 씨."

그녀는 몬조의 팔에 매달려 소리쳤다. 사람들이 올까 봐 두려워하며 충혈된 눈으로 주위를 두리번거렸다.

몬조도 흥분 때문에 얼굴이 창백했다. 이상야릇한 전율이 등을 타고 내려 아무리 입술에 침을 묻혀도 금세 말라버렸다.

"사모님 도망가요."

그의 잠긴 목소리가 떨렸다.

"빨리 집에 데려다줘요."

"저랑, 저랑 같이 도망가요."

유리에는 격정에 겨워 일어날 힘도 없었다. 그녀는 몬조의 어깨에 기대어 주저앉아 있었다. 부인을 일으킨 몬조는 그녀를 끌어안고 가까스로 계단을 내려갔다. 아래층에는 귀가 어두운 노파가 멍하니 서 있었다. 뭔가 소동이 일어났다는 걸 느끼고 놀라서 찾아온 듯했다.

몬조는 노파를 피해 입구 쪽으로 뛰어갔다. 현관에 놓여 있던 게다를 대충 신고 문밖으로 나갔다. 망을 보던 형사들은 모두 난쟁이 쪽으로 몰려갔기 때문에 아무도 없었다. 그들은 인적 드문 곳을 골라가며 이미 어스름해진 마을을 비틀거리며 달렸다. 다행히 아무도 수상하게 보는 사람은 없었다.

전찻길을 무사히 건너니 어느새 스미다가와 제방이 나왔다. 다른 도피로는 없었다. 부인은 숨이 가빠져 여러 번 넘어질 뻔했다. 그의 어깨에 걸쳐진 부인의 팔이 자꾸 목을 졸라 몬조는 숨이 막혔다. 부인의 헝클어진 차가운 머리카락이 그의 귀를 간지럽혔다. 드디어 그들은 야마노가로 진입하는 길모퉁이에 다다랐다.

"거기로 가면 안 돼요. 지금 집에 가면 잡혀요. 좀 더 달려요."

"아니요. 나는 아무래도 집에 돌아가야겠어요. 놓아줘요."

부인은 얼마 안 남은 힘을 쥐어짜서 집으로 가려 했으나 몬조가 꽉 끌어안고 가지 못하게 막았다.

"걱정하지 않아도 돼요. 나는 당신과 함께 어디라도 갈 거니까. 꾸물거릴 때가 아니에요. 도망가요. 도망칠 수 있는 데까지 도망쳐요."

몬조는 부인을 끌고 가며 들뜬 목소리로 말했다. 그녀는 잠시 몬조의 품에서 버둥거렸지만 결국 힘이 다 빠진 듯했다. 어느새 고분고분해진 부인의 몸은 무게가 느껴졌다. 그녀는 몸과 마음이 너무 피곤한 나머지 싸울 기력도 없었던 것이다.

몬조는 부인을 끌어안다시피 해서 제방 북쪽으로 뛰었다. 멀리 갈수록 인가가 드물어지고 석양이 점점 짙어졌다. 어느 정도 뛰다가 문득 주위를 보니 제방 오른편은 칠흑처럼 무성하고 깊은 숲이었다.

몬조의 다리는 두 사람분의 무게 때문에 더 이상 말을 듣지 않았다. 숨이 차서 가슴이 터질 것 같았다. 마침 그때 휴식하기에 적당한 숲을 발견했다. 그는 쓰러질 듯이 숲속으로 들어가서 거의 정신을 잃은 부인을 커다란 나무 그늘에 눕혔다. 그리고 제방으로 뛰어가서 강으로 기어 내려갔다. 그는 더러운 물을 허겁지겁 들이켰다. 갈증이 좀 풀리자 손수건에 물을 축여 숲으로 돌아갔다.

유리에는 좀 전의 그 자세로 반듯하게 누워 있었다. 얼굴만 또렷이 부각된 채 난잡하게 흐트러진 모습은 어스레한 어둠 속으로 녹아들어 꿈결 같은 아름다움을 자아내고 있었다.

몬조는 물에 적신 손수건을 한 손에 들고 멍하니 부인의 아름다운 모습을 바라보았다. 어제까지는 사랑 때문에 오히려 일종의 공포를 느꼈던 자신이 지금은 사랑의 도피를 하고 있다고 생각하니 비장하면서도 달콤했다. 그는 이루 말할 수 없는 감정이 몰려와 가슴이 아팠다.

그는 무릎을 꿇고 유리에의 목을 안아 올린 후 그녀의 입술에 젖은 수건 대신 불쑥 자신의 입술을 갖다 댔다. 그리고 어린 시절 옆에 누워 있던 사촌 누이에게 했던 것처럼 그녀의 입술을 훔쳤다.

"어, 나 어떻게 된 거죠?"

키스 세례를 받던 유리에의 입술이 드디어 말을 했다.

그의 격정이 지나쳐 그녀가 잠을 깬 걸까, 아니면 그녀도 전부 다 알고 있으면서 일부러 이제야 깨달은 척하는 걸까. 몬조는 의심하지 않을 수 없었다. 그럴 정도로 유리에는 부자연스럽게 눈을 떴다. 깨어난 후에도 그녀의 목에 둘러진 몬조의 팔을 거부하지 않는 것도 이상했다. 꼭 자신의 기분 탓만은 아니라는 생각에 몬조는 눈시울이 뜨거워졌다.

"어때요, 걸을 수 있겠어요?"

그는 물에 적신 손수건을 유리에의 입에 대면서 말했다.

"조금만 더 참으세요. 조금만 더 가서 오른쪽으로 돌면 히키후네曳舟 역이 나와요. 거기서 기차를 탑시다. 그리고 어디 먼 곳으로 가요."

"아니오. 더 이상은 안 돼요. 도망쳐도 소용이 없어요. 그놈이 벌써 낱낱이 고백했을 거예요."

"무슨 말씀이세요. 그러니까 도망을 쳐야죠. 아니면 당신이 결국 도망칠 수 없을 거라고 생각할 테니까요."

그는 순정이 담긴 눈을 반짝이며 연극 대사를 읊듯이 말했다.

"내 목숨 같은 건 전혀 아깝지 않아요. 당신과 함께 죽는다면 목숨 같은 건 전혀 아깝지 않아요. 나도 함께 죽게 해주세요."

"당신은……어쩌서 죽는다는 말을 하시나요?"

"그러니까 당신은 교수대가 두려운 겁니까? 물론 나도 도망칠 수 있는 데까지는 도망치는 게 낫다고 생각하지만, 더 이상 도망칠 수 없어지면 죽을 수밖에 없을 테니까요."

"그건 그렇지만……."

유리에는 그렇게 말하며 어둠 속에서 한참을 침묵했다. 몬조도 그녀의 한쪽 손을 꼭 붙들고 아무 말도 하지 않았다.

"당신, 무슨 일이 있어도 내 편이 되어주세요."

"어쩌서 그런 말씀을 하십니까? 제 마음을 모르시겠습니까?"

"알아요. 하지만 내가 지금까지와 마찬가지로 야마노의 정숙한 부인이라도요?"

"네."

"무슨 일이 있어도?"

"맹세합니다."

"그럼 말하죠. 미치코를 죽인 건 내가 아니에요. 살인자는 따로 있어요."

"네? 대체 누군가요?"

몬조는 깜짝 놀라며 반문했다.

"야마노예요. 내 남편 야마노. 그러니까 나는 한시라도 빨리 집으로 돌아가서 그 사람을 도망치게 해야 해요."

"뭐라고요? 야마노 씨는 미치코 씨의 친부잖아요. 그런 말도 안 되는 일이 어디 있어요. 만약 그게 사실이라 해도 도망이라니요. 아픈 사람을 어떻게 도망치게 할 건데요. 더구나 이미 지금쯤은 분명 댁에까지 경찰의 손이 미쳤을 텐데요."

"아, 역시 안 되겠어요. 혹시라도 그 불구가 도망치는 데 성공하면, 그러면 비밀이 폭로되지 않을 텐데."

"그놈입니까? 그놈이 비밀의 열쇠를 쥔 건가요? 그래서 당신이 그런 놈의 명령에 따른 거군요. 그저 바깥어른의 죄를 감싸주려고."

"그것밖에 내가 할 수 있는 일이 없었어요."

유리에는 울먹였다.

"그걸 알고 나서 나는 야마노가의 명예와 남편의 안전을 위해 목숨을 버려도 상관없다고 결심했어요. 돌아가신 어머니의 가르침이었거든요."

"……."

몬조는 망연자실해져서 격정에 사로잡힌 그녀를 바라보았다.

"당신은 남편과 나와의 관계를 잘 모를 테죠. 야마노가는 우리 가족들에게 매우 고마운 은인이에요. 내가 그토록 나이 차이가 많은 남편에게 시집을 온 것도, 남편을 위해 희생한다는 결심을 했던 것도, 모두 돌아가신 부모님의 뜻을 따르는 거였어요. 내 천성대로라면 그렇게 할 수 없었을 거예요."

"하지만 그래도 이해가 가지 않는 게 있습니다."

몬조는 가까스로 마음을 수습했다.

"당신은 다 태워버렸다고 생각했겠지만 당신이 받은 그 이상한 편지를 아케치가 입수했거든요. 그 불구가 당신을 O초 집으로 부르기 위해 쓴 편지요. 거기에는 확실히 의뢰대로 미치코 씨의 시체를 묻었다, 이 일은 누구누구와 나, 후키야 세 사람밖에 모른다. 이런 내용이 적혀 있었어요. 불에 타서 나머지 한 사람의 이름은 모르겠지만 그건 편지의 수취인인 당신이 아니면 누굴까요? 그 밖에도 여러 증거가 있어요. 이를테면 그날 미치코 씨가 가지고 나갔다는 숄과 핸드백이 당신 방 벽장에 숨겨져 있었어요. 그뿐 아닙니다. 미치코 씨의 머리를 내리쳤다고 추정되는 석고상도 당신 방에 있었어요. 그러니 내가 당신을 의심하는 것도 무리는 아니잖아요."

몬조는 겸연쩍게 증거를 열거했다.

"그런 게 내 방에 있었다니 전혀 몰랐어요. 아케치 씨가 발견한 건가요?"

"아뇨, 하녀 오유키요. 아케치 씨에게 매수되었답니다."

아름다운 꿈이 허사가 되자 몬조는 자포자기 상태가 되었다.

"그렇군요. 전혀 몰랐네요. 아까 말씀하신 편지라면 기억나는데 그것까지 아케치 씨의 손에 들어가다니. ……그 편지 때문이에요. 내가 진짜 살인자를 알게 된 것도. 불구가 야마노의 부탁으로 시체를 처리한 걸 알려주면서 나를 협박하려고 보낸 거죠.

나와 남편의 관계나 내가 어떤 사람인지 잘 아는 사람이니까 약점을 잡아 자기 마음대로 나를 조종하고 싶어 했어요. 그 편지는 아케치 씨가 처음 집에 방문한 다음 날 받은 거예요. 그때까지 미치코가 죽은 것조차 반신반의했거든요. 만약 내가 미치코를 어떻게 했다면 굳이 왜 아케치 씨한테 의뢰를 했겠어요?"

몬조는 너무 의외였다. 혼자 착각하고 부인과 함께 죽는다는 말까지 했는데 이 부끄러움을 대체 어떻게 수습해야 할지 전혀 갈피가 잡히지 않았다.

비밀을 완전히 다 털어놓은 유리에는 이제 모두 끝이라는 듯 힘없이 고개를 떨궜고, 아름다운 꿈나라에서 현실로 떨어진 몬조는 황당함과 부끄러움에 돌연 할 말을 잃은 채 넋 놓고 앉아 있었다. 오랜 시간 어색한 침묵이 계속되었다.

"그러면 그 편지에 쓰여 있던 세 사람 중 밝혀지지 않은 한 사람은……."

몬조는 겨우 말투를 바꾸고는 지극히 사무적으로 물었다.

"야마노 씨였습니까? 즉, 그 불구가 야마노 씨의 의뢰를 받고 시체를 묻은 거였습니까?"

"그래요."

부인은 이제 어떻게 되어도 상관없다는 듯 자포자기했다.

"그게 거짓이 아니라고 생각했던 건 미치코가 없어진 후 남편이 점포의 돈을 꽤 많이 가지고 나왔어요. 지배인이 걱정되었는지 넌지시 알려주더군요. 나는 남편에게 왜 그렇게 큰돈이 필요한지 몰랐어요. 그런데 편지를 보고 바로 그 생각이 떠오른 거죠. 그 돈은, 어쩌면 그중 절반은 운전사에게 갔을 수도 있겠다고 생각했어요. 남편의 말에 따르면 그 사람을 뒤쫓아 일부러 오사카까지 간 것은 유괴당한 미치코를 되찾기 위해서였다고 했어요. 하지만 결국 나중에 비밀을 발설하지 못하게 하려고 돈을 주러 간 거라는 걸 알게 되었어요. 나는 조금이라도 남편을 의심하는 기색을 보인 적은 없었어요. 그렇게 병까지 난 걸 보니 너무 딱해서 더 어쩔 수 없었죠."

"후키야가 어떻게 비밀을 알게 된 건데요?"

"확실치는 않지만 그 쓰레기차를 운전한 게 후키야라고 생각해요. 설마 야마노가 직접 그런 일을 하지는 않았을 거예요. 그리고 요겐지 주지는 불구자잖아요. 미치코의 시체를 운반할 사람이 못 되죠. 하지만 지금 그런 전모를 밝힌다고 한들 소용없잖아요. 고바야시 씨, 나 어쩌면 좋죠?"

"어쨌든 댁으로 돌아가셔야 하지 않을까요? 설마 아까처럼 나와 사랑의 도피를 해주실 것도 아닐 테고요."

몬조는 얼굴을 붉히며 농담하듯 어색하게 말했다.

"그놈이 잘 도망쳤을 수도 있지만, 차라리 지붕에서 떨어져 죽었다면 아직 선후책을 세워볼 수 있지 않을까요. 그러나 그렇다 해도 결국 각오는 해야겠죠. 나는 앞으로도 당신의 편이 되어 도울 수 있는 건 도울 겁니다. 허락해주시겠죠?"

"제 쪽에서 부탁드릴게요."

부인이 순순히 자신에게 의지하는 모습을 보이자 몬조는

미련하게도 기뻐했다.

숲에서 나온 두 사람은 제방을 지나 야마노가 쪽으로 걸었다.

"그런데 야마노 씨의 마음을 잘 모르겠어요. 대체 왜 친딸을 죽이게 된 거죠?"

"야마노는 장사하는 사람답지 않게 고지식하고, 화가 치밀 땐 심한 행동도 하는 사람이에요. 아마 미치코의 행실을 알고 벌을 줄 요량이었는데 감정이 격해진 나머지 그렇게 되어버린 것 같아요. 게다가 또 이러저런 사정으로 하녀들에게는 숨겼던 사실인데 도망간 하녀 고마쓰가 남편이 숨겨놓은 자식이거든요. 고지식한 사람이지만 젊은 시절에는 실수도 했던 모양이에요. 그러면 보통은 딸로 입적시키겠지만 남편은 그렇게 하지 않았어요. 방금 말한 대로 고지식해서 딸 교육에도 안 좋고 친척들 보기에도 체면이 서지 않는다는 이유였어요. 뒤에서 돌봐준다고는 해도 어쨌든 표면적으로는 하녀를 만든 거죠."

"그럼 미치코 씨와 고마쓰는 자매인 거네요."

몬조는 매우 의외라는 생각이 들었다.

"그렇죠. 자매인데 두 사람은 기질이 아주 다르죠. 미치코가 아주 말괄량이라면 고마쓰는 상인의 자식답지 않게 얌전하게 잘 자란 아이죠."

두 사람은 이미 완전히 어두워진 제방 위로 터벅터벅 걸었다. 몸과 마음이 피로하기도 했지만, 한편으로는 돌아가서 진실과 마주해야 한다는 두려움 때문에 자연스럽게 걸음이 느려졌다. 부인은 무슨 이야기라도 하지 않고는 허전해서 견딜 수 없었다.

"그 친딸들이 서로……."

부인은 이야기를 이어갔다.

"한 남자를, 그것도 하필이면 운전사를 가운데 두고 자매가 싸우는 것을 알게 되었을 때, 야마노가 불같이 화를 내는 건 당연하겠죠. 그 마음은 이해가 가요. 틀림없이 지옥 같은 기분이 었을 거예요. 행실 나쁜 두 딸 중 한 명이 결국 자신의 나쁜 행실이 낳은 죄의 자식이라 생각하면 견딜 수 없었을 거예요. 생각해보면 야마노는 정말로 딱한 사람이에요."

"어째서 자수를 하지 않았을까요. 그런 과실이라면 대단한 죄도 아닌데."

"하지만 사람을 죽였는걸요. 설사 죄가 가볍다 해도 사람들을 볼 낯이 없을 테니까요. 보통 사람보다 훨씬 더 다른 사람의 눈을 신경 쓰는 사람이니 어떻게든 감춰보려 했던 것도 무리는 아니죠. 야마노 자신의 안전뿐 아니라 가문의 명예도 신경 썼으니까요. 왜냐하면 만약 여차하면 야마노의 행실부터, 딸들의 추잡한 싸움까지 세상에 낱낱이 드러날 수 있는 일이거든요."

"미치코 씨만 벌하려 한 것은 왜 그런 겁니까?"

"명실상부한 딸이니까요. 남편은 그런 것까지 다 꼼꼼히 따지 는 사람이에요. 게다가 굳이 따지자면 남편의 사랑이 불행한 고마쓰 쪽으로 기운 것도 고려해야 하고요. 말괄량이 딸은 남편 의 기질에 맞지 않는 거죠."

"사모님, 잠깐 말씀하지 말아 보세요."

갑자기 몬조가 부인을 제지했다. "뒤에 따라오는 놈이 있어요."

이야기를 멈추고 귀를 기울여보니 분명 인기척이 느껴졌다. 이쪽에서 걸음을 멈추면 저쪽에서도 딱 걸음을 멈추는 것이다. 차츰 어둠에 눈이 밝아지자 바로 옆의 나무 뒤에 누군가 숨어있는 것이 보였다.

"누구십니까? 우리한테 용무가 있습니까?"

몬조는 일부러 과장스럽게 큰 소리로 말했다.

"고바야시 씨, 나요."

남자는 나무 뒤에서 모습을 드러내며 태연스럽게 대답했다.

"드디어 알아챘네. O초부터 뒤쫓았는데 당신들이 너무 흥분한 상태라 전혀 모르던데요. 저는 아케치 씨를 돕는 히라타平田입니다. 두어 번 기쿠스이 여관에서 뵌 적이 있는데 기억이 안 나시나 보네요."

그 말을 들으니 몬조는 좀 전의 추태가 떠올라 얼굴이 화끈거렸다. 남자의 입을 통해 아까 숲속에서의 일까지 모두 아케치에게 전해질 걸 생각하니 말도 못하게 비참한 기분이 들었다. 몬조는 갑자기 남자의 멱살이라도 잡고 싶은 심정이 되었다.

"뭐 하러 미행하신 겁니까?"

"죄송합니다. 아케치 씨의 명령이었습니다. 나는 이 O초 집 앞에서 당신들이 나오기를 기다리는 임무를 맡았습니다."

"그렇다면 우리가 도망치는 것을 다 알고 있었던 겁니까?"

"그렇죠. 만약 당신들이 야마노가로 가면 상관없지만, 그게 아니라면 끝까지 미행하면서 당신들이 나누는 대화도 자세히 들어놓으라고 하셨죠. 그리고 만약 신변에 위험한 일 같은 게 생기면 구해드리기도 하고……."

"너무합니다. 아케치 씨는 그 집에 사모님이 있는 걸 알고 일부러 나를 데리고 들어간 거군요. 그리고 우리가 도망치면서 나누는 이런저런 이야기를 엿듣게 할 계획이었다니."

"만일의 경우입니다. 만일 그런 일이 생기면 그렇게 하라는 명령이었어요. 저는 잘 모르겠지만, 사모님이 엉뚱한 오해를 하고 계시니까 혹시 무슨 일이 생기면 막아야 한다고 하셔서요."

죄업 전가

그날 밤 인형사 야스카와 구니마쓰의 집에서는 이상한 모임이 열렸다. 넓은 작업실 마루에 의자가 모조리 옮겨져 있었고, 그곳에 다무라 검사와 형사부장을 비롯해 경찰 인사들이 앉아 있었다. 그새 잔뜩 풀이 죽은 고바야시 몬조도 보였고, 주위를 힐끔거리며 안절부절못하는 인형사 야스카와도 보였다. 야마노 부인은 심신미약으로 병자나 다름없어서 집에 남아 있었고, 큰 부상을 입고 근처 병원으로 옮겨진 난쟁이도 생사의 기로에 있었기 때문에 이 모임에는 참석하지 못했다.

작업실 한쪽에는 완성된 인형들이 기묘하게 무리를 이루고 있었고, 그 옆에는 아직 완성되지 않은 머리, 팔, 다리 같은 것이 이리저리 굴러다녀 식인괴물의 소굴 같았다. 그리고 인형들과 딱히 구분되지 않는 마과 차림의 아케치가 그 앞에 서서 무언가를 열심히 설명하고 있었다. 옆에 있는 간이탁자 위에는 언젠가 몬조에게 보여주었던 증거품들이 펼쳐져 있다.

아케치는 곧 진범을 인도할 예정이라 친구 사이인 다무라 검사와 형사부장 등을 거기로 불러 모았다. 마침 기형보조물이 사건과도 연관되어 있을 뿐 아니라 그 밖에도 중대한 이유가 있었기 때문에 인형사 작업실이 설명회 장소로 선택된 것이었다. 아케치로서는 이 설명회가 오늘의 가장 중요한 프로그램이었다.

그는 일단 지금까지의 경과를 설명한 후 본론으로 들어갔다.

"다시 말해 미치코를 살해한 혐의가 있는 인물은 모두 다섯 명입니다. 첫 번째는 요겐지 주지, 즉 그 불구자입니다. 그는 분명 누구보다도 흉악무도한 미치광이지만, 미치코의 수족을 공중 앞에 노출시킨 것이나 야마노 부인을 협박한 것 등을 고려하면 범행 당사자는 아닌 것이 명백합니다. 두 번째 인물은 야마노 부인입니다. 이 사람은 미치코의 계모인 데다가 여기 있는 솔과 미치코의 다른 소지품들이 그녀의 방 벽장에 숨겨져 있었고, 불구자의 협박에 응하기도 해서 가장 의혹이 깊은 인물이었습니다. 하지만 저는 나중에 이야기할 다른 인물을 의심하고 있었기 때문에 고바야시 군처럼 성급하게 단정 짓지는 않았습니다. 게다가 부인이 모종의 사실을 고백해버렸기 때문에 이미 그녀가 무죄라는 것은 명백해졌습니다. 세 번째는 미치코의 연적인 하녀 고마쓰입니다. 이 여자는 사건이 일어난 날부터 아프다고 방에 틀어박혀 있다가 며칠 후에는 가출을 하더니 아직까지 행방을 알 수 없는 상태입니다. 경찰에서도 깊이 의심하고 있는 모양입니다만, 저는 모종의 이유로 그녀의 소재를 파악할 수 있었습니다. 그리고 결코 범인이 아니라는 것도 말입니다. 네 번째는 미결수로 수감되어 있는 불쌍한 기타지마 하루오인데, 이 남자가 범인이 아니라는 건 처음부터 알고 있었습니다. 당일 외부에서 잠입한 흔적이 전혀 없었을 뿐 아니라, 그가 범인이라면 석고상을 흉기로 사용했을 리 없고, 피아노나 쓰레기통같이 수고스러운 방법으로 시체를 은닉할 이유도 없기 때문입니다. 다섯 번째는 운전사 후키야입니다. 사건 다음날 고향으로 돌아갔기 때문에 다소 의심도 받았지만, 그는 미치코의 연인인 데다 미치코에게 원한을 품을 이유도 없는 등 그에게는 살인동기가 없습니다. 그뿐만 아니라 저는 이 남자의 소재를 찾아내 그가 범인이 아니라는 것을 확인할 수 있었습니다. 즉, 다섯 명의 용의자 중에는 아무도 진범이 없음을 밝혀냈습니다."

아케치는 평소와 마찬가지로 변죽을 울리는 화법으로 의미심장하게 말했다. 그로서는 그렇게 하는 것이 이른바 탐정생활의 유일한 즐거움인 셈이었다. 또한 그런 화법은 듣는 이들의 호기심을 자극하는 효과도 컸다. 그들은 담배 피우는 것조차 잊어버린 채 거침없이 움직이는 아케치의 입술만 쳐다보고 있었다.

"그런데 여기 또 여섯 번째 용의자가 나타났습니다. 그에 관해서는 야마노 부인과 고바야시 군의 뒤를 밟던 제 부하가 부인의 고백을 듣고 확인할 수 있었습니다."

아케치는 아까 스미다가와 제방에서 일어났던 일을 일부 요약해서 들려주었다.

"야마노 부인의 행동이 이상하다는 것은 저도 일찍부터 눈치 챘습니다. 부인에게는 정말 딱한 일이지만 정숙한 부인이 남모르게 행했던 무수한 배려는 아무 소용이 없었습니다. 야마노 씨는 결코 자기 자식을 죽인 죄인이 아닙니다."

아케치는 놀랍게도 용의자들을 모두 부정해버렸다.

"하지만 부인으로서는 야마노 씨가 실수로 자식을 죽였다고 믿은 것도 결코 무리는 아니었습니다."

아케치는 계속 이야기했다.

"남편과 부인 사이에 그런 오해가 생긴다는 것이 언뜻 이상하게 여겨지겠지만 야마노 씨는 다른 사람들보다 훨씬 엄한 성격이었고, 부인과 다소 특수한 관계였습니다. 다시 말해 옛날식 주종 관계였던 거죠. 그리고 이번 사건에 대한 야마노 씨의 수상쩍은 태도 때문에 두 사람 사이가 소원해진 것도 이런 오해를 낳은 원인이었을 겁니다. 우연히도 모든 사정이 야마노 씨를 지목하고 있는 것처럼 보이기 때문입니다. 첫째, 사건 당일 밤 야마노 씨는 양관 쪽에서 밤을 샜습니다. 운전사 후키야를 따라가서 많은 돈도 주었습니다. 돌아와서는 신경성 발열이 생겼으며, 사건이 발전하는 동안 병세가 더 중해졌습니다. 집안 식구들을 멀리하고 입을 열지 않은 날이 계속되었습니다. 그리고 불구자가 부인에게 보낸 협박장에는 야마노 씨의 이름도 있었습니다."

그는 탁자 위에 놓인 타다 남은 편지를 들어 올리고 그걸 입수하게 된 경로나 내용 등을 설명하였다.

아케치의 이야기를 듣고 있던 사람들은 모두 의외라는 표정이었다. 단 한 명, 야스카와 구니마쓰만이 아케치의 이야기가 들리지 않는다는 듯 와들와들 떨고 있었다.

몬조도 처음에는 의외라고 생각했다. 종국에는 틀림없다고 생각했던 야마노 씨까지 범인이 아니라고 하니 이제 의심할 사람이 남지 않았던 것이다. 대체 아케치는 무슨 생각인 걸까. 그는 오늘 밤 진범을 인도한다고 공언했다. 그러면 그 괴물은 여기 야스카와의 집에 있을 텐데 설마 저 인형사가 그 범인인 걸까. 몬조가 이런저런 궁리를 해보는 동안 갑자기 놀랄 만한 생각이 그의 뇌리에 스쳤다. 그는 경악과 희열 때문에 얼굴이 시뻘게졌다.

'그 사진이다. 아케치가 그 사진을 보고 별 시답지도 않은 이야기를 했지. 그걸 좀 더 생각해볼걸.'

전에는 아케치 방 탁상에 있었고, 지금은 여기 간이탁자 위에 놓여 있는 야마노가 일동의 사진이었다. 아케치가 왜 그 사진을 의미심장하게 취급했는지 이제 이유를 알 것 같았다. 아무리 그렇다 해도 그건 정말 놀랄 만한 사실이었다.

"결국 용의자가 한 사람도 안 남았습니다. 하지만 살인사건이 일어난 이상 범인이 없을 리는 없습니다."

아케치의 설명이 이어졌다.

"범인은 확실히 있었습니다. 다만 그 범인이 너무 의외라서 아무도, 심지어 야마노 부인조차 눈치채지 못한 것입니다. 나는 약속대로 오늘 밤 그 범인을 인도해드릴 예정입니다. 그런데 그전에 제가 진범을 발견하게 된 경로를 요약해서 말씀드리겠습니다. 경찰 분들께는 다소 참고가 될 거라 생각합니다."

아케치는 또 변죽을 울렸다. 다무라 검사는 초조한 나머지 다리를 꼬았다 풀었다를 반복했다.

"아케치 군, 너무 뜸을 들이는 거 아닌가? 우선 범인을 밝히라고."

"그렇다면."

아케치는 유쾌한 듯 빙글빙글 웃으며 말했다.

"자네도 아직 짐작을 못하는가 보군. 하지만 순서대로 이야기하도록 하겠네."

"아무래도 자네 이야기는 너무 소설 같아. 되도록 간단히 해주게."

호탕한 다무라 검사는 웃으면서 아케치의 말을 야유로 맞받아쳤다.

"제가 처음 이 사건에 존재하는 부조화를 발견한 것은 이 화장품 병 때문이었습니다."

아케치는 탁자 위의 하얀 폼페이안 크림 단지를 들어 올렸다.

"음악가가 불협화음에 민감한 것처럼 탐정은 사실의 부조화에 민감할 필요가 있는지도 모릅니다. 종종 사소한 부조화의 발견이 추리의 출발점이 되기 때문이죠. 이건 미치코의 화장대에서 가져온 병인데, 보시다시피 다른 병에는 모두 지문이 있지만 이 크림 병만은 닦아낸 것처럼 아무 흔적도 남아 있지 않습니다. 가뜩이나 기름얼룩이 묻기 쉬운 크림 병인데도요. 그런데 표면은 주의 깊게 닦여 있는데 옥에 티인지 병 안의 크림에는 정말 확실한 지문이 남아 있었습니다. 그건 다른 병에서 나온 지문이나 절단된 팔의 지문과는 완전히 달랐습니다.

이건 오른쪽 집게손가락 지문입니다. 여기 물분의 집게손가락 지문과 비교하면 신기할 정도로 비슷해서 육안으로 보면 구별이 되지 않을 정도이지만, 렌즈로 자세히 보면 완전히 다른 사람의 지문이라는 걸 알 수 있습니다. 미치코는 매우 멋쟁이여서 이것 외에도 화장대에는 많은 화장품이 있었지만 묘하게 그것들에는 지문이 하나도 남아 있지 않았습니다. 한번이라도 사용한 화장품 병에 지문이 묻어 있지 않다니 도무지 상상할 수 없는 일입니다. 사용하고 나서 늘 병을 닦아놓았을 리도 만무합니다. 그렇다면 뭔가 위장할 것이 있었기 때문에 일부러 지문을 닦아낸 것 아닐까요? 그럼 여기 있는 것들은 왜 닦지 않은 걸까요? 그건 그렇게 할 수 없는 이유가 있었기 때문입니다. 다시 말해 미치코의 물건이 아니었기 때문이죠. 이것들은 교묘하게 미리 준비해놓은 위조 증거들인 겁니다."

몬조는 왠지 기쁜 마음이 들었다. 그의 상상이 옳다는 것이 차츰 명백해졌기 때문이었다.

"그 증거로 여기 지문이 남은 화장품들은 사치스러운 미치코의 물건치고는 좀 수수합니다. 이 과산화수소 화장수나 과산화수소 크림 같은 화장품은 굳이 말하자면 지성 피부에 적합한 화장품인데 미치코는 반대로 창백하고 건성 피부였습니다. 전혀 사용하지 않았을 거라 단언할 수는 없지만, 아무래도 좀 부자연스러운 감이 있습니다. 그리고 창백한 사람이라면 장미색 파우더를 사용하는 것이 보통인데 여기 있는 것은 피부가 발그레한 사람에게 맞는 녹색 물분입니다. 또 동백향유는 서양식 머리에는 잘 사용하지 않습니다. 다시 말해 어느 방향으로 보아도 이 화장품들은 미치코 씨가 평소에 사용하는 것이 아닙니다. 어디 다른 곳에서 가지고 와서 미치코 씨의 방에 둔 것이 틀림없습니다."

아케치는 더 상세히 설명했다.

"화장품이 준비된 위조 증거라는 것은 이 압지를 통해서도 알 수 있습니다. 이것도 위조 증거 중 하나입니다."

그는 복숭아색 압지를 보여주었다. 그 표면에는 엄지손가락 지문이 확실히 드러나 있었다.

"이것이 미치코가 쓰던 책상 한가운데 놓여 있었습니다. 일부러 눈에 띄는 곳에 놓았다는 걸 한눈에 알 수 있었습니다. 그리고 여기, 글자의 잉크를 빨아들인 흔적이 희미하게 남아 있습니다. 그냥 봐서는 뚝뚝 끊기는 점선으로 되어 있어 읽을 수 없지만 그 위를 연필로 칠해보았더니 글자가 확연히 드러났습니다. 그러나 그 글자에 주의할 만한 점은 없었습니다. 다만 여자가 쓴 것 같은 문장의 일부에 불과했습니다. 그런데 여기 미치코의 필적이 있습니다. 이것과 압지의 필적을 비교해보면 양쪽 모두 여자가 쓴 것 같고 꽤 비슷해 보입니다. 하지만 그냥 그렇게 보면 진상이 어떤지 알 수 없습니다. 압지는 문자가 좌우로 뒤바뀌어 있기 때문이죠."

아케치는 듣는 사람들에게 잘 보이도록 준비했던 손거울을 그 앞에 놓고 압지를 비췄다. 다무라 검사를 비롯하여 여러 사람들이 바로 옆에 얼굴을 갖다 대고 신기하다는 듯이 두 필적을 비교했다.

"이렇게 제대로 된 방향으로 보면 완전히 다른 사람의 필적이라는 걸 알 수 있습니다. 다시 말해 이 압지는 미치코의 것이 아닙니다."

"그럼 뭐야?"

다무라 검사가 놀라서 물었다.

"그러면, 난쟁이가 들고 다녔다는 팔은 미치코의 팔이 아니라는 거네? 그 지문들이 거짓말이라면."

"그렇지. 미치코 팔이 아니었지."

"그렇다면 이 사건은 근본부터 뒤집혀 있는 건가?"

"뒤집혔지. 출발점부터 틀렸어."

아케치는 태연하게 대답했다. 다무라 검사의 얼굴에 차츰 진지한 기색이 돌았다. 형사부장도 앞으로 다가앉았다.

"그럼 아케치 군, 미치코는 죽지 않았단 말인가?"

"그래, 미치코는 죽지 않았어."

"그럼 자네는……."

다무라 검사는 순간 여러 생각이 들었는지 파랗게 질려 아케치를 매섭게 바라보았다.

"그래." 아케치는 검사의 표정을 읽으며 말했다.

"그대로야. 자네 생각이 맞았어. 미치코는 피해자가 아니야."

"피해자가 아니라고……."

"가해자지. 미치코가 범인이야."

"그러면 피해자는 어디 있어? 미치코는 대체 누굴 죽인 거야?"

"기다려보게. 대충 짐작이 갈 텐데."

아케치는 검사를 제지하고 구석에 웅크리고 있는 인형사를 손짓해서 불렀다.

"야스카와 씨, 다른 걸 좀 물어보겠는데, 여기 놓여 있는 인형들은 모두 주문품이지?"

"네, 그렇죠." 인형사는 입술을 핥으며 말했다.

"모두 하나야시키[40]에 들어가는 인형입죠."

"이 안에 세워 놓은 큐피 인형은 꽤 큰데, 역시 화단을 장식하는 건가?"

"네, 그렇습죠."

인형사는 눈에 보일 정도로 떨기 시작했다.

"그런데 이 큐피 인형은 어제까지 점방에 장식되어 있었던 것 같은데 왜 다른 인형과 섞어놓았지?"

인형사의 행동거지가 모든 것을 말해주었다.

아케치는 별안간 앞쪽의 인형들을 모두 쓰러뜨렸다. 그리고 안쪽 깊숙이 숨겨 놓은 큐피 인형에게 다가가서 바닥에 떨어져

....
40_ 花屋敷. 아사쿠사 공원에 있는 유원지.

있던 망치를 집어 들고 인형의 익살스런 얼굴을 내리쳤다. 인형의 얼굴이 허물어지면서 톱밥과 흙덩어리가 사방으로 튀었다.

"이게 가엾은 피해자입니다."

아케치가 손가락으로 흙을 파헤치자 그 안에서 검은 머리가 헝클어져 있는 퍼런 얼굴이 드러났다. 시체에서는 썩은 냄새가 코를 찔렀다.

"말씀드릴 필요도 없이 바로 하녀 고마쓰입니다. 불쌍하게도 두 팔다리가 동강이 나서 이렇게……그렇습니다. 난쟁이가 지금 보시는 이 상태로 방긋방긋 웃는 복신福神 안에 감춘 것입니다. 끔찍한 불구자의 저주입니다. 그런데……."

아케치는 입을 다물었다. 그때 마침 시선이 시체의 목에서 멈춘 것이다. 피부에 수상한 검은 멍이 보였다. 분명 손가락으로 꽉 조인 자국이었다.

"이건 분명 머리의 상처만으로는 죽지 않아 손가락으로 목을 졸라 죽인 자국일 겁니다."

잠시 침묵이 흘렀다. 이런 일에 익숙한 경찰 쪽 사람들도 전대미문의 잔혹함에 차마 똑바로 쳐다보지 못했다. 모두 할 말을 잃고 숨을 죽이고 있으니 방 전체가 음침한 활인화 같았다. 불그스레한 전등 빛이 사람들의 얼굴을 한쪽으로만 비추고 있어 바닥과 벽에는 괴이한 그림자가 드리워졌다. 살아 있는 사람들은 죽은 것처럼 꼼짝 않고, 오히려 생명 없는 인형들이 얼굴을 맞대고 키득키득 웃는 것처럼 보였다.

"그럼 미치코가 연적 고마쓰를 죽인 건가?"

다무라 검사가 한숨을 쉬며 사실을 재확인했다.

"그런 거지."

제아무리 아케치라 해도 얼굴이 창백해보였다.

"범죄의 이면은 사랑이야. 미치코와 고마쓰의 후키야에 대한 사랑, 난쟁이의 야마노 부인에 대한 사랑, 이 사건은 모두 사랑에서 출발했지."

"그런데 그 인형 속에 피해자를 감춘 사람은?"

"그건 미치코가 아니야, 난쟁이지. 그리고 이 야스카와라는 자도 공범자야. 내가 인형사를 의심스럽게 본 것은 난쟁이가 어젯밤 여기로 들어가는 것을 보았기 때문이기도 하지만, 또 하나는 난쟁이가 보통 사람으로 변할 수 있었던 다리 연장도구가 평범한 의족이 아니라 나무로 만든 인형 다리였기 때문이네. 특별 고안을 한 거라서 꺾이는 부분들은 정말 정교하게 만들었더군. 그놈이 노상 신발을 신고 있었던 것도 그 때문이었어. 그런 걸 만들 사람은 인형사밖에 없으니까. 그러니까 난쟁이와 야스카와는 10년씩이나 되는 썩은 인연이 틀림없어."

"그런데 아케치 군. 아무래도 이상해."

다무라 검사는 문득 뭔가를 깨닫고 아케치의 설명을 가로막았다.

"내 머리가 이상해졌나, 그런 건 불가능한 것 같은데. 고마쓰가 피해자라면, 그 난쟁이가 들고 다니던 팔은 누구 거지? 고마쓰가 가출한 건 2~3일 전이고 백화점 사건 때는 아직 야마노가에 있었던 거 아니야? 시간적으로 앞뒤가 안 맞는 것 같은데."

"하지만 사건 다음날부터 고마쓰는 아프다고 했어. 그리고 사람들에게 얼굴을 보이는 걸 두려워했지. 내가 그녀의 병상을 찾아갔을 때에도 베개에 얼굴을 파묻고 나를 똑바로 쳐다보지 못했어. 그뿐이 아니야. 이불 밖으로 삐져나와 있던 손가락에는 매니큐어가 칠해져 있었어. 완전히 아가씨 손이었지."

"그러면 혹시, 이런 황당한 일이 있을까……."

"나도 처음에는 설마 했지. 하지만 이걸 보게. 이 사진에서 그걸 확인하고 보니 내 가설이 확고해졌지."

아케치는 그렇게 말하고 탁자 위에 있던 야마노가의 가족사진을 다무라 검사와 형사부장 쪽으로 내밀었다. 사진 속 미치코의 얼굴에는 이상한 장난이 쳐져 있었다. 그녀의 눈썹이 온통 분으로 칠해져 있었고 그 아래에는 안경테가 그려져 있었다.

그걸 본 다무라 검사와 형사부장은 서로 얼굴을 쳐다보며 감탄했다는 듯이 "닮았다"고 중얼거렸다.

"닮지 않았나? 미치코의 눈썹을 뽑고 안경을 씌우고 기교 넘치는 표정을 좀 단정하게 바꾸면 고마쓰와 분간이 되지 않지? 그것도 섭리야. 고마쓰는 사실 야마노 씨의 숨겨진 자식이고 미치코와는 자매거든. 다만 한쪽은 얌전하게 무표정하고, 또 한쪽은 기교 넘치는 말괄량이인 거야. 게다가 머리 스타일이나 안경, 눈썹 같은 게 워낙 달라 눈치채기 힘들었던 거지. 그렇지, 미치코는 그날 밤 연적인 의붓자매와 싸우고 격정을 참지 못해 그런 짓을 해버린 거지. 석고상을 던져 실수로 상대를 죽인 거야. 그리고 여차하면 고마쓰로 변장한다는 묘안을 생각해낸 거고."

"그건 어떤 의미일까? 하녀로 변장한다고 해서 죄가 사라지는 것도 아니고."

"그건 이런 의미지. 아까 이야기한 기타지마 하루오라고 죽음도 불사하겠다는 자가 있어. 마침 그 전날 감옥에서 출소해서 미치코에게 불길한 예고 엽서를 보냈지. 실연에 눈이 어두워진 미치광이야. 미치코는 살해당할지도 모른다고 생각했겠지. 그날도 이 물불 못 가리는 자 때문에 머리가 복잡했어. 마침 그때 이변이 생긴 건데, 변장을 하면 우선 기타지마의 복수를 피할 수 있었어. 고마쓰 살해 혐의도 피할 수 있었고, 또 야마노 부인에게 의붓자식을 살해한 혐의를 씌울 수도 있었지. 어느 쪽을 생각해도 변장이 편리한 묘안이었던 거야. 미치코가 탐정소설 애독자라는 걸 고려하니 그녀의 생각이나 수법을 알 수 있었어. 요전에도 말했지만 미치코의 서재는 거의 국내외 탐정소설로 채워져 있거든. 시체를 피아노에 숨긴 것도, 쓰레기통 트릭도, 부인 방에 놓은 위조 증거도 모두 그녀의 지혜인 거지. 쓰레기차를 운전한 위생부는 정부인 후키야가 변장한 거라더군."

"그걸 집안사람들이 몰랐다는 게 이상하네."

"아니, 단 한 사람은 알고 있었지. 미치코의 부친 야마노 씨. 마침 사건이 일어났을 때 양관에 있었거든. 야마노 씨는 가문의 명예를 중시하는 엄격한 사람이라 오히려 미치코의 계획에 동의한 거지. 그리고 미치코와 함께 모든 것을 비밀리에 묻어 없애려 했어. 고마쓰로 변장한 미치코에게 돈을 주어 가출하게 한 것도, 요겐지의 주지와 후키야를 매수한 것도 야마노 씨였어. 야마노 씨의 그런 방식이 부인의 의심을 불러일으켜 결국 사건을 골치 아프게 만든 거지."

"그러면 그 불구자는 고마쓰의 시체를 묻기로 하고 인수받았는데, 되레 그걸 이용해 야마노 씨에게 돈을 긁어내고 한편으로는 부인을 협박했던 거네?"

"그렇지. 야마노 씨는 그 중이 설마 그렇게까지 악당일 거라고는 생각하지 못했을 거야. 매우 친한 사이더군. 불구자놈, 잘 빌붙었더라고. 게다가 지금까지 줄곧 원조를 해주는 관계여서 사정을 말하고 부탁하면 절대 배신하는 일은 없을 줄 알았겠지."

"정말 복잡한 사건이네. 그런데 자네 설명을 들으니 대충 줄거리는 알겠네. 그런데 약속대로 범인을 넘겨준다고 했잖아. 대체 미치코는 어디 숨어 있었던 건데?"

형사부장은 처음으로 자신의 막대한 역할을 깨달은 듯 엄격한 어조로 말했다.

"인도는 할 거지만."

아케치는 침착한 목소리로 대답했다.

"미치코 씨도 딱해. 행실이 나쁜 것은 분명 그녀의 잘못이지만 그래도 복잡한 가정에서 자란 외동딸이라는 것을 생각하면 일이 이렇게 된 것도 그녀만의 죄는 아니지. 게다가 그녀는 자신의 잘못을 몹시 후회하고 있어. 사람을 죽였다고 해도 과실에 지나지 않고 다무라 군, 이런 주변 사정을 잘 감안해 주게나."

"알았어, 되도록 자네가 원하는 대로 하겠네. 어쨌든 빨리 범인의 소재를 알려주게."

"미치코 씨는 이 집에 있어."

아케치가 신호를 하자 살림집 쪽 장지문이 열렸다. 거기에서 아케치의 부하와 하녀 복장을 한 미치코, 그리고 뜻밖에도 운전사 후키야까지 모두 나타났다. 미치코는 애처롭게도 너무 많이 운 나머지 눈을 뜰 힘도 없는 듯했다.

"후키야 군도 처음부터 이 집에 있었습니다."

사람들의 의아해 하는 얼굴을 보고 아케치가 설명했다.

"이 역시 야마노 씨가 요겐지 주지를 과신한 결과입니다만, 시체운반을 한 후키야 군도 사건에 연루되었으므로 주지가 권한 대로 여기 숨긴 겁니다. 난쟁이로서는 뭔가 또 나쁜 계략이 있었겠지요. 이 집 뒤편 헛간을 급히 은신처로 만들고 하루 세 번 식사도 가져다주기로 했습니다. 그리고 후키야는 고마쓰 노릇을 하던 미치코가 가출해서 거기로 올 때까지 기다렸습니다. 살해당한 사람이 미치코라는 게 확실히 알려지면 변장하고 고마쓰 노릇을 하는 걸 그만두어도 되니까요. 야마노 씨는 적당한 때를 봐서 고마쓰 노릇을 하던 미치코를 가출시키고 여기를 사랑의 도피처로 만들어준 것입니다. 미치코가 야마노 씨의 딸이 아니라 하녀라 한다면 운전사와 함께 있어도 별로 이상해 보이지 않았던 거죠. 야마노 씨는 그런 것까지 다 고려했는지도 모릅니다."

이로써 아케치의 설명이 일단락되었다. 이제 미치코, 후키야,

야스카와 구니마쓰를 근처 하라니와 경찰서로 연행할 차례였다. 얌전히 훌쩍이는 미치코, 파랗게 질린 후키야, 벌벌 떠는 야스카와. 순간 방의 공기가 무겁고 답답해졌다. 세 형사가 그들을 연행하려 했고, 그들은 뒤에 있었다. 그리고 그들이 작업실 입구를 막 나가려던 참이었다.

"미치코 씨, 잠깐만요."

물끄러미 큐피 인형을 바라보던 아케치가 갑자기 뭔가 생각이 난 듯이 미치코를 불러세웠다.

"당신은 이 시체의 목에 나 있는 손가락 자국에 대해 기억합니까? 당신이 고마쓰의 목을 조른 겁니까?"

미치코는 주저하더니 잠시 후 의아하다는 듯이 대답했다.

"아뇨, 저는 그런 짓을 하지 않았어요."

"정말입니까?"

"네."

아케치는 미치코의 대답을 듣더니 별안간 쾌활해졌다. 그는 평소처럼 빙글빙글 웃으며 숱 많은 긴 머리카락을 헝클었다.

"다무라 군, 잠깐 기다리게. 어쩌면 진범은 미치코가 아닐지도 모르겠네."

"뭐?"

검사는 기가 막힌 얼굴로 아케치를 바라보았다.

"자네는 방금 미치코가 범인이라고 단언하지 않았나?"

"아냐, 그게 어쩌면 아닐지도 모르겠네."

"아니라고?"

"피해자 목에 난 이 손가락 자국 말이야. 미치코 씨 손치고는 검은 멍이 너무 큰 것 같아서 말이네. 지금 그게 생각났어. 게다가 미치코 씨도 목을 조른 기억이 없다고 하고."

"그러면."

"아마도 그건……."

바로 그때 아케치의 부하 사이토가 대문 쪽에서 분주하게 들어왔다.

"아케치 씨, 잠깐만요."

아케치는 그를 구석으로 데려가서 속닥거리며 말을 주고받았다.

"내 예상이 틀리지 않았네."

아케치는 밝은 얼굴로 사람들 쪽을 돌아다보았다.

"역시 진범은 따로 있었어. 미치코 씨는 고마쓰를 죽인 것이 아니네."

"그럼 대체 누군데?"

다무라 씨와 형사부장이 거의 동시에 외쳤다.

"난쟁이입니다. 지금 사이토 군이 가지고 온 새로운 사실을 보고하지요. 난쟁이는 병원 침대에서 숨을 거두었습니다. 그는 죽기 전에 온갖 죄를 고백했다고 합니다. 그 죄들이 얼마나 잔혹하기 짝이 없는지는 언젠가 다시 이야기할 기회가 생기겠지요. 지금은 이 사건에 관계된 부분만 말씀드리겠습니다. 그는 그날 아침 쓰레기에 섞인 고마쓰의 시체를 후키야에게 인수받아 그날 밤 사람들 눈에 띄지 않는 장소로 시체를 숨기려고 쓰레기통에서 안아 올리는데, 뜻밖에도 고마쓰가 숨을 쉬고 있었다고 합니다. 불구자는 잠시 놀랐으나 타고난 잔혹성이 금세 그의 머릿속에서 고개를 쳐들었습니다. 그는 온전한 사람들은 모두 저주하였습니다. 게다가 고마쓰가 갑자기 다시 살아난다면 야마노 씨에게 돈을 달라고 할 수도 없고, 부인을 협박할 수단도 없어지는 것입니다. 그래서 그는 간신히 살아 돌아온 여자의 목을 졸라 다시 죽였다고 합니다. 그리고 팔과 다리를 여기저기 흩어 놓고 구경거리로 만들고, 야마노 씨와 부인을 각자 다른 의미에서 겁주기로 한 겁니다. 기형아가 가히 전율해 마지않을 범죄노출욕까지 만족시킨 거죠. 그런데 얼굴만은 구경거리를 만들 수 없었습니다. 그렇게 하면 부인이 진상을 알게 되겠죠. 그래서 얼굴과 몸통을 숨길 장소를 찾았는데, 그에 적합한 큐피 인형을 발견하였답니다. 죽기 전에 한 고백이니까 설마 거짓말 은 아니겠지요."

몬조는 그때 보았던 이상한 광경을 오래도록 잊을 수 없었다. 아케치는 긴 머리칼을 움켜쥐고 작업실 마루를 고르게 다지기라 도 하듯 이리저리 왔다갔다 걸어 다녔다. 그때까지 울고 있던 미치코와 후키야는 얼굴에 겸연쩍은 미소를 띠었다. 그리고 야마노가에 급히 사람을 보냈다. 희소식을 듣고 너무 기쁜 나머 지 중병이었던 야마노 씨가 부인을 동반하고 허겁지겁 달려왔 다.

"뭐, 살인죄는 아니니까요. 게다가 나이도 어린 아가씨니 죄는 있지만 아마 집행유예가 될 수도 있겠네요."

다무라 검사도 어깨의 짐을 내려놓았다는 듯이 빙긋 웃으면서 실업가 야마노 씨를 위로했다.

미치코, 후키야, 야스카와 셋은 일단 하라니와 경찰서로 연행되었다. 하지만 다무라 씨가 한 말도 있었기 때문에 아무도 그들의 신상을 염려하는 사람은 없었다. 다만 측은하게도 야스카와 인형사는 주위의 기쁨과 상관없이 혼자 풀이 죽어 있었다.

고바야시 몬조는 아케치와 함께 인형사의 집을 나왔다. 그들은 사건이 원만히 해결되었다는 만족감에 자연히 말이 많아졌다. 택시 대기소까지 걸으면서 사건과 관계된 이야기를 두런두런 주고받았다.

"다행히 해피엔드네요. 당신이 지금까지 관계한 사건 중에서 이번처럼 좋게 해결되는 건 드물죠?"

몬조가 치켜세운답시고 말을 보탰다.

"형편이 좋았지."

아케치는 의미심장하게 말했다.

"회개하는 자에게는 죄를 씌우지 않는 법이니까. 죽은 자만 불쌍하지. 게다가 그놈은 희대의 악당이니까."

"무슨 의미죠?"

몬조는 의아한 얼굴로 물었다.

"예를 들어 고마쓰가 목이 졸려 살해당한 것을 나는 큐피 인형을 부수기 전에 이미 알고 있었을지도 모르지. 그리고 회개하는 미치코 씨를 구하기 위해 죽음을 앞둔 난쟁이를 끈질기게 설득해서 거짓 고백을 하게 만들고⋯⋯교묘하게 짜인 한 편의 연극이라는 생각이 전혀 안 들었나? 알 거야. ……죄의 전가.
……경우에 따라 나쁘지 않지. 특히 미치코 씨처럼 아름다운
존재를 이 세상에서 없애지 않으려면. 그 사람은 정말 회개하고
있으니까."

아마추어 탐정 아케치 고고로는 봄밤의 어둠 속으로 성큼성큼
걸어가면서 시원시원한 목소리로 말했다.

누구

何者

1929년 11월 28일부터 1929년 12월 29일까지 〈시사신문〉에 연재하였다. 시기상으로 「난쟁이」와 『거미남』 이후의 작품이지만 초기작과 같이 속임수 없는 트릭과 논리적인 추리를 바탕으로 한 수수께끼 풀이를 추구했다. 에도가 와 란포 본격탐정물의 결정판과도 같은 작품으로 다른 작품에 비해 큰 화제는 불러일으키지 못했으나 작가 자신은 매우 만족하였다. 작품 속 사건 발생 시점은 1925년 여름방학으로 추정된다.

1. 기묘한 도둑

"당신이라면 당연히 소설로 써볼 만한 이야기입니다. 꼭 써주십시오."

어떤 이가 내게 이야기를 들려주고 나서 이런 말을 했다. 4~5년 전 일이었는데 사건의 주인공이 현존하는 탓에 그간 말을 꺼렸다는 것이다. 그런데 그 사람이 최근 병으로 사망했다고 했다.

나는 그 말을 듣고 내가 당연히 써볼 만한 소재라고 생각했다. 왜 당연한지는 지금 설명하지 않아도 이 소설을 끝까지 읽다보면 저절로 알게 될 것이다. 앞으로 '나'라고 하면 이 이야기를 내게 들려준 '어떤 이'를 지칭한다.

어느 여름, 나는 고다 신타로甲田伸太郎라는 친구가 자꾸 조르는 바람에 고다만큼은 친하지 않았지만 친구지간이었던 유키 히로카즈結城弘一의 집에서 보름쯤 묵은 적이 있었다. 그때 일어난 일이다.

히로카즈 군은 육군성 국무국에서 요직을 차지하고 있는 유키 소장의 아들이었다. 소장의 저택은 가마쿠라鎌倉 건너편 해변 근처에 있었는데 여름방학을 보내기에는 참 적격인 곳이었다.

우리 셋은 그해 대학을 갓 졸업한 동기동창이었다. 히로카즈 군은 영문과, 나와 고다 군은 경제학과였지만 고등학교 때 같은 방을 쓴 적이 있어 전공은 달라도 매우 친하게 어울려 다니던 사이였다.

우리로서는 학창 시절과 이별하는 여름이었다. 고다 군은 9월부터 도쿄의 어느 상사에 출근하기로 했으며, 히로카즈 군과 나는 군대에 징집되어 연말에는 입영할 예정이었다. 어느 쪽이든 우리는 내년부터 이런 자유로운 여름방학을 두 번 다시 맛볼 수 없는 처지였다. 그래서 이번 여름이야말로 미련 없이 맘껏 놀기로 했기 때문에 히로카즈 군의 초대에도 응했다.

히로카즈 군은 외동아들이라 넓은 저택을 혼자 독차지하다시피 하며 아주 호화로운 생활을 하고 있었다. 아버지가 육군 소장이었지만 선대는 어느 다이묘의 중신이었기 때문에 그의 집은 상당히 부자였다. 따라서 손님인 우리도 꽤 편히 묵을 수 있었다. 더군다나 유키가結城家에는 우리의 놀이동무가 되어 줄 아름다운 여성도 있었다. 시마코志摩子 씨는 히로카즈 군의 사촌으로 오래전에 부모를 여읜지라 소장의 집에서 맡아 키웠다. 그녀는 당시 여학교를 마치고 열심히 음악수업을 받았다. 그래서인지 바이올린을 꽤 잘 켰다.

우리는 날씨만 좋으면 해안에서 놀았다. 유키가는 유이가하마由井ガ浜와 가타세片瀨 중간쯤 위치했는데 대개 우리는 화려한 유이가하마를 택했다. 바다에는 우리 넷 말고도 많은 청춘남녀가 몰려와서 싫증이 나지 않았다. 붉고 흰 바둑판무늬가 있는 커다란 비치파라솔 아래에서 우리는 시마코 씨와 그녀의 친구들과 검게 탄 어깨를 나란히 하고 깔깔 웃으며 즐거워했다.

또 우리는 바다가 지겨워지면 유키가 연못에서 잉어낚시를 했다. 소장의 도락을 위해 큰 연못에 낚시터처럼 잉어를 많이 풀어놓았기 때문에 초보라도 쉽게 낚을 수 있었다. 우리는 장군에게 낚시질 요령을 배우기도 했다.

실로 자유롭고 즐겁고 느긋한 나날이었다. 하지만 불행이라는 마물은 아무리 밝은 곳이라도, 아니 밝으면 밝을수록 그걸 질투해서 엇박자를 내며 찾아온다.

어느 날 소장의 저택에 때 아닌 총성이 울렸다. 이 이야기는 그 총성을 신호로 막이 오른다.

주인인 소장의 생일을 축하하기 위해 지인들을 불러 식사 대접을 하던 밤이었다. 고다 군과 나도 덩달아 대접을 받았다.

본채 2층의 15~16조 다다미방에 자리가 마련되었다. 주인과 손님 모두 유카타[1] 차림인 격의 없는 연회였다. 취기가 오른 유키 소장은 격에 맞지 않게 기다유[2]의 한 대목을 부르기도 하고, 시마코 씨는 일동의 간청에 바이올린을 켜기도 했다.

연회는 별일 없이 끝나서 10시경에는 손님들이 대부분 돌아가고 주인 측 사람들과 손님 두어 명이 여름밤의 여흥을 아쉬워하며 자리에 남아 있었다. 유키 씨와 부인, 히로카즈 군, 시마코 씨, 나 외에 퇴역장교 기타가와北川 노인, 시마코 씨의 친구인 고토노琴野라는 여자, 이렇게 일곱 명이었다.

소장은 기타가와 노인과 바둑을 두었고 다른 사람들은 시마코 씨를 졸라 또 바이올린 연주를 들었다.

"그럼 난 이제부터 일을 해야겠네."

바이올린 연주가 끝나자 히로카즈 군이 내게 양해를 구하고 자리에서 일어섰다. 그는 당시 지방신문에 소설을 연재했는데 매일 밤 10시가 되면 그걸 쓰기 위해 별채인 양관의 아버지 서재에 틀어박히곤 했다. 그는 대학 때 도쿄에서 독채를 빌려 살았기 때문에 중학교 때 쓰던 서재는 지금 시마코 씨가 쓰고 있었고, 아직 본가에는 본인의 서재가 없었다.

계단을 내려가 복도를 지나서 히로카즈 군이 양관에 도착했을 즈음, 별안간 울려 퍼지는 굉음이 우리를 깜짝 놀라게 했다. 나중에 보니 그것이 문제의 권총 소리였다.

"뭐야?"

그렇게 생각하는 찰나 별채 쪽에서 요란한 외침이 들려왔다.

....
1_ 浴衣. 일본 전통의상. 주로 평상복으로 사용되며 목욕 후나 여름 축제 때 많이 입는다.
2_ 義太夫. 분라쿠에서 샤미센 연주를 배경으로 부르는 창.

"누군가 와주세요. 큰일 났습니다. 히로카즈 군이 쓰러졌어요."

아까는 자리에 없던 고다 신타로의 목소리였다.

그때 좌중에서 누가 어떤 표정을 지었는지는 기억나지 않는다. 모두 일어서 계단으로 몰려갔다.

별채에 가보니 소장의 서재에는 (뒤에 겨냥도를 싣겠지만) 히로카즈 군이 피투성이가 되어 쓰러져 있었고, 그 옆에 고다 군이 새파랗게 질린 얼굴을 하고 서 있었다.

"어떻게 된 거야."

소장은 과도하게 격앙된 목소리로 마치 호령을 하듯 고함을 쳤다.

"저기, 저기에서."

고다 군은 충격 때문에 말도 나오지 않는지 정원으로 난 남쪽 유리창을 가리켰다.

유리창은 활짝 열려 있었고 유리 일부에는 불규칙한 원형의 구멍이 떡하니 뚫려 있었다. 누군가가 외부에서 유리를 절단해 잠금 고리를 풀고 창문으로 잠입한 듯했다. 양탄자 위에는 여기저기 섬뜩하게 진흙 발자국이 찍혀 있었다.

부인은 쓰러져 있는 히로카즈 군에게 황급히 달려갔고, 나는 열려 있는 창문 쪽으로 달려갔다. 그러나 창밖에는 그림자 하나 없었다. 물론 수상한 자가 그때까지 우물쭈물 남아 있을 리는 없었다.

바로 그 순간 소장은 이상하게도 아들의 상처는 들여다보지도 않고 쏜살같이 방 한구석의 작은 금고로 달려가더니 문자판을 맞춰 문을 열고 안을 살펴보는 것이었다. 그걸 보고 나는 의아하게 생각했다. 이 집에 금고가 있는 것조차 몰랐는데, 아버지가 상처 입은 아들을 내버려두고 먼저 재산부터 살펴보다니 군인으로서도 있을 수 없는 태도였다.

이윽고 소장의 지시로 서생이 경찰과 병원에 전화를 했다.

부인은 정신을 잃은 히로카즈 군 곁에 바싹 붙어 절박한 목소리로 아들의 이름을 부르고 있었다. 나는 출혈을 멎게 하려고 손수건을 꺼내 히로카즈 군의 발에 동여맸다. 탄환이 발목을 처참하게 뚫어놓은 것이다. 시마코 씨는 눈치 빠르게 부엌으로 가서 컵에 물을 따라 왔다. 하지만 묘하게도 그녀는 부인처럼 슬퍼하지는 않았다. 변고를 당해 놀랐을 따름이었다. 어딘가 냉담한 면모가 보였다. 언젠가 히로카즈 군과 결혼할 것이라 생각했던 그녀가 그런 모습을 보이다니 어쩐지 이상했다.

그러나 이상하기로 치면 금고를 살피던 소장이나 묘하게 냉담한 시마코 씨보다 훨씬 더한 모습도 있었다.

유키가의 늙은 하인인 쓰네* 씨의 행동이었다. 그는 떠들썩한 소리를 듣고 우리보다 좀 늦게 서재로 달려왔는데 들어오자마자 무슨 생각인지 히로카즈 군 주위에 있던 우리를 지나쳐 창문이 열려 있던 뒤쪽으로 급히 뛰어가더니 창가에 주저앉는 것이었다. 소동이 한창일 때라 아무도 늙은 하인의 거동을 주의 깊게 보지 않았지만 우연히 그 모습을 보게 된 나는 노친네의 행동이라 해도 좀 이상한 것 같아 놀랐다. 그는 일동의 떠들썩한 모습을 휘휘 둘러보면서 내내 얌전히 앉아 있었기 때문이다. 놀라 자빠진 것도 아닐 텐데 말이다.

그러는 사이에 의사가 왔다. 잠시 후 가마쿠라 경찰서에서도 사법주임인 하타노波多野 경부가 부하를 데리고 들어왔다.

히로카즈 군은 들것에 실려 어머니와 시마코 씨의 보살핌을 받으며 가마쿠라 외과병원으로 옮겨졌다. 그때는 이미 의식을 되찾은 후였지만 심약한 그는 고통과 공포 때문에 아기처럼 얼굴을 찡그린 채 눈물만 뚝뚝 흘렸다. 반쯤 정신이 나간 상태였기 때문에 하타노 경부가 도둑이 어떤 모습을 하고 있었는지 물어도 전혀 대답하지 못했다. 그의 상처는 생명에 지장을 줄 정도는 아니었지만 발목뼈가 사정없이 바스러질 정도로 중상이었다.

탐문수사 결과 이 흉악한 범행은 도둑의 소행이라고 밝혀졌다. 도둑은 뒤뜰에서 잠입하여 훔친 물건을 챙기던 중 갑자기 히로카즈 군이 들어오자 (아마 그가 도둑을 쫓아간 듯했다. 넘어진 위치가 입구가 아니었다) 공포에 질린 나머지 소지했던 권총을 발사한 것이 틀림없었다.

커다란 사무용 책상 서랍이 죄다 열려 있었고 그 안의 서류는 전부 주위에 흩어져 있었다. 하지만 소장의 말로는 서랍 안에는 그다지 중요한 물건이 들어있지 않다고 했다.

책상 위에는 소장의 큰 지갑이 아무렇게나 던져져 있었다. 지갑 안에는 백 엔짜리 지폐가 몇 장이나 들어 있었는데 이상하게도 지폐에 손을 댄 흔적은 전혀 없었다.

그런데 도난품이 무엇인지 살펴보니 참으로 기묘한 도둑이었다. 우선 책상 위에 (그것도 지갑 바로 옆에) 두었던 소형 금장 탁상시계, 마찬가지로 책상에 있던 금제 만년필과 회중시계(금줄), 가장 값이 나가는 건 방 가운데 원탁 위에 있던 금제 담배용품 세트(담배 보관함과 재떨이만 가져가고 쟁반은 남아 있었다. 쟁반은 구리합금이었다) 정도의 물건들이었다.

그것이 도난품의 전부였다. 아무리 조사해 보아도 그 외에는 도난당한 물건이 없었다. 금고 안에도 별 다른 이상이 없었다.

그러니까 이 도둑은 다른 물건은 거들떠보지도 않고 서재에 있던 금제품만 훔쳐 달아난 것이다.

"좀 이상한 사람이군. 황금 수집광이려나."

하타노 경부가 의아한 얼굴로 말했다.

2. 사라진 발자국

정말 이상한 도둑이었다. 수백 엔이 든 지갑을 그대로 두고 그보다 값이 나가지 않는 만년필과 회중시계에 집착하는 도둑의 심정을 이해할 수 없었다.

경부는 소장에게 금제품 중에서 고가라는 것 외에 특별히 가치 있는 물건은 없냐고 물었다.

하지만 소장은 딱히 그런 건 없는 것 같다고 대답했다. 다만 금제 만년필은 그가 모 사단 연대장으로 근무했을 때 같은 연대 소속 높은 분께 받은 것이라 소장에게는 금전으로 맞바꿀 수 없는 가치 있는 물건이며, 금제 탁상시계는 사방 2치 정도밖에 안 되는 소품이지만 해외여행 기념으로 친히 파리에서 사온 것이라고 했다. 그는 그런 정교한 시계는 두 번 다시 손에 넣을 수 없을 것 같아 아쉬울 뿐이라고 했다. 하지만 둘 다 도둑한테는 크게 가치 있을 것 같지 않았다.

하타노 경부는 실내부터 집 밖까지 순서대로 빈틈없이 현장조사를 실시했다. 그가 현장에 도착한 것은 권총이 발사된 지 20분이 지나서였기 때문에 황급히 도둑의 뒤를 쫓는 우愚는 범하지 않았다.

나중에 안 사실이지만 하타노 경부는 범죄조사학의 신봉자로 과학적 면밀성을 최상의 모토로 삼는 별난 사람이었다. 그가 아직 외진 시골마을 형사였던 시절에는 검사와 상관이 도착할 때까지 바닥에 떨어져 있던 혈흔 한 방울을 완벽하게 보존하기 위해 그 위에 밥공기를 덮어놓고 주위의 지면을 밤새도록 막대기로 두들겼다는 일화도 있었다. 그는 그렇게 해서 지렁이가 혈흔을 먹지 못하게 막았다는 것이다.

이런 식의 주도면밀함으로 지위를 확보한 사람답게 그의 취조에는 터럭만큼도 빈틈이 없었으므로 검사나 예심판사는 그의 보고라면 전적으로 신용했다.

그런데 그 주도면밀한 경부의 철저한 조사에도 불구하고 실내에서는 모발 한 올 발견되지 않았다. 사정이 이렇다 보니 유리창의 지문과 실외의 발자국만이 유일하게 의지할 수 있는 증거였다.

유리창에 난 구멍은 처음에 추측했던 대로 잠금 고리를 열기 위해 도둑이 유리칼과 빨판을 사용해 둥글게 도려낸 것이었다. 지문 조사는 그 부서 사람이 올 때까지 기다리기로 하고 경부는 준비해간 회중전등으로 창밖의 지면을 비춰보았다.

비가 그친 후라서 밖에는 다행히 발자국이 뚜렷이 남아 있었다. 일꾼들이 신는 버선 자국인 듯했는데 마치 찍어놓은 것처럼 고무안감 자국이 뒤편 토담 있는 곳까지 두 줄로 뚜렷이 나 있었다. 도둑이 왕복한 혼적이었다.

"여자처럼 안짱걸음을 걷는 놈이군."

경부는 혼잣말을 했다. 듣고 보니 과연 그 발자국은 모두 발가락 끝이 발뒤꿈치보다도 안쪽을 향해 있었다. 안짱다리라면 이렇게 안쪽 방향으로 걷는 습관이 생길 만도 했다.

경부는 부하에게 구두를 가져오라고 해서 신었다. 그는 예의를 벗어난 행동이긴 했지만 창을 넘어 바깥 지면으로 뛰어내렸다. 그리고 회중전등에 의지해 버선 자국을 따라갔다.

남들보다 훨씬 호기심이 왕성한 나는 방해가 될 줄 알면서도 그 모습을 보고 가만있을 수 없었다. 나는 얼른 다다미방 툇마루를 돌아 경부 뒤를 쫓아갔다. 물론 도둑의 발자국을 보기 위해서였다.

그런데 가서 보니 발자국 검사를 방해하는 자는 나만이 아니었다. 먼저 온 손님이 엄연히 있었다. 역시 생일 축하연에 초대받은 아카이赤井 씨였다. 어느새 밖으로 나갔는지 정말 대단한 사람이었다.

아카이 씨가 어떤 집안 출신인지 유키가와는 어떤 관계인지 나는 아무것도 몰랐다. 히로카즈 군조차 확실히 알지 못하는 듯했다. 나이는 스물일곱 남짓이고 곱슬머리에 마른 편이었는데 어지간히 말이 없으면서도 언제나 빙긋 미소를 띠고 있는 정체 모를 인물이었다.

그는 자주 바둑을 두러 유키가에 왔다. 늘 밤늦게까지 머물렀 고 가끔은 자고 가는 경우도 있었다. 소장은 그를 어느 구락부俱樂部에서 바둑을 두다 알게 된 호적수라고 했다. 그도 그날 밤 초대를 받고 연회에 참석했다는데, 사건이 일어났을 때 2층 큰 방에서 그의 모습을 보지 못했다. 아마 아래층 다다미방 같은 데 있었을 것이다.

나는 우연한 계기에 이 사람이 탐정광이라는 걸 알게 되었다. 내가 유키가에서 묵은 지 이틀째 되던 날인가 지나가다가 이번 사건이 일어난 서재에서 아카이 씨와 히로카즈 군이 이야기를 나누고 있는 광경을 보았다. 아카이 씨는 히로카즈 군이 소장의 서재에 가져다 놓은 책들을 보며 무슨 말을 하고 있었다. 히로카 즈는 엄청난 탐정광이었기 때문에(이 사건의 피해자인 그가 나중에 자진해서 탐정 역할까지 맡을 정도였다) 거기에는 범죄 학과 탐정서적이 매우 많았다.

그들은 국내외 명탐정에 대해서 이야기를 나누는 모양이었다. 비도크[3] 이후 실제 탐정이나 뒤팽 이후 소설 속의 탐정이 화제에 올랐다. 히로카즈는 거기 있던 『아케치 고고로 탐정담』이라는 책을 가리키며 이 자는 논리만 따지는 사람이라며 깎아내렸다. 아카이 씨도 무척이나 동감했다. 그들은 둘 다 누구 못지않은 탐정통探偵通이었는데, 그 방면으로 이야기가 서로 잘 통하는 듯했다.

그런 아카이 씨가 이 사건에 흥미를 가지고 나보다 먼저 발자국을 보러온 것은 당연한 일이었다.

하타노 경부가 다짜고짜 말했다.

"발자국을 밟지 않도록 신경 써주십시오."

그는 우리 두 방해자에게 주의를 주면서 말없이 발자국을 조사하러 갔다. 하타노 경부는 양관 쪽으로 되돌아갔는데 나는 그가 도둑이 낮은 토담을 뛰어넘어 도망갔으리라 추정하고 토담 밖을 조사하기 전에 저택 안에 있는 사람들에게 뭘 물어보러 간 줄 알았다. 그러나 그는 잠시 후 취사용 양념절구를 가지고 와서 그걸로 가장 뚜렷한 발자국 하나를 덮었다. 나중에 본을 뜰 때까지 원형이 훼손되지 않게 보호하려는 모양이었다.

그는 덮는 걸 어지간히 좋아하는 탐정인 듯했다.

그 후 우리 셋은 뒤편 나무 쪽문을 열고 나가 담 밖을 돌아보았다. 그 일대는 과거 택지였던 공터로 사람들이 거의 오가지

....
3_ 프랑수아 비도크François Vidocq, 1775~1857. 실존 인물로 범죄자이자 세계 최초의 사설탐정. 도둑, 강도, 사기, 위조, 인신매매, 밀매 등의 범죄로 투옥과 탈옥을 반복하던 파리의 전설적인 범죄자였지만, 훗날 경찰의 정보원 노릇을 하며 경시청을 설치할 것을 제안하기도 했으며 사설 수사기관을 만들어 활약하기도 하였다. 에드거 앨런 포는 『모르그가 살인사건』에서 주인공 오귀스트 뒤팽에게 비도크의 수사방식을 그대로 사용하게 했다.

않는 곳이라서 다른 발자국 없이 도둑의 발자국만 확연히 찍혀 있었다.

우리가 회중전등을 휘휘 흔들며 공터의 중간 정도까지 걸었을 때였다. 하타노 경부는 돌연 멈춰 서더니 당혹스러운 듯이 소리를 질렀다.

"맙소사, 범인이 우물 속으로 뛰어들었다는 건가?"

나는 경부의 엉뚱한 말에 어안이 벙벙했으나 조사해 보니 과연 그가 말한 대로였다. 발자국은 공터 정중앙의 오래된 우물 바깥에서 끝났다. 발자국의 출발점도 거기였다. 아무리 전등으로 비춰 보아도 우물 주위의 5~6간 정도 되는 공간에는 다른 발자국이 하나도 없었다. 그곳은 발자국이 찍히지 않을 정도로 단단히 굳은 땅이 아니었다. 그렇다고 발자국을 감출 수 있을 정도로 풀이 나 있지도 않았다.

오래된 우물은 가장자리의 둥근 회반죽이 거의 깨져 있어 어쩐지 으스스했다. 전등으로 안을 비춰보니 심하게 금이 간 회반죽이 아래쪽까지 죽 이어져 있고 바닥에 희미하게 반짝이고 있는 것은 썩은 물인 듯했다. 마치 귀신이 문적문적 헤엄치고 있는 것처럼 보였다.

도둑이 우물에서 솟아나 다시 우물로 사라졌다고 믿기는 어려웠다. 국화꽃 유령도 아니고 말이다. 하지만 그 발자국을 보면 도둑이 풍선을 타고 하늘로 승천하지 않는 한 우물 속으로 들어갔다는 해석 외에는 불가능했다.

제아무리 과학탐정인 하타노 경부라도 여기서 꽉 막힌 듯했다. 그는 부하 형사에게 대나무 장대를 가지고 오라고 해서 우물 안을 휘저어 보았으나 아무것도 닿는 것이 없었다. 그렇다고 우물 가장자리의 회반죽에 속임수가 있어 지하로 빠져나가는 구멍이 뚫려 있다는 식의 상상은 너무 황당무계했다.

"이렇게 어두워서는 세세한 걸 볼 수 없습니다. 내일 아침에 다시 조사합시다."

부지런한 하타노 경부는 법원에서 일행이 도착하기를 기다리는 동안 저택 안에 있는 사람들의 진술을 청취하고 현장 겨냥도를 작성했다. 편의상 겨냥도를 보고 설명하자면, 그는 용의주도하게 언제나 휴대하던 줄자를 꺼내 부상자가 쓰러진 위치(그건 혈흔 같은 걸로 알 수 있었다), 발자국의 보폭, 올 때와 돌아갈 때의 발자국 간격, 양관의 구조, 창 위치, 정원의 수목이나 연못, 담의 위치 같은 것을 불필요할 정도로 세세히 측정해서 수첩에 겨냥도로 그려놓았다.

하지만 경부의 이러한 노력은 결코 헛된 것이 아니었다. 아마 추어의 생각으로는 불필요해 보였던 것도 나중에 상당히 필요하다는 걸 알게 되었다.

그때 경부가 그렸던 겨냥도를 본떠 독자 여러분을 위해 여기에 게재해 놓는다. 이 겨냥도는 사건이 해결된 후 내가 그 결과를 역산해서 만든 것이기 때문에 경부의 겨냥도만큼 정확하지는 않지만, 그 대신 사건 해결과 밀접히 연관되는 부분은 정확하다. 오히려 어느 정도 과장된 면도 있다.

나중에야 안 사실이지만 이 도면은 의외로 범죄사건과 관련하

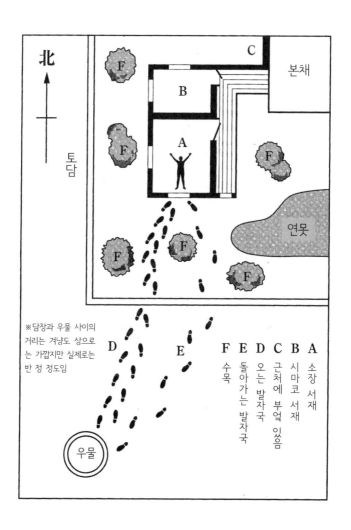

北

토담

C

본채

B

A

연못

※담장과 우물 사이의
거리는 겨냥도 상으로
는 가깝지만 실제로는
반 정 정도임

D

E

F E D C B A

소장 서재

시마코 서재

근처에 부엌 있음

오는 발자국

돌아가는 발자국

수목

우물

여 많은 사실들을 알려준다. 매우 비근^{卑近}한 예로 도둑이 왕복한 발자국 그림을 들 수 있다. 이는 도둑이 여자처럼 안짱걸음을 걷는다는 것 이상을 드러낸다. D쪽은 보폭이 좁고 E쪽은 그보다 몇 배나 넓어지는 걸 보면, D는 올 때의 조심스러운 걸음걸이를 의미하고 E는 권총을 쏘고 냅다 도망칠 때의 급한 걸음걸이를 나타낸다. 다시 말해 D가 올 때, E가 돌아갈 때의 발자국임을 알 수 있다. (하타노 씨는 도둑의 키를 계산할 때 사용하기 위해 양쪽의 보폭을 정밀하게 측정하여 수치까지 다 적어놓았지만 너무 복잡해지므로 여기에는 생략한다.)

하지만 그건 일례에 지나지 않았다. 이 발자국 그림에는 또 다른 의미가 있었다. 부상자의 위치를 비롯하여 그 외에도 나중에 중대한 의미를 낳게 되는 두세 가지 측면이 있었던 것이다. 나는 순서에 맞춰 이야기하기 위해 여기서는 그에 대해 언급하지 않겠지만 독자 여러분은 이 그림을 잘 기억해두기 바란다.

다음으로 저택 안 사람들의 취조와 관련해 한마디 한다면, 가장 먼저 질문을 받은 사람은 흉악한 범죄를 최초로 목격한 고다 신타로 군이었다.

그는 히로카즈 군보다 20분 먼저 본채 2층에서 내려와 아래층 화장실에서 용변을 보고 현관으로 나왔다고 했다. 그는 술 때문에 화끈거리는 얼굴을 식히다가 다시 2층 연회 자리로 돌아가기 위해 복도를 지나가고 있었는데 갑자기 총성이 났고, 그 후 히로카즈 군의 비명이 들렸다는 것이었다.

그래서 부랴부랴 양관으로 달려갔더니 서재 문은 반쯤 열려 있고, 안에는 전등이 켜져 있지 않아 암흑이었다고 했다. 그가 거기까지 진술했을 때 경부는 말했다.

"전등이 꺼져 있었다는 거죠?"

왠지 다짐을 받듯 되물었다.

"네, 히로카즈 군은 아마 스위치를 켤 새가 없었을 겁니다."

고다 군이 대답했다.

"저는 서재로 달려가서 우선 벽에 있는 스위치를 눌러 전등을 켰습니다. 그런데 방 한가운데에 히로카즈 군이 피투성이가 되어 정신을 잃고 쓰러져 있었습니다. 저는 바로 본채 쪽으로 뛰어가 큰 소리로 집안사람들을 불렀습니다."

"그때 당신은 도둑의 모습을 보지 못한 거네요."

대답과 동시에 경부가 들은 내용을 한 번 더 물었다.

"보지 못했습니다. 이미 창밖으로 나가버렸거든요. 창밖은 깜깜해서……."

"그 외에는 이상한 점이 없었습니까? 지극히 사소한 거라도"

"네, 별로……. 아, 맞다. 별거 아니긴 해도 제가 뛰어갔을 때 서재 안에서 고양이가 뛰어나와 깜짝 놀랐던 기억이 납니다. 히사마쓰ひ松라는 자식이 총알같이 뛰어나왔거든요."

"히사마쓰가 고양이 이름입니까?"

"네, 이 집 고양이입니다. 시마코 씨의 애묘죠."

경부는 그 말을 듣고 이상한 표정을 지었다. 어둠 속에서도 확실히 도둑의 얼굴을 본 자가 있다. 하지만 고양이는 말을 할 수 없다.

그 후 (하인들을 포함한) 유키가 사람들, 아카이 씨, 나, 그리고 그 밖의 다른 손님들이 질문을 받았는데 별다른 대답을 한 사람은 없었다. 부인과 시마코 씨는 병원에 따라갔기 때문에 그 자리에는 없어 다음 날 취조를 받았는데, 시마코 씨의 대답이 조금 달랐다는 것을 나중에 전해 들어 여기에 적어둔다.

"어떤 사소한 것이라도."

경부는 특유의 어조로 유도 질문을 했다. 그녀는 다음과 같이 진술했다고 한다.

"착각인지 모르겠지만 제 서재에 들어온 사람이 있었던 것 같아요."

겨냥도에 그려놓은 대로 그녀의 서재는 문제의 소장 서재 바로 옆방이었다.

"특별히 물건이 없어진 건 아니었지만 누군가 제 책상 서랍을 열었던 흔적이 있었어요. 어제 저녁 분명 일기장을 서랍 속에 넣어두었는데 오늘 아침 보니 책상 위에 펼쳐진 채 아무렇게나 내팽개쳐져 있었어요. 서랍도 열려 있었고요. 집안사람들은, 하녀들도 제 서랍을 열지 않기 때문에 뭔가 이상하다고 생각했어요. ……뭐 별거 아니긴 하지만요."

경부는 시마코 씨의 이 이야기를 듣고 그대로 흘려버렸지만 나중에 생각해보니 이 일기장 건만 해도 꽤 의미가 있었다.

원래 하던 이야기로 돌아가면, 얼마 후 법원에서 경부의 일행이 도착했다. 전문가가 지문 채취 작업도 했지만 결과적으로 하타노 경부가 조사했던 것 이상의 수확은 얻지 못했다. 문제의 유리창은 천으로 닦아낸 흔적이 있어 지문이 하나도 남아 있지 않았다. 창 바깥쪽 바닥에 흩어져 있는 유리 파편에서조차 지문을 찾을 수 없었다. 이 한 가지만 보아도 도둑이 예사로운 놈이 아니라는 것을 알 수 있었다.

마지막으로 경부는 부하에게 지시해 아까 양념절구로 덮어놓았던 발자국 본을 석고로 떴다. 그는 그 석고본을 소중히 들고 경찰서로 돌아갔다.

소동이 끝나고 사람들이 잠자리에 든 것은 2시경이었다. 나는 고다와 나란히 누웠는데 둘 다 흥분 때문에 잠을 이루지 못하고 거의 밤새도록 뒤척이기만 했다. 그러나 우리는 사건에 관해서는 서로 한마디도 하지 않았다.

3. 금 범벅이 된 아카이 씨

다음 날 아침 늦잠꾸러기인 내가 5시에 일어났다. 그 불가해한 발자국을 아침 햇살 아래에서 다시 보고 싶었던 것이다. 그러고 보면 나도 꽤나 엽기적인 사람이다.

고다 군이 곤히 자고 있어 툇마루의 빈지문을 열고 정원용 게다를 신은 채 양관 바깥으로 나갔다.

그런데 이번에도 나보다 먼저 온 손님이 있었다. 역시 아카이 씨였다. 언제나 나보다 두 발자국은 먼저 움직이는 듯했다. 그러나 그는 발자국을 보지 않았다. 무슨 영문인지 다른 것을 살펴보고 있었다.

그는 양관 남쪽(발자국이 나 있는 쪽)에서 서쪽으로 비껴서서 건물에 몸을 숨긴 채 목만 뻗어 북쪽을 엿보고 있었다. 저곳에는 뭐가 있는 걸까. 그쪽은 양관 뒤편으로 본채 부엌문이 있었고 그 앞에 쓰네 노인이 심심풀이로 가꾸는 화단이 있을 뿐이었다. 그다지 아름다운 꽃이 피어 있지는 않았다.

나는 선수를 빼앗겨 아니꼬운 기분에 그를 좀 놀라게 해주고 싶어졌다. 발소리를 죽이고 그의 뒤로 바짝 다가가서 느닷없이 어깨를 툭툭 쳤다. 그랬더니 그는 생각했던 것보다 많이 놀라며 뒤돌아보았다. 그리고 터무니없이 큰 소리로 말했다.

"어, 마쓰무라松村 씨였습니까?"

고함을 치는 듯한 소리에 나는 간이 떨어지는 줄 알았다. 아카이 씨는 내 손을 밀쳐내더니 시시한 날씨 이야기나 하는 것이었다.

사람이 좀 이상한 것 같아 더 이상 감당하기 힘들었다. 아카이 씨의 감정이 상해도 어쩔 수 없다고 생각하며 그를 내버려두고 건물 외곽으로 나가 북쪽 방면을 바라보았다. 하지만 이상한 것은 별로 눈에 띄지 않았고, 다만 쓰네 노인이 화단을 손질하고 있을 뿐이었다. 아카이 씨는 대체 무엇을 그렇게 열심히 바라보고 있었던 걸까.

수상하게 생각하며 아카이 씨의 얼굴을 쳐다보았는데 그는 종잡을 수 없이 히죽히죽 웃기만 했다.

"지금 뭘 보고 계셨습니까?"

나는 작정하고 물어보았다. 그랬더니 그는 얼렁뚱땅 대답했다.

"뭘 보려 한 건 아닙니다. 그건 그렇고 당신은 어젯밤에 발자국을 조사하러 나가셨죠, 아닌가요?"

내가 할 수 없이 그렇다고 대답하자 그는 제안을 했다.

"그럼 함께 보러 가시겠습니까? 실은 저도 지금 그걸 보러 가려던 참이었습니다."

하지만 그의 말이 거짓이라는 걸 금세 알 수 있었다. 담장 밖으로 나가 보니 아카이 씨의 발자국이 네 차례나 찍혀 있었다. 그러니까 두 번 왕복한 흔적이었다. 한 번은 나보다 앞질러 오늘 아침에 보러 간 발자국이 틀림없었다. 뭐가 '지금'이란 말인가. 먼저 다 보고 와 놓고선.

우리는 우물가에 도착해 잠시 주위를 살펴보았는데 어젯밤과 달라진 것은 별로 없었다. 발자국은 확실히 우물에서 시작해서 우물에서 끝났다. 그 밖에는 밤에 조사하러 나왔을 때 생긴 우리 셋의 발자국이 있었고, 더 자세히 말한다면 그 주위를 돌아다닌 큰 들개 발자국도 있었다.

"이 개 발자국이 버선 자국이었나?"

나는 불쑥 그렇게 중얼거렸다. 무슨 이야기인가 하면, 그 개 발자국은 버선 자국과는 반대 방향에서 우물 쪽으로 와서는 그 주위를 어슬렁거린 후 다시 원래 왔던 방향으로 되돌아갔기 때문이었다.

그때 나는 문득 외국의 어떤 범죄 실화가 떠올랐다. 오래된

『스트랜드 매거진*The Strand Magazine*』[4]에서 읽은 내용이었다.

들판에 있는 외딴집에서 살인이 일어났다. 피해자는 홀로 사는 독신자였다. 범인은 외부에서 온 자가 분명했다. 그런데 신기하게도 흉측한 범행이 일어나기 전에 내린 눈 위에는 발자국이 전혀 없었다. 범인이 사람을 죽여 놓고 그대로 하늘로 승천했다고 생각할 수밖에 없었다.

하지만 사람 발자국은 없었다 할지라도 다른 발자국이 있었다. 말 한 마리가 그 집까지 왔다가 되돌아간 말발굽 자국이었다.

그런 까닭에 한때 피해자가 말에 걷어차여 죽은 것 아니냐고 의심하였으나 면밀히 조사해보니 결국 범인이 발자국을 감추기 위해 자기 신발 밑에 말발굽을 달고 걸어 다녔다는 이야기였다.

나는 이 개 발자국도 혹시 그와 비슷한 성질의 것이 아닐까 생각했다.

제법 큰 개의 발자국인 걸 보니 사람이 개처럼 네 발로 기어 이런 자국을 찍었다고 생각하는 것도 충분히 가능해 보였다. 땅이 마른 상태를 보면 그 자국이 찍힌 시간도 버선발을 한 사람이 걸었던 때와 비슷한 시간인 듯했다.

내가 그 이야기를 하자 아카이 씨는 어쩐지 비아냥거리는 투로 말했다.

....
4_   1891년 1월 영국에서 조지 뉴스가 창간한 월간지. 코난 도일의 셜록 홈즈 시리즈를 연재하여 인기를 얻었으며, 필립스 오펜하임, P. G. 우드하우스, H. G. 웰즈, 아가사 크리스티 등 수많은 작가가 기고했다. 1950년 3월 폐간되었다.

"꽤나 명탐정이신가 봅니다."

그러면서 뚱하게 입을 다물어버렸다. 이상한 사람이었다.

나는 혹시 몰라 개 발자국을 따라 황무지 건너편 도로까지 가보았지만 도로가 자갈길이어서 거기서부터는 발자국을 찾을 수 없었다. '개'는 그 도로에서 오른쪽 아니면 왼쪽으로 꺾은 것이 틀림없었다.

그러나 나는 탐정이 아니기 때문에 발자국이 없어지면 그 다음부터는 어떻게 짐작해야 할지 알 수 없어 모처럼 떠오른 생각도 거기서 끊겨버렸다. 그런데 나중에 보니 진짜 탐정은 과연 다르구나 생각되는 측면이 있었다.

그로부터 1시간 후 약속대로 하타노 경부가 다시 조사하러 왔는데 더 추가할 만한 단서는 딱히 발견하지 못한 모양이었다.

아침식사를 마치고 이 와중에 더는 머무를 수 없을 것 같아 고다 군과 나는 일단 유키가에 작별을 고하기로 했다. 나는 내심 사건의 경과에 미련이 있었지만 그렇다고 혼자 남을 수도 없었다. 도쿄에 돌아갔다 나중에 다시 오는 편이 나을 듯했다.

돌아가는 길에 히로카즈 군에게 병문안을 간 것은 당연지사였다. 거기에는 유키 소장과 아카이 씨도 함께 있었다. 유키 부인과 시마코 씨는 어제부터 병원에 있었는데 밤새 한숨도 자지 못했는지 창백한 얼굴이었다. 히로카즈 군과는 만나기는 꽤 어려웠다. 아버지인 소장만 겨우 병실 출입이 허용되었는데 생각보다 꽤 중태였던 모양이다.

그로부터 이틀을 건너뛰고 사흘째 되던 날, 나는 히로카즈 군의 병문안도 갈 겸 후속 상황을 지켜보기 위해 가마쿠라로 떠났다.

히로카즈 군은 수술 후 고열도 내려 더 이상 위험한 상황은 아니었지만 몹시 몸이 쇠약해져서 말할 기력도 없는 듯했다. 마침 그날 하타노 경부가 들러서 히로카즈 군에게 범인의 모습을 기억하냐고 물었더니 히로카즈 군은 이렇게 대답했다고 한다.

"회중전등 불빛으로 검은 그림자 같은 걸 본 것 외에는 기억나지 않아요."

그 말은 유키 부인을 통해서 들었다.

나는 병원을 나와 소장에게 인사하러 잠깐 유키가에 들렀는데 돌아오는 길에 실로 이해할 수 없는 광경을 보았다. 아무래도 내 능력으로는 해석할 수 없는 사건이었다.

유키가에서 나온 나는 엽기자답게 오래된 우물이 마음에 걸렸다. 나는 공터를 가로질러 우물가를 한참이나 둘러보다가 개 발자국이 사라졌던 조약돌 많은 도로로 나가 빙 돌아서 정류장으로 갔다. 그러던 중 공터에서 1정 정도 떨어진 길에서 우연히 아카이 씨와 마주쳤다. 맙소사, 또 아카이 씨였다.

그는 길가의 부유해 보이는 가정집에서 격자문을 열고 나왔는데 멀리서 내 모습을 확인하자 왜 그런지 고개를 돌리고 도망치듯이 반대편으로 황급히 걸어가는 것이었다.

그걸 보니 나도 오기가 생겨 빠른 걸음으로 아카이 씨를 뒤쫓았다. 그가 나온 집 앞을 지나치면서 문패를 보니 '고토노 산에몬琴野三右衛門'이라 적혀 있었다. 나는 그 이름을 잘 기억해두고 1정 정도 떨어진 아카이 씨 뒤를 쫓은 끝에 그를 따라잡았다.

"아카이 씨 아니십니까."

그렇게 말을 걸자 그는 체념하듯 뒤를 돌아보았다.

"아, 당신도 이쪽에 오셨습니까? 나도 오늘은 유키 씨를 만났습니다."

그는 마치 변명하듯 대답했다. 하지만 고토노 산에몬의 집에 간 것에 대해서는 말하지 않았다.

그런데 내 쪽을 돌아보는 아카이 씨의 모습에 나는 깜짝 놀라고 말았다. 그는 금속 세공점 사환이나 표구사 문하생처럼 몸에 온통 금가루가 묻어 있었다. 양손부터 가슴과 무릎 할 것 없이 마치 나시지[5]처럼 온몸에 붙어 있는 금색 가루가 여름 햇살에 비쳐 아름답게 반짝였다. 잘 보니 코끝까지 불상처럼 금색이었다. 영문을 물어봐도 "어쩌다 보니"라며 애매하게 대답했다.

당시 우리에게 '금'이라는 것은 특별한 의미가 있었다. 히로카즈 군에게 총을 쏜 도둑이 금제품만 훔쳐갔기 때문이다. 하타노 경부의 말을 빌자면 도둑은 이른바 '황금수집광'이었다. 그런데 범죄 당일 밤 유키가에 있었던 정체불명의 아카이 씨가 금 범벅이 된 채 내 앞에서 도망치려 했다. 정말 이상한 일이 아닐 수 없다. 설마 아카이 씨가 범인은 아니겠지만, 그동안의 수상쩍은 거동이나 금 범벅이 된 지금의 이 모습은 쉽게 수긍이 가지

5_ 梨地. 금가루를 뿌린 표면에 투명한 칠을 한 그림이나 공예품.

않았다.

우리는 피차 어금니 사이에 무엇을 물고 있는 것처럼 말을 아끼며 정류장까지 걸었는데 나는 전부터 마음에 걸렸지만 차마 물어보지 못했던 것을 과감히 물어보았다.

"그날 밤 권총 소리가 나기 전부터 당신은 2층 객실에 안 계셨던 것 같은데요, 그때 어디 계셨습니까?"

"저는 술에 약하거든요."

아카이 씨는 기다렸다는 듯이 대답했다.

"좀 괴로워서 바깥 공기를 쐬고 싶었는데 마침 담배가 떨어져 직접 사러 나갔습니다."

"그랬습니까? 그러면 권총 소리는 듣지 못하셨겠군요."

"네."

그가 그렇게 대답하는 통에 우리는 또 입을 꽉 다물고 말았는데 잠시 걷다 보니 이번에는 아카이 씨가 묘한 말을 꺼냈다.

"그 오래된 우물 건너편에 있던 공터 말입니다. 사건이 있기 이틀 전까지 공터 근처에는 고목상의 고목재가 많이 쌓여 있었습니다. 만약 그 목재가 팔리지 않았다면 가로막혀 있어서 우리가 보았던 개 발자국이 생기지 않았을 겁니다. 그렇지 않겠습니까? 나는 그 이야기를 방금 들었습니다."

아카이 씨는 별것 아닌 이야기를 의미심장하게 말했다.

겸연쩍은 것을 숨기려 그러는 것이 아니라면 그는 역시 똑똑한 척하는 칠푼이다. 왜냐하면 그 사건 이틀 전에 거기 목재가 쌓여 있든 말든 사건과는 아무 관계가 없었기 때문이다. 그것 때문에 발자국이 생기는 데 방해가 되는 것도 아니다. 전혀 무의미한 이야기다. 내가 그렇게 말했는데도 아카이 씨는 여전히 잘난 척을 했다.

"그렇게 말하신다면 뭐 별수 없죠."

그는 정말 이상한 사람이다.

4. 병상의 아마추어 탐정

그날은 별다른 사건 없이 집으로 돌아갔지만 그로부터 일주일 후 나는 세 번째 가마쿠라행을 감행했다. 히로카즈 군은 아직 입원 중이었지만 이제 기분이 썩 나아졌으니 이야기나 하러 오라는 통지를 받은 것이었다. 그 일주일 동안 경찰의 범인 조사가 어떤 식으로 이루어졌는지 유키가 사람들은 연락해주지 않았고, 신문에도 일체 기사가 나지 않았기 때문에 나는 진행 상황에 대해 전혀 아는 바가 없었다. 물론 범인은 아직 발견되지 않은 듯했다.

병실에 들어가니 히로카즈 군은 여전히 얼굴이 창백했다. 하지만 기력은 꽤 회복한 듯했다. 그는 사방에서 보내온 꽃다발과 어머니, 그리고 간호사에 둘러싸여 있었다.

"아, 마쓰무라 군. 잘 와줬네."

그는 내 얼굴을 보고 반갑게 손을 내밀었다. 나도 그의 손을 맞잡으며 회복이 되어 다행이라고 말했다.

"하지만 나는 평생 절름발이 신세를 면치 못할 거야. 절뚝거리는 장애인이지."

히로카즈 군은 침울하게 말했다. 나는 대꾸할 방법이 없었다. 그의 어머니는 곁눈질을 하며 눈을 깜박였다.

잠시 잡담을 주고받는 사이 부인은 물건을 사러 나간다며 내게 뒷일을 부탁하고 자리를 비켜주었다. 히로카즈 군이 한술 더 떠 간호사까지 멀리 내보냈기 때문에 이제 우리는 무슨 이야기를 해도 아무 상관 없었다. 우선 화제에 오른 것은 사건에 관한 것이었다.

히로카즈 군의 이야기에 따르면, 그 후 경찰에서 문제의 오래된 우물을 파냈으나 오래된 우물 바닥에서는 아무것도 나오지 않았다고 했다. 버선도 발자국의 버선과 같은 상품을 파는 가게를 조사했지만 그런 버선은 그저 평범한 상품에 불과해 어느 버선 가게에서나 하루에도 몇 켤레씩 팔린다고 했다. 다시 말해 아무 소득이 없었던 것이다.

하타노 경부는 피해자의 아버지가 육군성의 주요 인물이기 때문에 지역 유지로서 경의를 표하며 때때로 히로카즈 군의 병실을 찾기도 했는데, 히로카즈 군이 범죄조사에 흥미를 보이는 것을 알고 조사 상황을 낱낱이 이야기해 주었다고 한다.

"그런 까닭에 경찰에서 알고 있는 만큼은 나도 알고 있는데 정말 이상한 사건이네. 도둑의 발자국이 공터 한가운데에서 홀연히 사라지다니 완전 탐정소설 같지 않나? 거기다 금제품만 훔쳐갔다는 것도 요상하지. 자네는 달리 들은 이야기 없나?"

히로카즈 군이 바로 그 피해자인 데다가 평소 탐정광이라서 이 사건에 비상한 관심을 가지게 된 모양이었다.

나는 그가 아직 모르는 사실, 즉 아카이 씨의 이상한 거동들, 개 발자국, 사건 당일 밤 쓰네 노인이 창가에 앉아서 묘한 행동을 한 것 등을 모두 이야기해 주었다.

히로카즈 군은 내 이야기에 연신 고개를 끄덕이며 꽤 긴장하고 들었는데, 내가 이야기를 끝내자 골똘히 생각에 빠졌다. 몸에 무리가 되지 않을까 걱정이 될 정도로 눈을 꽉 감고 생각에 잠겨 있었다. 이윽고 눈을 뜨더니 몹시 진지하게 중얼거렸다.

"그 말인즉슨, 사람들이 생각한 것보다도 훨씬 무서운 범죄인 거지."

"무섭다는 말은 그저 도둑이 아니란 말인가?"

히로카즈 군의 공포에 질린 표정을 보니 나도 모르게 진지한 태도가 되었다.

"그러네. 지금 얼핏 드는 생각으로는 비정상적인 사건이야. 도둑 같은 예사 범죄가 아니야. 소름 끼치는 음모지. 무서운 동시에 침을 뱉어 마땅한 악마의 소행이지."

야위고 창백해진 얼굴로 새하얀 침상에 누워 있던 히로카즈 군은 천장을 응시하며 나직한 목소리로 수수께끼 같은 말을 했다. 한여름 대낮에 갑자기 매미 소리가 멈추니 꿈속의 사막같이 조용해졌다.

"자네는 대체 뭘 생각하는 건가."

좀 무서워져 내가 물었다.

"아냐, 그건 말할 수 없어."

히로카즈 군은 여전히 천장을 응시한 채 대답했다.

"아직 내 백일몽일 뿐이네. 게다가 너무 무서운 일이거든. 일단 천천히 생각해 보자고, 재료는 충분히 다 모였으니. 이 사건에는 기괴한 사실들로 가득 차 있네. 그런데 표면이 기괴한 만큼 그 이면에 감추어져 있는 진리는 의외로 단순할지도 모르지."

히로카즈 군은 자기 자신에게 타이르는 것처럼 거기까지 말하고 다시 눈을 감은 채 침묵에 잠겨버렸다.

그의 머릿속에는 뭔가 무시무시한 사실이 서서히 모습을 드러내고 있는 듯했다. 그러나 나는 그것이 무엇일지 상상할 수 없었다.

"가장 이해가 안 가는 건 오래된 우물에서 시작해 오래된 우물에서 끝나는 발자국이네."

히로카즈 군은 머뭇거리며 이야기를 시작했다.

"오래된 우물에 뭔가 의미가 있는 걸까? ……아니지, 생각하는 방식이 틀렸을지도 몰라. 또 다른 해석이 있을 거야. 마쓰무라 군, 기억하나? 하타노 경부가 현장 겨냥도를 보여주었잖아. 자네도 요점은 기억할 것 같은데 그 발자국에는 이상한 점이 있어. 도둑이 여자같이 안짱걸음을 걷는 놈이었다는 게 그 하나네. 물론 그것도 매우 중요한 점이지만 그 밖에 또 이상한 점이 있어. 하타노 경부는 내가 그걸 지적했는데도 전혀 유념하지 않는 듯하네. 아마 자네도 알아채지 못했을 거야. 그건 말이지,

오는 발자국과 돌아가는 발자국이 부자연스럽게 떨어져 있다는 거야. 그런 경우 가장 빠른 길을 택하는 게 자연스럽지 않겠나. 다시 말해 두 점 사이의 최단거리를 걷는 게 당연하겠지. 그런데 갈 때와 올 때의 발자국이 우물과 양관 창을 기점으로 해서 밖으로 볼록한 두 개의 활모양을 그리고 있어. 그 사이에 큰 나무가 들어가 있을 정도지. 나는 그게 너무 이상하다는 생각이 들어."

히로카즈 군은 늘 이런 식으로 말한다. 그는 탐정소설을 좋아하는 만큼 논리의 유희를 몹시 즐기는 친구였다.

"그런데 그날 밤은 매우 어두웠잖아. 게다가 도둑은 사람을 쏴서 당황했었지. 올 때와는 다른 길로 가는 게 별로 부자연스러운 일도 아닌 것 같은데."

나는 그의 외골수 같은 논리에 반박했다.

"아니야, 어두운 밤이었기 때문에 그런 발자국이 난 거지. 자네가 좀 잘못 생각하고 있는 듯한데 내가 말하려는 의미는 단지 지나간 길이 다르다는 게 아니야. 두 발자국을 고의로(아마 고의였을 거야) 떨어뜨려 놓았다는 거지. 도둑이 자기가 지나온 발자국을 밟지 않으려던 것 아닌가 생각했거든. 어두운 밤이기 때문에 어느 정도 떨어져 조심해서 걸어야 했던 거지. 거기에 의미가 있어. 혹시나 해서 하타노 경부에게 올 때와 돌아갈 때 발자국이 겹쳐진 곳은 없었는지 확인해 보았는데, 물론 한 군데도 없었다고 하더군. 그 야심한 밤에 두 지점을 오간 발자국이 하나도 겹치지 않았다는 건 우연이라 해도 다소 이상하다는 생각이 들지 않나?"

"과연 그러네. 그렇다면 좀 이상하지. 하지만 왜 도둑이 발자국을 겹치게 하지 않으려고 그 고생을 해야 했는데? 의미가 없지 않나?"

"아냐, 있어. 그러면 그 다음을 생각해보자고."

히로카즈 군은 셜록 홈즈처럼 결론을 숨기고 싶어 했다. 이것도 평소 그가 가진 습성이었다.

그는 얼굴이 창백하고 숨결은 거칠었으며, 붕대로 칭칭 감은 환부가 아직 아픈지 때때로 미간을 찡그리기도 했는데, 탐정 이야기를 시작하자 열정을 보였다. 더구나 이번 사건은 자기 자신이 피해자일 뿐 아니라 사건의 내막에 뭔가 엄청난 음모가 있다고 생각하는 듯했다. 그가 진지한 것도 무리는 아니었다.

"두 번째로 이해가 안 가는 건 도난품이 금제품에 한정된 점이지. 도둑이 왜 현금을 쳐다보지도 않았나 하는 점이지. 그 말을 들었을 때 나는 바로 떠오르는 인물이 있었어. 이 지역에서도 극히 소수만 아는 비밀이거든. 실제로 하타노 경부도 그자에 대해서는 감을 잡지 못한 모양이야."

"나도 모르는 사람인가?"

"응, 물론 모를 걸세. 내 친구 중에서는 고다 군만 알고 있지. 언젠가 이야기해준 적이 있었거든."

"대체 누구야? 그럼 그 사람이 범인이라는 거야?"

"아니, 그건 아닌 것 같아. 그래서 나는 하타노 씨에게도 그 사람에 대해 말하지 않았어. 자네한테 전혀 모르는 사람에 대해 잘 설명할 방법이 없군. 잠시 잠깐 의심을 한 것뿐이고, 내가 잘못 생각한 거였어. 그 사람이라고 하기에는 다른 점들이 도무지 일치하지 않거든."

그렇게 말하면서 그는 또 눈을 감았다. 묘하게 사람을 약 올리는 친구다. 하지만 이런 추리에 관해서라면 그가 나보다 확실히 한 수 위이기 때문에 어찌할 도리가 없었다.

나는 아픈 이의 말상대를 해준다는 요량으로 인내심을 가지고 기다렸는데 마침내 그가 눈을 번쩍 떴다. 눈동자에는 기쁨의 빛이 반짝였다.

"자네, 도둑맞은 금제품 중에서 가장 큰 것이 무엇이라고 생각하나? 필시 그 탁상시계겠지. 어느 정도 크기였더라, 높이가 3치, 폭과 깊이가 2치, 대략 그 정도였던 것 같은데. 그리고 다음은 무게인데, 한 3백 돈[6] 정도 아니었을까?"

"난 잘 기억이 나지는 않지만 아버님 이야기를 들어보니 그 정도인 듯하네. 하지만 탁상시계의 치수와 무게가 사건과 어떤 관계가 있나 보지? 자네도 참 이상한 이야기를 다 꺼내는 군."

나는 히로카즈 군이 열 때문에 의식이 흐려진 건 아닌가 싶어 그의 이마에 손을 짚어보려 했다. 하지만 안색을 살펴보니 흥분하기는 했으나 크게 열이 높은 것 같지는 않았다.

"아니, 그게 가장 중요한 점이야. 지금에야 겨우 깨달았는데

....
6_ 약 1.2kg. 1돈钱=3.75g.

도난품의 크기나 무게가 매우 중요한 의미를 지니네."

"도둑이 가지고 나갈 수 있었는지 여부를 말하는 거야?"

하지만 나중에 생각하니 나는 참으로 미련한 질문을 한 것이었다. 그는 대답은 하지 않고 또다시 엉뚱한 말을 했다.

"자네, 그 뒤에 있는 꽃병에서 꽃을 **빼놓고** 꽃병만 창밖의 저 담장에 힘껏 던져보지 않겠나?"

미친 짓이었다. 히로카즈 군은 그 병실에 있던 장식용 꽃병을 창밖의 담장에 던지라고 한 것이다. 꽃병은 높이 5치 정도의 도자기로, 딱히 특이한 물건은 아니었다.

"무슨 말이야. 그런 짓을 하면 꽃병이 깨지잖아. 미쳤다는 말을 들어도 할 말이 없어."

나는 정말로 히로카즈 군의 머리가 어떻게 된 줄 알았다.

"괜찮아, 깨져도. 그건 우리 집에서 가져온 꽃병이니까. 빨리 던져봐."

그래도 내가 주저했더니 그는 몸이 달아 침대에서 일어서려 했다. 그러면 큰일이다. 움직이지도 말아야 하는 몸 아닌가.

미친 것 같긴 했지만 환자의 뜻을 거슬러서는 안 된다고 생각한 나는 결국 그의 바보 같은 부탁을 들어주었다. 그 꽃병을 창에서 3간 정도 떨어진 콘크리트 담을 향해 힘껏 던졌다. 꽃병은 담에 부딪혀 산산조각이 나고 말았다.

히로카즈 군은 고개를 들어 꽃병의 최후를 지켜보고 나서야 안심이라는 듯 녹초가 되어 원래 자세로 돌아갔다.

"좋았어, 그러면 됐네. 고마워."

참 속 편한 인사였다. 나는 그 소리를 듣고 누가 올까 봐 전전긍긍하고 있었는데 말이다.

"그런데 쓰네 할아범의 묘한 거동이라니?"

히로카즈 군이 돌연 또 다른 이야기를 꺼냈다. 아무래도 그의 사고력은 통일성을 잃어버린 듯했다. 나는 좀 걱정이 되기 시작했다.

"그게 이번 범죄사건의 가장 유력한 실마리인 것 같아서."

그는 내 표정에는 아랑곳 않고 이야기를 이어갔다.

"모두가 서재로 달려갈 때 쓰네 할아범만 창가로 가서 앉아버렸다면서. 흥미롭군. 자네는 아나? 거기에는 뭔가 이유가 있을 텐데. 제정신이라면 이유 없이 그런 바보 같은 행동을 할 리가 없겠지."

"물론 이유야 있겠지. 그렇지만 그걸 모르니까 이상하다 생각한 거지"

나는 좀 부아가 나서 거칠게 말했다.

"나는 알 것 같은데."

히로카즈 군은 히죽거리며 말했다.

"그 다음 날 아침 쓰네 할아범이 뭘 하고 있었는지 생각해보게나."

"다음 날 아침? 쓰네 씨가?"

나는 그가 무슨 말을 하는지 도무지 알 수가 없었다.

"뭐야. 자네는 확실히 보지 않았나. 아카이 씨에 대해서만 생각하니까 그걸 깨닫지 못한 거지. 자네가 방금 말하지 않았나.

아카이 씨가 양관 건너편을 엿보고 있었다고."

"그렇지, 그것도 이상했지."

"아냐, 자네는 그 둘을 따로 생각하니까 그렇지. 아카이 씨가 엿보고 있었던 게 다름 아닌 쓰네 할아범이라고 생각해보게나."

"아, 그런가?"

거기까지 생각이 미치지 못하다니, 멍청하기는.

"그는 화단을 가꾸고 있었어. 하지만 지금은 꽃도 피어 있지 않고, 씨를 뿌릴 시기도 아니지. 그러면 화단을 가꾸는 게 이상하지 않나? 다른 일을 하고 있었다고 생각하는 게 더 자연스럽지."

"다른 일이라면?"

"생각해보자고. 그날 밤 할아범은 서재에서 부자연스러운 장소에 한참을 앉아 있었네. 그 다음 날 이른 아침 화단을 손질했고. 이 두 가지를 연결시키면 거기서 나오는 결론은 하나밖에 없지. 안 그런가? 노인네는 무언가 물건을 감추고 있었던 거지.

무엇을 감췄는지 어떤 이유로 감췄는지는 모르겠네. 하지만 쓰네 할아범이 뭔가를 감춰야만 했던 건 분명하네. 창가에 앉아 있었던 것은 분명 그 물건을 무릎 밑에 감추기 위해서였을 거고, 그리고 할아범이 무언가 감추려면 부엌에서 가장 가깝고 자연스러운 장소는 화단이었겠지. 화단을 손질하는 것처럼 가장 하기도 쉽고. 그래서 말인데 자네에게 부탁이 있네. 지금 바로 우리 집에 가서 몰래 그 화단을 파헤쳐 거기 묻혀 있는 물건을 가지고 와 주지 않겠나? 어디 묻혔는지는 흙색만 봐도 알 수 있을 테니."

나는 히로카즈 군의 명석한 추리에 할 말을 잃었다. 내가 목격했으면서도 이해할 수 없었던 것을 그는 단박에 해결했다.

"가는 건 상관없는데 자네 아까 단지 도둑의 행적이 아니라 악마의 소행이라고 했잖아. 뭔가 확실한 근거가 있나? 또 하나 이해가 안 가는 건 아까 던진 화병 말이야. 가기 전에 그에 대해 설명해주지 않겠나?"

"아냐, 모두 내 상상에 지나지 않아. 게다가 함부로 떠들 수 없는 성질의 것이라 지금은 말할 수 없어. 그러나 내 상상이 틀리지 않는다면 이 사건은 표면에 드러난 것보다 훨씬 무시무시한 범죄라는 것을 유념해주게. 그런 게 아니라면 병상에 누운 내가 그렇게 놀라지도 않았을 거야."

나는 간호사에게 뒷일을 부탁하고 일단 병원을 나왔다.

"여자를 찾아라, 여자를 찾아."

병실을 나올 때 히로카즈 군이 콧노래를 부르듯 독일어로 중얼거리는 것이 들렸다.

유키가를 방문한 것은 황혼녘이었다. 소장은 부재중이어서 서생에게 인사를 한 후 기회를 봐서 자연스럽게 정원으로 갔다. 그리고 문제의 화단을 파헤쳤는데 결론부터 말하자면 히로카즈 군의 추측이 적중했다. 화단에서 이상한 물건이 나온 것이다. 그것은 낡은 싸구려 알루미늄 안경집으로 최근 파묻은 것이 분명했다. 나는 쓰네 씨가 눈치채지 못하게 하녀에게 안경집을 보여주며 누구 것이냐고 물었다. 그건 뜻밖에도 쓰네 씨 본인의 돋보기 안경집이었다. 하녀는 표시가 있으니 틀림없다고 했다.

쓰네 씨는 자기 물건을 숨긴 것이다. 이상한 일도 다 있다. 설사 범죄현장에서 떨어뜨렸다 해도 쓰네 씨 본인의 물건이라면 굳이 화단에 묻을 필요 없이 그냥 사용하면 되지 않았을까? 평소 사용하던 안경집이 갑자기 없어지는 것이 오히려 더 이상한 일 아닐까?

나는 아무리 생각해도 이해가 되지 않아 일단 안경집을 병원에 가지고 가기로 했다. 하녀에게 단단히 입막음을 해놓고 본채 쪽으로 돌아오는데 그 와중에 또다시 영문 모를 일과 맞닥뜨리게 되었다.

이미 거의 해가 졌을 때라 발치도 잘 보이지 않을 정도로 주변이 어두웠다. 본채의 빈지문은 완전히 닫혀 있었고 주인이 부재중이라 양관 창에도 불빛이 보이지 않았다. 그런데 그 어두컴컴한 정원을 가로질러 그림자 하나가 내 쪽으로 걸어오는 것이었다.

가까이에서 보니 셔츠바람의 아카이 씨였다. 이 사람은 주인도 없는 집에, 그것도 이 시간에 이런 차림을 하고 무슨 일로 찾아온 걸까.

그는 나를 보고 깜짝 놀란 듯 멈춰 섰는데 보아하니 꼴이 말이 아니었다.

셔츠바람일 뿐 아니라 맨발이었고 허리 아래는 흠뻑 젖어 온통 진흙투성이였다.

"무슨 일입니까?"

그렇게 물으니 그는 겸연쩍게 변명하듯 말했다.

"잉어 낚시를 하다 발이 미끄러졌습니다. 연못은 진흙이 깊더군요."

5. 체포된 황금광

잠시 후 나는 다시 히로카즈 군의 병실로 갔다. 유키 부인은 나와 엇갈려 집으로 돌아간 후였고 그의 머리맡에는 간병 간호사가 따분한 기색으로 앉아 있었다. 히로카즈 군은 나를 보더니 간호사를 내보냈다.

"이거야. 자네 추측대로 이게 화단에 묻혀 있었네."

나는 그렇게 말하고 안경집을 침대 위에 올려놓았다. 히로카즈 군은 한눈에 그걸 알아보고 몹시 놀라며 중얼거렸다.

"아, 역시……."

"역시라니, 자네는 이게 묻혀 있을 줄 알았던 거야? 하녀에게 물어보니 쓰네 씨의 돋보기 안경집이라고 하던데, 쓰네 씨가 왜 본인 물건을 묻어야 했던 거지? 나는 도무지 이해가 안 되는데."

"그게 할아범 물건인 건 틀림없지만 좀 다른 의미도 있어. 자네는 그걸 모르는 것뿐이고."

"그게 뭔데?"

"이걸로 이제 의심의 여지가 없어졌네. 무서운 일이네. ……그 녀석이 그런 짓을……."

몹시 흥분한 히로카즈 군은 내 질문에는 대답도 하지 않고 혼잣말을 했다. 그는 범인이 누구인지 확실히 알게 된 것이다.

'그 녀석'이라면 대체 누구란 말인가. 내가 그에 대해 캐물으려 하는데 노크 소리가 났다.

하타노 경부가 병문안을 온 것이다. 벌써 몇 번째 병문안인지 모르겠다. 그는 유키가에 직무 이상의 호의를 가지고 있는 듯했다.

"꽤 건강해 보입니다."

"네, 덕분에 좋아지고 있습니다."

인사를 마치자 경부는 정색을 하고 말했다.

"밤늦게 찾아온 것은 정말 급히 알려드려야 할 일이 생겨서입니다."

그러고는 빤히 나를 쳐다보았다.

"아시다시피 마쓰무라 군이잖습니까. 내 절친한 친구니 개의치 마세요."

히로카즈 군이 이야기를 재촉했다.

"뭐 비밀이랄 것도 없으니 그럼 이야기하겠습니다. 범인이 밝혀졌습니다. 오늘 오후 체포했습니다."

"네? 범인이 체포되었다고요?"

히로카즈 군과 나는 동시에 소리쳤다.

"그게 누구입니까?"

"유키 씨. 고토노 산에몬이라고 이 지역 지주를 아십니까?"

역시 고토노 산에몬과 관계가 있었던 것이다.

독자 여러분은 기억할 것이다. 언젠가 의문의 아카이 씨가 그 산에몬의 집에서 금 범벅이 되어 나왔던 것을.

"네, 압니다. 그런데……."

"그 아들 중에 미쓰오光雄라고 좀 정신 나간 사람이 있습니다. 방에 가둬두고 함부로 외출을 못하게 했다는데, 아마 모르시겠죠? 저도 오늘에야 알았을 정도니."

"아뇨, 알고 있었습니다. 그 사람이 범인이라는 겁니까?"

"그렇습니다. 이미 체포해서 일단 취조도 마쳤습니다. 좀 정상이 아닌 사람이라 확실히 자백하지는 않았지만요. 그는 보기 드문 미치광이더군요. 황금광이라 해도 무방합니다. 금색에 상당히 집착했습니다. 저는 그 사람 방을 보고 깜짝 놀랐습니다. 방 안이 온통 불단같이 금으로 번쩍였거든요. 도금이 되었든, 놋쇠 가루든, 금박이든 값어치와는 관계없이 금색을 띤 것이라면 액자나 종이, 심지어 줄밥까지 닥치는 대로 모두 수집했습니다."

"그것도 들어서 압니다. 그런데 그가 황금광이어서 우리 집에서 금제품만 훔쳐갔다고 말씀하시는 겁니까?"

"물론 그렇습니다. 지폐가 든 지갑을 그대로 두고 금제품만, 그것도 크게 값이 나가지도 않는 만년필까지 빠짐없이 모아가다니 상식적이라고 할 수 없지요. 저도 처음부터 이 사건에는 어딘지 미치광이의 냄새가 난다고 직감했었는데, 결국 미친놈이었습니다. 게다가 황금광이었죠. 딱 들어맞지 않습니까?"

"그렇다면 도난품은 나온 거겠죠?"

무슨 까닭인지 히로카즈 군의 말에는 금방 알아챌 정도는 아니었지만 이상하게 비아냥거리는 뉘앙스가 담겨 있었다.

"아니오, 그건 아직입니다. 일단 조사는 했지만 그 남자 방에는 없었습니다. 그러나 미친놈이니까 비상식적인 장소에 숨겨놓았는지 모릅니다. 앞으로 충분히 조사할 작정입니다."

"그리고 이 사건이 일어났던 밤, 그 미친놈이 방을 빠져나온 것도 확인되었겠죠? 가족들도 그걸 몰랐다는 겁니까?"

히로카즈 군이 꼬치꼬치 캐묻자 하타노 씨는 불쾌한 기색을 보였다.

"가족들은 아무도 몰랐던 모양입니다. 그러나 미친놈은 뒤쪽 별채에 있었으니까 창으로 나가 담을 넘으면 아무도 모르게 밖으로 나갈 수 있었겠죠."

"과연, 과연."

히로카즈 군은 점점 더 비아냥거렸다.

"그런데 그 발자국 말입니다. 우물에서 시작해 우물에서 끝난 건 어떻게 해석하시는데요? 그게 매우 중요한 점이라고 생각합니다만."

"마치 제가 심문을 받고 있는 것 같군요."

경부는 힐끔 내 얼굴을 보며 꽤 호탕하게 웃긴 했지만 사실 속으로는 몹시 불쾌한 모양이었다.

"당신이 애써 그런 것까지 걱정할지는 몰랐습니다. 그런 일에는 엄연히 경찰이나 예심판사 같은 기관이 있으니까요."

"아뇨, 역정을 내시면 곤란한데요. 내가 바로 피해를 입은 당사자니까요. 참고하게 알려주셔도 되지 않을까요?"

"알려드릴 수 없습니다. 왜냐하면 당신은 아직 확실하게 밝혀지지 않은 점들을 묻고 계시니까요."

경부는 억지로 웃음을 띠며 말했다.

"발자국도 지금 조사 중입니다."

"그렇다면 확실한 증거는 하나도 없는 셈이군요. 단지 황금광과 금으로 만든 도난품이 우연의 일치라는 것밖에는."

히로카즈 군은 거침없이 말했다. 곁에서 듣는 내가 다 조마조마했다.

"우연의 일치라고 하셨습니까?"

참을성 많은 하타노 씨도 역시 그 말에는 벌컥 화를 냈다.

"왜 그런 식으로 말씀하시는 겁니까? 혹시 경찰이 잘못 짚었다고 말씀하고 싶으신 겁니까?"

"그렇습니다."

히로카즈 군이 단칼에 급소를 찔렀다.

"경찰이 고토노 미쓰오를 체포한 것은 어처구니없는 판단 착오입니다."

"뭐라고 하셨습니까?"

경부는 어안이 벙벙했지만 그냥 듣고 넘길 수는 없는 모양이었다.

"증거가 있어서 그런 말을 하십니까? 그런 게 아니라면 경솔하게 말할 사안이 아닙니다."

"증거는 차고 넘칠 만큼 있습니다."

히로카즈 군은 태연하게 대답했다.

"어이가 없군요. 사건 이후 거기 누워만 있던 사람이 어떻게 증거를 수집할 수 있습니까? 당신 몸은 아직 정상이 아닙니다. 망상이군요. 마취로 인한 꿈일 테죠."

"하하하하하, 두려우신가 보네요. 당신의 실책을 확인하는 게 두려우신 거지요?"

히로카즈 군은 마침내 하타노 씨를 도발시키고 말았다. 그런 말을 들으면 상대가 아무리 나이가 어리고 환자라도 그대로 물러설 리 없기 때문이다. 경부는 얼굴에 핏대를 세우며 의자를 세차게 밀어냈다.

"그럼 들어나 봅시다. 범인이 누군지 알고 계신다니."

하타노 경부는 서슬이 퍼래져서 다그쳤다. 그러나 히로카즈 군은 좀처럼 대답하지 않았다. 생각을 정리하려는지 천장을 쳐다보더니 눈을 감아버렸다.

그는 아까 의심하기 적당한 어떤 인물을 알지만 그는 진범이 아니라고 말했다. 그 인물은 황금광 고토노 미쓰오가 분명했다. 역시 매우 의심하기 좋은 인물이었다. 그럼 고토노 미쓰오가 진범이 아니라면 히로카즈 군은 대체 누구를 범인으로 의심했던 걸까. 그 외에 또 다른 황금광이라도 있다는 말인가. 만약 그렇다면 아카이 씨가 아닐까. 사건 발생 이후 아카이 씨의 거동은 여러모로 의심스럽기만 했다. 게다가 고토노 산에몬의 집에서 금박 범벅이 되어 나온 적도 있다. 그야말로 또 다른 의미로 '황금광' 아닐까.

히로카즈 군은 내가 화단을 조사하러 유키가에 가려고 병실을 나올 때 등 뒤에서 묘한 말을 중얼거렸다. '여자를 찾아라'라는 뜻의 독일어 문구였다. 이 범행의 이면에는 '여자'가 있다는 의미일지도 모른다. 그런데 여자라고 하면 바로 머릿속에 떠오르는 사람은 시마코 씨인데 그녀가 이 사건과 무슨 관계가 있는 걸까. 아, 그러고 보면 도둑의 발자국은 여자 같은 안짱걸음이었다. 그리고 권총 소리가 난 바로 뒤 서재에서 '히사마쓰'라는 고양이가 뛰어나왔다. 그 '히사마쓰'는 시마코 씨의 애묘이다. 그러면 그녀가 설마? 설마.

그 외에 의심 가는 인물이 한 명 더 있었다. 늙은 하인 쓰네 씨이다. 그의 안경집은 분명 범죄현장에 떨어져 있었고 그는 그걸 일부러 화단에 파묻었다.

내가 그런 것을 생각하고 있는 동안 히로카즈 군이 번쩍 눈을 떴다. 한참을 기다리고 있던 하타노 씨 쪽으로 몸을 돌려 나직한 목소리로 천천히 이야기하기 시작했다.

"고토노 씨 아들이 가족들 모르게 집을 빠져나갔을지도 모르죠. 하지만 아무리 정신 나간 사람이라도 발자국을 내지 않고 걷는 건 절대 불가능합니다. 우물가에서 사라진 발자국을 어떻게 해석해야 할까요? 그게 사건 전체를 좌우하는 지점이고 근본적인 문제입니다. 이걸 스리슬쩍 감추고 범인을 찾겠다니 참 뻔뻔스러우십니다."

히로카즈 군은 거기까지 말하고 잠시 숨을 가다듬었다. 그런데 상처가 아픈지 눈썹을 심하게 찡그렸다.

경부는 히로카즈 군의 이야기가 상당히 논리적인 데다가 자신에 차 있어 다소 압도당했는지 가만히 다음 말을 기다리고 있었다.

"여기 있는 마쓰무라 군이."

히로카즈 군이 또 말하기 시작했다.

"그에 관해 실로 재미있는 가설을 세웠습니다. 아시는지 모르겠지만 그 우물 건너편에 개 발자국이 있었습니다. 그게 버선 자국을 뒤따라가는 형태로 반대편 도로까지 이어져 있었던 모양인데, 혹시 범인이 개 발자국을 본뜬 틀을 손과 발에 끼우고 네발로 기듯이 걸은 건 아닐까 하는 겁니다. 하지만 이 가설은 재미있기는 하지만 매우 비현실적입니다. 왜냐하면 자네⋯⋯."

그는 나를 보며 말했다.

"개 발자국이라는 트릭을 생각해낸 범인이라면 왜 우물까지 진짜 발자국을 남겨두었을까? 그러면 애써 생각해낸 좋은 방안이 허사가 되지 않겠나? 일부러 반만 개 발자국을 남기다니, 설령 미치광이의 행적이라 하더라도 생각할 수 없는 일이야. 게다가 미치광이가 그렇게 품이 드는 트릭을 고안해낼 리도 없고, 유감스럽게도 이 가설은 낙제야. 그러면 발자국의 불가사의는 여전히 남아 있게 되네. 그런데 하타노 씨. 어제 보여준 그 현장 겨냥도가 그려진 수첩을 가지고 계십니까? 실은 그 안에 그 발자국의 불가사의를 해결할 열쇠가 숨겨져 있지 않을까 생각했는데요."

다행히 하타노 경부의 주머니에는 그 수첩이 있었다. 그는 겨냥도가 그려진 페이지를 펴서 히로카즈 군의 머리맡에 놓았다. 히로카즈 군은 추리를 이어갔다.

"보십시오. 아까 마쓰무라 군에게도 이야기했는데 여기 보면, 오는 발자국과 돌아가는 발자국의 간격이 부자연스럽게 너무 벌어져 있습니다. 당신은 범죄자가 급히 서둘러 걸을 때 이렇게 돌아서 갈 거라고 생각하십니까? 또 하나, 왕복을 했는데 발자국이 하나도 겹치지 않은 것도 매우 부자연스럽습니다. 내 말의 뜻을 아시겠습니까? 이런 두 가지 부자연스러움이 이야기하는 바는 하나입니다. 그러니까 범인이 일부러 발자국이 겹치지 않도록 면밀히 신경 썼다는 걸 의미합니다. 어둠 속에서 발자국을 겹치지 않게 하려면 범인은 용의주도하게 이 정도는 떨어진 곳에서 걸어야 했던 거죠."

"그렇군요, 발자국이 겹치지 않았다는 건 아무래도 부자연스럽네요. 또는 당신의 논리대로 일부러 그렇게 했을지도 모르죠. 그런데 거기에 어떤 의미가 있는 겁니까?"

하타노 경부의 어리석은 질문이 답답하다는 듯 히로카즈가 말했다.

"그걸 모르시겠다니, 당신은 구제불능의 심리적 착각에 빠지셨습니다. 무슨 말인가 하면, 보폭이 좁은 곳이 오는 발자국, 넓은 쪽이 급히 도망치는 발자국이라는 생각, 그러니까 발자국은 우물에서 시작해서 우물에서 끝났다는 건 확고한 미신이죠."

"아, 그럼 그 발자국이 우물에서 우물로가 아니라 반대로 서재에서 시작해서 서재로 돌아간 발자국이란 말씀입니까?"

"그렇죠. 나는 처음부터 그렇게 생각했습니다."

"아뇨, 그럴 수는 없어요."

경부는 기를 쓰고 말했다.

"일견 지당한 듯해도 당신의 논리에는 심각한 결함이 있습니다. 그 정도로 용의주도한 범인이라면 왜 건너편 도로까지 걸어가지 않았을까요? 도중에 발자국이 없어지면 애써 짠 트릭이 아무것도 아닌 게 되잖습니까. 그 정도인 범인이 왜 그런 멍청한 실수를 했을까요? 이건 어떻게 해석하시겠습니까?"

"그건, 극히 사소한 이유입니다."

히로카즈 군은 막힘없이 대답했다.

"그날 밤은 특히 어두운 밤이었기 때문입니다."

"어두운 밤이요? 특히 어두운 밤이기 때문이라니, 우물까지 걸어갔는데 거기서 도로까지 정말 얼마 안 되는 거리를 걸어갈 수 없었다는 건 이치에 안 맞죠."

"아뇨, 그런 의미가 아니에요. 범인은 우물에서 건너편까지는 발자국을 남길 필요가 없었다고 오해한 겁니다. 우스꽝스런 심리적 착각이지요. 당신은 모르시나 본데 그 사건이 있기 2~3일 전까지 약 한 달간 우물 건너편 공터에는 고목재가 잔뜩 쌓여 있었습니다. 범인은 늘 그걸 봐왔기 때문에 결국 그런 오해를 한 겁니다. 그는 그걸 다른 곳으로 치웠다는 사실을 모르고 그날 밤에도 거기 목재가 있을 것이고 목재가 있으면 범인은 그 위를 지나갈 것이므로 발자국은 남지 않는다, 그러니 거기까지는 발자국을 남길 필요가 없다, 그렇게 생각한 거지요. 다시 말해 어두운 밤이기 때문에 그런 어처구니없는 착각을 한 겁니다. 어쩌면 범인이 발을 우물가 회반죽에 부딪혀 그게 목재라고 믿어버린 건지도 모르죠."

아, 이 얼마나 허망할 정도로 간단명료한 해석인가. 나는 고목재 산을 본 적 있다. 어디 보기만 했을까. 요전에 아카이 씨가 고목재에 대해 의미심장하게 말하는 것도 들었다. 그런데도 병상의 히로카즈 군이 해석해낼 수 있는 걸 나는 하지 못한 것이다.

"그렇다면 그 발자국은 범인이 외부에서 온 것처럼 위장하기 위한 트릭에 지나지 않는다는 거군요. 다시 말해 범인은 유키가 내부에 숨어 있었다고 생각하시는군요."

제아무리 하타노 경부라도 지금은 백기를 든 형국이었다. 그는 히로카즈 군의 입에서 빨리 진범의 이름을 듣고 싶어 안달이 난 모습이었다.

6. "산술 문제죠"

"발자국이 가짜라고 하면 범인이 공중으로 날아가지 않은 한 집 안에 있었다고밖에 생각할 수가 없습니다."

히로카즈 군은 추리를 펼쳐나갔다.

"다음으로 놈은 왜 금제품만 노렸나. 그 점이 정말 재미있습니다. 그건 한편으로는 도둑이 고토노 미쓰오라는 황금광이 있다는 걸 알고 그 미치광이의 소행처럼 꾸민 것입니다. 발자국을 남긴 것도 마찬가지 의미입니다. 하지만 그 외에도 이상한 이유가 하나 더 있습니다. 그건 금제품의 크기나 무게와 관계가 있습니다."

나는 두 번째였기 때문에 그 정도는 아니었지만 하타노 씨는 이 기묘한 논리에 어리둥절해져 묵묵히 히로카즈 군의 얼굴을 바라볼 뿐이었다. 병상의 아마추어 탐정은 아랑곳하지 않고 계속 말을 이어갔다.

"이 겨냥도가 확실히 그걸 말해주고 있습니다. 하타노 씨, 당신은 이 양관 밖까지 연장시킨 연못 그림을 의미도 없이 그냥 그려둔 겁니까?"

"그러면? ……아, 당신은……."

경부는 몹시 놀란 것 같았다.

"설마 그런 일이……."

그는 반신반의했다.

"고가의 금제품이라면 도둑이 노렸다 해도 부자연스럽지 않았을 겁니다. 또 모두 형태가 작고 무엇보다 충분히 무게가 나갑니다. 그럼 도둑이 훔쳐간 것처럼 보이게 하고 실제로는 연못에 던져버리기에 안성맞춤 아니겠습니까?

마쓰무라 군, 아까 자네에게 꽃병을 던져보라고 했던 건 그 꽃병이 도둑맞은 탁상시계와 비슷한 무게라고 생각했기 때문에 어느 정도 멀리까지 던질 수 있나 시험해본 거라네. 즉 연못 어디쯤에 도난품이 가라앉아 있을까 궁금했던 거지."

"하지만 범인은 왜 그렇게 번거롭게 위장을 해야 했을까요? 도둑의 소행으로 보이기 위해서라고 말씀하셨지만, 그렇다면 대체 무엇을 도둑의 소행으로 보이게 하려던 걸까요? 금제품 외에 도둑맞은 물건이라도 있는 겁니까? 도대체 무엇이 범인의 진짜 목적이라고 생각하십니까?"

경부가 물었다.

"뻔하지 않겠습니까. 바로 나를 죽이는 것이 놈의 목적이었죠."

"뭐라고요? 당신을 죽인다고요? 대체 누가요? 무슨 이유로요?"

"좀 기다려 보십시오. 내가 왜 그렇게 생각했는가 하면, 이 경우 도둑은 나를 향해 발포할 필요가 전혀 없었습니다. 어둠을 틈타 충분히 도망칠 수 있었죠. 권총 강도였다면 권총은 위협용이지 거의 발사할 일이 없어요. 더구나 고작 금제품을 훔치면서 사람을 죽이거나 상해를 입히게 되면 도둑 입장에서도 수지가 안 맞습니다. 절도죄와 살인죄는 형벌이 상당히 차이가 나거든요. 그리고 생각해보니, 그 발포도 매우 부자연스러웠죠. 그렇지 않습니까? 내 의심은 거기서 출발했습니다. 도둑으로 보이지만 진짜 목적은 살인이 아닐까 하는 의심이 든 거죠."

"그러면 당신은 대체 누구를 의심하고 계신 겁니까. 당신한테 원한을 품은 인물이라도 있습니까?"

하타노 씨는 답답한 듯했다.

"극히 간단한 산술 문제입니다. ······나는 누구도 미리부터 의심하지 않습니다. 갖가지 재료의 관계를 이론적으로 조사하고 당연한 결론에 도달하기 전까지는 말입니다. 그 결과가 맞을지 틀릴지는 당신이 현장을 조사해 보면 알게 됩니다. 예를 들어 연못 속에 과연 도난품이 가라앉아 있을까 하는 것도 그렇지요. ······산술 문제라는 것은 '2에서 1을 빼면 1이 된다'와 같이 지극히 명료한 것입니다. 더 이상 간단할 수 없는 문제이지요."

히로카즈 군은 말을 이어갔다.

"정원의 유일한 발자국이 가짜라면 도둑은 복도를 따라 본채 쪽으로 도망치는 것밖에 방법이 없습니다. 그런데 권총을 발사하던 찰나 고다 군이 그 복도를 지나갔습니다. 아시다시피 양관 복도에는 출구가 한쪽밖에 없고 전등도 켜져 있었습니다. 고다 군의 눈을 속이고 도망친다는 것은 전혀 불가능합니다. 바로 옆에 있는 시마코 씨의 방도, 당신이 조사해 봐서 알겠지만 전혀 숨을 수 있는 장소가 아닙니다. 즉, 이론으로 밀고 나가면 이 사건에는 범인이 존재할 여지가 전혀 없습니다."

"물론 나라고 해서 전혀 생각을 안 해본 건 아닙니다. 도둑은 본채 쪽으로 도망갈 수 없었다, 따라서 범인은 외부에서 들어왔다는 결론에 이른 거지요."

하타노 씨가 말했다.

"범인이 외부에도 내부에도 없었다, 그러면 마지막으로 남은 사람은 피해자인 나와 최초의 발견자인 고다 군 두 사람입니다. 하지만 피해자가 범인일 리는 없습니다. 세상 어느 얼간이가 자기 자신에게 권총을 발사하겠습니까. 그러므로 마지막에 남는 사람은 고다 군입니다. 2에서 1을 빼는 산술 문제가 이것이지요.
둘 중에서 피해자를 소거하면 마지막으로 남는 사람이 가해자일
수밖에 없습니다."

"그러면 당신은……."

경부와 나는 동시에 소리쳤다.

"그렇습니다. 우리는 착각에 빠졌던 것입니다. 한 인물이
우리의 맹점에 가려져 있었던 것입니다. 그는 불가사의한 방패
막이, 다시 말해 피해자의 친구이자 사건의 최초 발견자라는
방패막이로 가려졌던 것입니다."

"그렇다면 당신은 그걸 처음부터 알고 있었던 겁니까?"

"아뇨, 오늘 비로소 알게 되었습니다. 그날 밤에는 다만 검은
그림자만 보았을 뿐입니다."

"논리상으로는 그럴지 모르지만 설마 고다 군이……."

나는 뜻밖의 결론을 믿을 수 없어 그의 말에 끼어들었다.

"응, 그거야. 나도 친구들을 죄인으로 만들고 싶지는 않아.
하지만 잠자코 있으면 그 딱한 미치광이가 무고한 죄를 뒤집어써
야 하잖아. 게다가 고다 군은 결코 우리가 생각하는 것처럼
선량한 사람이 아니야. 이번에 쓴 수법만 봐도 그렇지. 사악한
지략이 한계를 넘어섰잖아. 정상적인 사람이 생각해낼 수 있는
방식이 아니야. 악마야, 악마의 소행이지."

"뭔가 확실한 증거라도 있습니까?"

경부는 역시 현실적이었다.

"그 외에는 범행을 저지를 수 있는 사람이 없기 때문입니다.

그것이 바로 증거 아니겠습니까? 하지만 증거를 원하신다면 없는 것도 아닙니다. 마쓰무라 군, 자네는 고다 군의 평소 걸음걸이가 생각나나?"

그 말을 들으니 문득 짚이는 것이 있었다. 고다가 범인이라고는 꿈에도 생각지 못했기 때문에 그만 그걸 까맣게 잊고 있었는데, 그는 분명 여자처럼 안짱걸음을 걸었다.

"그러고 보니, 고다 군은 안짱걸음이네."

"그것도 하나의 증거입니다. 그러나 더 확실한 것이 있습니다."

히로카즈 군은 시트 아래에서 안경집을 꺼내 경부에게 건네며 쓰네 씨가 그걸 숨긴 전말을 이야기해줬다.

"이 안경집은 원래 할아범의 소지품이었습니다. 그런데 할아범이 만약 범인이라고 가정하면 그는 그걸 화단에 묻을 필요가 전혀 없었습니다. 그냥 모르는 척 사용하면 될 뿐입니다. 아무도 현장에 안경집이 떨어져 있던 것을 몰랐기 때문이죠. 그러니까 안경집을 숨긴 것은 할아범이 범인이 아니라는 증거입니다. 그러면 왜 숨겼을까. 이유가 있습니다. 마쓰무라 군은 어째서 이걸 알아채지 못했을까요, 매일 함께 바다에 들어갔으면서도"

히로카즈 군의 설명에 따르면 다음과 같았다.

고다 신타로는 근시용 안경을 썼는데 유키가에 올 때 안경집을 준비해오지 않았다. 안경집이라는 물건은 늘 필요하지는 않지만 해수욕을 할 때 그게 없으면 벗은 안경을 둘 데가 없다. 그걸 보다 못한 쓰네 씨가 자신의 돋보기 안경집을 고다 군에게 빌려주었다. 이 사실은 (우둔하게 눈치채지 못한 나와는 달리) 히로카즈 군뿐 아니라 시마코 씨나 유키가의 서생들까지도 모두 알고 있었다. 그래서 쓰네 씨가 현장의 안경집을 보고 깜짝 놀라 고다 군을 감싸주기 위해 그걸 감추었던 것이다.

그런데 쓰네 씨는 무슨 연유로 고다 군에게 안경집도 빌려주고 고다 군의 죄도 감춰주려고 했는가. 그건 쓰네 씨가 고다 군의 아버지에게 신세를 많이 졌기 때문이고 유키가에 고용된 것도 고다 군 아버지의 소개 덕분이라고 했다. 따라서 은인의 아들인 고다 군에게 예사롭지 않은 호의를 보인 것이다. 나도 전부터 이런 사정을 전혀 모르지는 않았다.

"하지만 그 영감은 단지 안경집이 떨어져 있었을 뿐인데 어째서 그렇게 쉽사리 고다를 의심한 걸까요. 좀 이상하네요."

역시 하타노 씨가 핵심을 찔렀다.

"그것도 이유가 다 있습니다. 그 이유를 이야기하면 자연히 고다 군의 살인미수 동기도 밝혀질 겁니다."

히로카즈 군은 좀 쑥스럽다는 듯이 이야기를 시작했다.

한마디로 히로카즈 군, 시마코 씨, 고다 군이 이른바 삼각관계라는 것이다. 한참 전부터 아름다운 시마코 씨를 대상으로 히로카즈 군과 고다 군 사이에는 암묵의 투쟁이 벌어지고 있었다고한다. 이 이야기를 처음 시작할 때 말한 대로 두 사람은 나보다도훨씬 친한 사이였다. 그도 그럴 것이 부친들끼리도 예전부터친한 친구 사이였기 때문이었다. 나는 그 두 사람의 마음속에서일어난 격렬한 투쟁에 관해서 거의 무지했다. 히로카즈 군과 시마코 씨가 정혼을 하였고, 고다 군도 시마코 씨에게 관심이 없지 않았다는 것 정도는 어렴풋이 알고 있었지만 설마 상대를 죽이지 않으면 안 될 정도로 궁지에 몰린 심정이었다고는 꿈에도 생각지 못했다. 히로카즈 군이 말했다.

"부끄러운 이야기지만 우리는 다른 사람 없는 곳에서 그 문제를 대놓고 말하지는 않았어도 사소한 걸 빌미로 자주 말다툼을 했어. 아니, 아이들처럼 치고받고 싸우기까지 했지. 진흙탕 위에서 뒹굴며 시마코 씨는 내 거라고 서로 마음속으로 외쳤던 거야. 가장 참을 수 없었던 건 시마코 씨의 태도가 애매했다는 거였지. 우리 둘 중 누구에게도 실연을 안겨줄 정도로 단호한 태도를 보이지 않았거든. 그래서 고다 군 입장에서는 정혼이라고 하는 큰 강점을 가졌던 나를 죽여 버리고 싶은 마음이 들었는지도 몰라. 우리의 이런 이전투구를 쓰네 할아범은 잘 알고 있었던 거지. 사건이 있던 날도 우리는 정원에서 으르렁거리며 말다툼을 했어. 할아범은 분명 그것도 들었을 거야. 그래서 고다 군이 가지고 있던 안경집을 보고 충직한 가신의 직감으로 무시무시한 의미를 깨달은 거지. 왜냐하면 고다 군은 평소 그 서재에 거의 들어가지 않았고, 권총 소리를 듣고 그가 뛰어왔을 때도 문을 열고 쓰러져 있는 나를 보자마자 그대로 안채로 달려갔거든. 그래서 방의 가장 안쪽에 있던 창가에 안경집을 떨어뜨릴 겨를도 없었지."

이로써 모든 것이 명백해졌다. 히로카즈 군의 논리 정연한 추리에는 제아무리 하타노 경부라도 이의를 제기할 여지가 없는 듯했다. 이제 남은 일은 연못 바닥에서 도난품을 확인하는 것뿐이었다.

우연인지 다행히 얼마 후에 경찰서에서 하타노 경부가 희소식을 전해왔다. 그날 밤 유키가 연못 바닥에 가라앉았던 도난품을 경찰에 신고한 사람이 있다는 것이었다. 연못 바닥에는 그 금제품들 외에도 흉기인 권총과 발자국을 남긴 버선, 유리창을 도려낸 도구까지 모두 발견되었다고 했다.

독자 여러분도 이미 상상하셨겠지만 그 물건들을 연못 바닥에서 찾아낸 사람은 바로 아카이 씨였다. 그날 밤 아카이 씨가 진흙투성이로 유키가 연못을 어슬렁거렸던 것은 연못에 빠졌기 때문이 아니라 도난품을 꺼내기 위해서 일부러 들어갔던 것이다.

나는 그가 범인일지 모른다고 의심했지만 완전히 잘못 짚었다. 반대로 그 역시 우수한 아마추어 탐정이었던 것이다.

내가 그렇게 말하자 히로카즈 군이 말했다.

"나는 처음부터 눈치챘어. 쓰네 할아범이 안경집을 묻은 곳을 엿보고 있었던 것도, 고토노 산에몬 집에서 금 범벅이 되어 나온 것도 모두 사건을 조사하느라 그런 거였지. 그 사람의 행동이 내 추리에 상당히 참고가 되었어. 실제로 이 안경집을 발견할 수 있었던 것도 다시 말하지만 아카이 씨 덕분이야. 아까 자네가 아카이 씨가 연못에 빠졌다는 말을 할 때도 벌써 거기까지 생각이 미친 건가 놀랄 정도였어."

다음 내용들은 직접 보고 들은 것은 아니지만 편의상 순서에 따라 기록해두자면, 연못에서 나온 물건 중 버선은 수면 위로 떠오를까 두려웠는지 무거운 재떨이와 함께 손수건에 싸서 가라앉혔다. 손수건은 고다 신타로의 것이 틀림없다고 밝혀졌다. 그 수건 끝에 검은 글씨로 S·K라는 그의 이니셜이 있었기 때문이다. 그도 설마 연못 바닥에 가라앉은 물건을 꺼내리라고는 생각지 못했던지 손수건의 이니셜은 놓친 모양이었다.

다음 날 고다 신타로가 살인미수 피의자로서 연행된 것은 말할 필요도 없었다. 그는 겉으로는 꽤 고분고분해 보였지만 매우 고집이 센 사람이었다. 아무리 추궁을 당해도 좀처럼 속을 털어놓지 않았다. 그리고 사건 직후 어디에 있었는지 몰아붙여도 입을 꾹 다물고 아무 말도 하지 않았다. 다시 말해 권총을 발사할 때까지의 알리바이가 성립하지 않았다. 그는 얼굴을 식히기 위해 현관으로 나갔다고 주장했지만 유키가에 있던 서생의 증언으로 그 주장은 순식간에 뒤집히고 말았다. 그날 밤 한 서생이 내내 현관 옆방에 있었던 것이다. 아카이 씨가 실제로 담배를 사러 나갔다는 것도 그 서생의 입을 통해 알게 되었다. 그러나 제아무리 고집을 피운다 한들 증거가 너무 완벽해서 별수 없었다. 게다가 알리바이조차 성립되지 않았던 것이다. 두말할 것도 없이 그는 기소되어 정식 재판을 받게 되었다. 미결수 신분이 된 것이다.

7. 사구砂丘 그늘

그로부터 약 일주일 후 나는 유키가를 방문했다. 히로카즈 군이 퇴원했다는 소식을 접했기 때문이다.

아직 집 안에는 침울한 공기가 감돌고 있었다. 무리도 아니었다. 외동아들인 히로카즈 군이 퇴원은 했지만 멀쩡했던 몸이 사고로 불구자가 되어버렸기 때문이다. 소장과 부인 모두 각자의 방식으로 내게 푸념을 했다. 그중에서도 가장 괴로운 입장에 처한 건 시마코 씨였다. 그녀는 부족하나마 사죄라도 하려는 마음 때문이었는지 마치 친절한 아내처럼 몸이 불편한 히로카즈 군을 곁에서 돌봐주고 있다고 부인이 말해주었다.

히로카즈 군은 생각보다 건강했다. 이제 피비린내 나는 사건은 잊어버린 듯 소설의 복안腹案 같은 이야기를 들려주었다. 저녁에는 아카이 씨가 찾아왔다. 나는 그 사람을 터무니없이 의심한 게 내심 미안해서 전보다 더 살갑게 말을 걸었다. 히로카즈 군도 아마추어 탐정의 방문을 반기는 눈치였다.

저녁식사 후 우리는 시마코 씨와 함께 넷이서 해안으로 산책하러 갔다.

"목발이 의외로 편리한 물건이야. 봐, 이렇게 뛸 수도 있으니까."

히로카즈 군은 유카타의 옷자락을 뒤집어 나는 것 같은 포즈로 이상하게 뛰어갔다. 새 목발 끝이 바닥에 닿을 때마다 따각따각 소리가 을씨년스러웠다.

"위험해, 위험하다니까."

시마코 씨는 조마조마한 마음으로 그의 뒤를 따라가면서 소리쳤다.

"우리 지금부터 유이가하마 해변으로 공연 보러 가자."

히로카즈 군이 한껏 들떠서 동의를 구했다.

"걸을 수 있겠습니까?"

아카이 씨가 불안한 듯 물었다.

"괜찮아, 1리[7]쯤은. 공연장은 10정도 안 되잖아."

신참 불구자는 걸음마를 시작하는 아이처럼 걷는 기쁨을 만끽했다. 우리는 서로 농담을 주고받았고, 시원한 바람에 소맷자락을 펄럭이며 달밤의 시골길을 걸었다. 도중에 이야기가 끊겨 네 명 다 말없이 걷고 있을 때 무슨 생각이 났는지 아카이 씨가 킥킥대고 웃기 시작했다. 몹시 재미있다는 듯이 한참 동안 웃음을 멈추지 않았다.

"아카이 씨, 뭐가 그렇게 웃겨요?"

시마코 씨가 참다못해 물었다.

"아니에요, 별거 아닙니다."

아카이 씨는 여전히 웃으며 대답했다.

"지금 사람 다리와 관련해서 이상한 생각이 들어서요. 몸집이 작은 사람은 그에 비례해 발도 자그마한 것이 당연하겠죠. 그런데 몸집은 작은 주제에 발만 몹시 큰 사람도 있다는 걸 알았네요.

....
7_   약 393m. 1리里=392.72m

우스꽝스럽지 않겠습니까, 발만 크다면?"

아카이 씨는 그렇게 말하고 또 킥킥 웃었다.

시마코 씨는 예의상 "그러네요"라며 웃음으로 대꾸했지만 뭐가 재미있다는 건지 모르겠다는 눈치였다. 아카이 씨는 역시 말이나 행동이 어딘가 이상했다. 묘한 사람이었다.

여름밤의 유이가하마는 축제 때처럼 밝고 떠들썩했다. 해변 무대에서는 가구라[8] 공연이 시작되었다. 인파가 새카맣게 모여들었다. 무대 둘레에는 갈대발을 친 거리가 생겼다. 찻집과 레스토랑, 잡화점, 과일가게. 그리고 100촉 전등과 축음기, 하얀 분을 짙게 바른 여인들.

우리는 분위기 밝은 찻집에 앉아 시원한 음료를 마셨는데 거기서 아카이 씨가 또 예의에 벗어난 행동을 했다. 그는 요전에 연못 바닥을 수색할 때 유리 조각에 손가락을 찔렸다며 상처에 붕대를 감고 있었다. 그 붕대가 찻집에 있는 동안 풀려 그는 입까지 동원해가며 묶으려 했지만 좀처럼 묶어지지 않았다. 보다 못한 시마코 씨가 "제가 묶어드릴까요?"라며 손을 내밀었지만 아카이 씨는 무례하게 호의를 무시하고 옆에 앉아 있던 히로카즈 군에게 손가락을 내밀었다. "유키 씨, 미안하지만"이라 말하며 기어이 히로카즈 군에게 매듭을 묶게 했다. 역시 그는 천성이 비상식적인 놈 아니면 일부러 삐딱선을 타는 놈일 것이다.

....
8_ お神樂. 제천의식 때 연주하는 일본 고유의 무악.

잠시 후 히로카즈 군과 아카이 씨는 탐정 이야기를 시작했다. 둘 다 이번 사건에서 경찰을 제치고 막대한 공훈을 세웠기 때문에 이야기에 탄력이 붙는 것도 당연했다. 둘의 이야기가 탄력을 받을수록 그들은 보통 때처럼 국내외의 실제 탐정, 또는 소설 속 명탐정들을 깎아내리기 시작했다. 히로카즈 군이 평소에도 눈엣가시로 여기는『아케치 고고로 탐정담』의 주인공이 표적이 된 것은 말할 필요도 없다.

"그 사람은 아직 정말로 똑똑한 범인을 다뤄본 적이 없어요. 보통 혼해 빠진 범인을 취급하는데 명탐정이라고는 할 수 없죠."

히로카즈 군은 그런 식이었다.

찻집을 나가서도 두 사람의 탐정 이야기는 좀처럼 끝나지 않았다. 자연히 우리는 두 조로 나뉘었고 시마코 씨와 나는 이야기 삼매경에 빠진 두 사람보다 한참 앞서 걷고 있었다.

시마코 씨는 인적 없는 해안가를 걸으며 소리 높여 노래했다. 나도 아는 곡은 함께 불렀다. 달빛이 무수히 많은 은가루로 변해 파도 위에서 춤을 췄고, 선선한 갯바람이 소맷자락을, 옷자락을, 그리고 우리의 노랫소리를 저 멀리 소나무 숲으로 날려 보냈다.

"저 사람들을 놀라게 해줄까요?"

갑자기 적극적이 된 시마코 씨가 내게 장난스럽게 말을 건넸다. 뒤돌아보니 두 아마추어 탐정은 아직도 열심히 이야기하며 1정은 뒤처져 걸어오고 있다.

"저기요, 저기."

시마코 씨가 옆의 큰 사구를 가리키며 자꾸 재촉했다. 나도 갑자기 마음이 동해 술래잡기하는 아이처럼 함께 사구 그늘에 몸을 숨겼다.

"어디 간 걸까?"

잠시 후 뒤따라오던 두 사람의 발소리가 가까워지며 히로카즈 군의 목소리가 들렸다. 그들은 우리가 숨은 것을 몰랐다.

"설마 미아가 된 건 아니겠죠. 그보다 우리 여기서 잠깐 쉴까요? 목발을 짚고 모래 위를 걷는 게 피곤하시지요?"

아카이 씨의 목소리가 들렸고 두 사람도 거기에 앉은 모양이었다. 우연인지 사구를 끼고 우리와 등을 마주한 위치였다.

"여기라면 아무도 못 듣겠죠. 실은 당신과 은밀히 하고 싶은 이야기가 있습니다."

아카이 씨의 목소리였다. 우리는 당장이라도 와락 달려들 채비를 하고 있었는데, 그 소리에 다시 주저앉았다. 엿듣는 것은 나쁜 일이었지만 어색해서 나가려 해도 나갈 수 없는 상황이 되어버렸다.

"당신은 정말 고다 군이 진범이라고 믿으십니까?"

아카이 씨의 차분하게 가라앉은 목소리가 들렸다. 그는 이제 와서 괴상한 이야기를 꺼냈다. 하지만 나는 그 소리에 흠칫 놀라 귀를 쫑긋 세우지 않을 수 없었다.

"믿는 것도 믿지 않는 것도 아니지요."

히로카즈 군이 말했다.

"현장 부근에 두 사람밖에 없었고, 한 사람이 피해자면 다른 한 사람은 범인이라고 할 수밖에 없지 않겠습니까? 게다가 수건이나 안경집 같은 증거도 충분했고요. 그래도 당신은 아직 의심스러운 점이 있다고 생각하십니까?"

"실은, 고다 군이 드디어 알리바이를 만들어냈어요. 나는 이 사건의 예심판사와 친분이 있는 사이라서 아직 항간에 알려지지 않은 사실을 알고 있습니다. 고다 군이 권총 소리를 들었을 때 복도에 있었다는 것도, 그 전에 현관에 얼굴을 식히러 나갔다는 것도 모두 거짓말이라고 합니다. 그가 그런 거짓말을 한 것은 도둑질보다도 더 수치스러운 짓을 했기 때문이라고 합니다. 그때 시마코 씨의 일기장을 몰래 본 것이죠. 이 주장은 아귀가 잘 들어맞습니다. 권총 소리에 놀라 뛰어나갔기 때문에 일기장이 그대로 책상 위에 내팽개쳐져 있었던 것입니다. 그렇지 않았더라면 일기장을 몰래 보고 나서는 의심 받지 않도록 원래대로 서랍에 넣어두는 게 당연하겠죠. 그렇다는 건, 고다 군이 권총 소리에 놀란 것도 정말이라는 거죠. 다시 말해 그가 권총을 발사하지 않은 게 되니까요."

"왜 일기장을 보고 있었던 거죠?"

"모르시겠습니까? 그는 사랑하는 시마코의 본심을 판단할 수 없었기 때문이죠. 일기장을 보면 혹시 그걸 알 수 있지 않을까 생각한 겁니다. 가엾은 고다 군이 그렇게 안절부절 했던 이유를 모르시겠습니까?"

"그러면 예심판사는 그 주장을 믿습니까?"

"아니오, 믿지 않았습니다. 당신도 말했듯이 고다 군에게 불리한 증거가 너무 많았거든요."

"그렇겠죠. 그런 빈약한 주장이 무슨 소용이 있겠어요."

"그런데 고다 군에게 온갖 불리한 증거가 다 있는 반면 유리한 증거도 좀 있는 듯합니다. 첫째, 당신을 죽일 목적이었다면 왜 생사도 확인하지 않고 사람을 불렀는가 하는 점입니다. 아무리 당황했다 해도 한편으로는 사전에 거짓 발자국을 남겨둘 정도로 용의주도했던 걸 생각해보면 앞뒤가 너무 안 맞는 것 같지 않습니까? 둘째, 그는 거짓 발자국을 남길 경우 오고 간 방향이 반대라는 것을 간파당하지 않기 위해 발자국을 겹치지 않게 할 정도로 주도면밀합니다. 하지만 그런 그가 자신의 습관대로 안짱걸음을 걸은 발자국을 남겨둔 건 믿기 힘들죠."

아카이 씨의 목소리가 계속 들렸다.

"단순하게 생각하면 살인이란 단지 사람을 죽인다, 권총을 발사한다, 이런 하나의 행위에 지나지 않지만, 복잡하게 생각하면 수백 수천 가지의 사소한 행위가 모여서 생겨난 것입니다. 특히 남에게 죄를 전가하기 위해 기만이 필요한 경우에는 더 심하지요. 이번 사건도 안경집, 버선발, 가짜 발자국, 책상 위에 내팽개쳐진 일기장, 연못 바닥의 금제품 등 굵직굵직한 요소만 열거해도 열 가지는 됩니다. 그 각각의 요소와 관련해 범인의 일거수일투족을 면밀히 따라가 보면 거기에 수백 수천 가지의 특수한 행동들이 존재한다는 걸 알 수 있습니다. 그래서 만약 활동사진 필름의 한 콤마 한 콤마를 검사하듯 탐정이 그 작은 행위를 하나하나 추리할 수만 있다면, 어느 정도 두뇌가 명석하고 용의주도한 범인이라도 도저히 처벌을 면할 수 없을 것입니다. 그러나 아쉽게도 거기까지 추리하는 건 인간의 힘으로 불가능합니다. 따라서 우리는 아무리 미세하고 하찮은 것이라도 부단히 주의를 기울이며 범죄필름의 중요한 한 콤마와 요행히 맞닥뜨리기를 기다릴 수밖에 없습니다. 그런 의미에서 나는 어렸을 때부터 몇 억 번인지도 모르는 반복을 통해 주의를 기울이는 게 반사운동이나 다름없어졌죠. 예를 들어 저 사람은 걸을 때 오른발부터 걸을까 왼발부터 걸을까, 수건을 짤 때 오른쪽으로 비틀까 왼쪽으로 비틀까, 옷을 입을 때 오른팔부터 집어넣을까 왼팔부터 집어넣을까, 언뜻 보면 이런 극히 사소한 것들이 범죄조사를 할 때는 매우 중요한 결정 요소가 되지 않으리란 보장이 없기 때문이죠.

그리고 고다 군에 대한 세 번째 반증인데, 그건 버선과 추의 역할을 했던 재떨이를 싼 손수건의 매듭입니다. 나는 그 매듭을 그대로 보존하려고 안에 있던 물건을 빼고 수건은 매듭이 묶인 그대로 하타노 경부에게 전해주었습니다. 매우 중요한 증거품이라고 생각했기 때문입니다. 그게 어떤 모양으로 묶여 있는가 하면, 우리 지방에서 흔히 세로 매듭이라고 합니다만, 묶인 양 끝이 매듭의 하부와 직각을 이루어 십자모양으로 보이는 것, 다시 말해 아이들이 매듭을 잘못 묶었을 때 나오는 것 같은 모양이었습니다. 극소수를 제외하면 어른들은 보통 그렇게 묶지 않습니다. 일부러 그렇게 묶으려 해도 잘 안 되죠. 그래서 나는 급히 고다 군의 집을 방문해서 그의 어머니께 고다 군이 뭔가 묶어놓은 매듭이 없는지 찾아달라고 부탁했습니다. 다행히 고다 군이 스스로 철한 장부 끈과 서재 전등을 매단 두꺼운 새끼줄, 그 밖에도 매듭을 묶는 버릇을 알 수 있는 것이 서너 개 더 나왔습니다. 그런데 예외 없이 모두 보통 방법으로 묶여 있었습니다. 설마 고다 군이 수건 묶는 방법까지 기만했다고는 생각하지 않겠지요. 매듭보다 훨씬 위험한데도 이니셜이 들어간 손수건은 또 아무렇지 않게 사용할 정도였으니까요. 그게 고다 군에게는 하나의 유력한 반증입니다."

아카이 씨의 목소리가 잠시 끊겼다. 히로카즈 군은 아무 말도 하지 않았다. 아카이 씨의 미세한 관찰에 깊이 감동했을 것이다. 그들의 말을 엿듣던 우리도 매우 진지해졌다. 그런데 시마코 씨는 숨결이 거칠어지고 몸도 조금씩 떨리고 있었다. 민감한 그녀는 이미 무시무시한 사실을 알아차린 걸까.

8. THOU ART THE MAN[9]

잠시 후 아카이 씨의 낄낄 웃는 소리가 들렸다. 그는 어쩐지 으스스하게 한참을 웃어대다가 마침내 이야기를 시작했다.

"그리고 네 번째 가장 중요한 반증이, 으흐흐흐흐, 정말 너무 우스운 것 같습니다. 그 버선에 관해 말도 안 되는 착각을 했기

....
9_ 범인은 바로 당신입니다. "나는 이제 오이디푸스가 되어 래틀버러 수수께끼를 풀고자 한다"로 시작하는 에드거 앨런 포의 단편 소설 제목.

때문입니다. 연못 바닥에서 꺼낸 버선은 역시 땅바닥에 찍힌 발자국과 일치했습니다. 거기까지는 변명의 여지가 없습니다. 물에 젖었다고는 하나 고무바닥은 수축되지 않으므로 원래 형태를 확실히 알 수 있거든요. 나는 시험 삼아 치수를 재보았는데 10문[10] 버선과 같은 크기였습니다. 그런데 말입니다."

아카이 씨는 또 잠시 멈췄다. 다음 말을 꺼내는 게 아쉬운 듯했다.

"그런데 말입니다."

아카이 씨는 낄낄 웃으며 말을 이었다.

"우스운 게 그 버선은 너무 작아 고다 군의 발에는 맞지 않습니다. 아까 수건 때문에 고다 가를 방문했을 때 어머니께 여쭤보았더니 고다 군은 작년 겨울에도 이미 11문의 버선을 신었다더군요. 이것만으로도 고다 군의 무죄는 확정적입니다. 왜냐하면 자기 발에 맞지 않는 버선이라면 결코 불리한 증거는 아니겠지요. 어째서 애써 추를 매달아 가라앉혔을까요?

이런 우스운 사실을 경찰이나 법원에서는 아직 모르는 모양입니다. 너무 예상 밖의 멍청한 착각이라서요. 취조가 진행되는 동안 착오를 알아차릴 수도 있겠지요. 아니, 그 버선을 혐의자에게 신겨볼 만한 기회가 생기지 않으면 아무도 눈치채지 못하고 끝나버릴 수도 있고요.

그의 어머니도 말씀하셨는데 고다 군은 키에 비해 발이 매우

....
　10_ 약 240cm. 1문^文=2.4cm.

크다고 합니다. 그것이 착오의 근원이지요. 추측컨대 진범은 고다 군보다 키가 약간 큰 놈입니다. 놈은 자기 버선 치수를 생각해서 자기보다 키가 작은 고다 군이 설마 자기보다 큰 버선을 신을 리가 없다고 멋대로 생각했기 때문에 이런 우스운 착오가 생긴 건지도 모르겠네요. 증거를 나열하라면 아직 많습니다."

히로카즈 군이 갑자기 초조하게 외쳤다.

"결론을 말해주십시오. 당신은 도대체 누가 범인이라는 겁니까?"

"그건 당신입니다."

아카이 씨는 마치 정면에서 집게손가락으로 히로카즈 군을 가리키듯 침착한 목소리로 말했다.

"아하하……. 깜짝 놀랐잖아요. 농담은 그만하시죠. 세상 어디에 아버지의 소중한 물건들을 연못에 던지고 자신에게 권총을 발사하는 놈이 있겠습니까? 놀라게 좀 하지 마세요."

히로카즈 군은 얼빠진 목소리로 부정했다.

"범인은 당신입니다."

아카이 씨는 같은 어조로 반복해 말했다.

"당신 제정신으로 하는 말입니까? 무슨 증거로? 무슨 이유로?"

"지극히 명백합니다. 당신 말을 빌자면 간단한 산술 문제에 지나지 않습니다. 2에서 1을 빼면 1. 둘 중에서 고다 군이 범인이 아니라면, 아무리 부자연스러워 보여도 남은 당신이 범인입니다. 자신의 허리끈 매듭에 손을 대보십시오. 매듭 끝이 세로로 되어 있을 겁니다. 당신은 어릴 때부터 매듭을 잘못 묶던 버릇이 어른이 되어서도 그대로 나타나는 거죠. 그 점만은 드물게 서툴 렀습니다. 하지만 허리끈은 뒤로 묶는 것이라서 예외일지도 모른다고 생각해 나는 아까 당신에게 이 붕대를 묶어달라고 했던 것이었습니다. 보세요. 역시 십자 모양의 잘못된 매듭입니다. 이것도 하나의 유력한 증거 아니겠습니까?"

아카이 씨는 착 가라앉은 목소리로 매우 정중하게 이야기했다. 그게 더 오싹한 느낌을 주었다.

"그렇다면 나는 왜 내 자신을 쏘아야 했을까요. 나는 겁쟁이고 허세쟁입니다. 그런 내가 고작 고다 군을 함정에 빠뜨리기 위해 고통을 느끼며 평생 불구자로 사는 멍청한 짓을 하겠어요? 그것 말고도 얼마든지 방법이 있을 텐데요."

히로카즈 군의 목소리에는 확신이 담겨 있었다. 그럼 그렇지, 아무리 고다 군이 밉기로서니 히로카즈 군이 본인의 생명에 위협을 줄 수 있는 큰 상처를 입다니 말도 안 되지. 피해자가 곧 가해자라니 그런 어처구니없는 이야기가 있겠는가. 아카이 씨는 터무니없는 착각을 하고 있는지도 몰랐다.

"그 점입니다. 바로 그 믿을 수 없는 점 때문에 이 범인의 크나큰 기만이 드러나지 않은 거죠. 이 사건의 경우 모든 사람들이 최면술에 걸렸습니다. 근본적으로 일대 착오에 빠졌지요. 그건 '피해자는 동시에 가해자가 될 수 없다'는 미신입니다. 따라서 이 범죄가 단지 고다 군을 무고한 죄에 빠뜨리기 위해서 저질러졌다는 생각도 엄청난 착오입니다. 그런 건 정말 작은 부산물에 지나지 않습니다."

아카이 씨는 아주 천천히 정중하게 말을 이어갔다.

"철저하게 머릿속에서 나온 범죄입니다. 하지만 진짜 악인의 사고가 아니라 차라리 소설가의 공상이었던 거죠. 당신은 혼자서 피해자, 범인, 탐정, 즉 1인 3역을 연기하겠다는 생각을 떠올리고 기고만장했죠? 고다 군이 쓰던 안경집을 훔쳐내 현장에 떨어뜨려 놓은 것도 당신이었습니다. 금제품을 연못에 빠뜨린 것도, 창문 유리를 깬 것도, 위장을 위해 발자국을 찍어놓았던 것도 모두 말할 필요도 없이 당신이었습니다. 그렇게 해두고 옆방에 있는 시마코 씨의 서재에서 고다 군이 일기장을 보는 기회를 이용해서(이 일기장도 당신이 슬며시 암시를 줘서 본 것 아닙니까?), 화약이 타지 않게끔 권총을 쥔 손을 높이 들어 가장 멀리 떨어진 발목을 쏜 것이죠. 당신은 그 소리를 듣고 옆방에 있던 고다 군이 달려오리라고 예상했습니다. 동시에 사랑하는 사람의 일기를 몰래 보았다는 부끄러움 때문에 고다 군은 알리바이도 주장하지 못할 것이며 틀림없이 애매하고 의심받기 쉬운 태도를 보일 거라고도 예상했습니다.

총을 쏘고 당신은 아픈 상처를 참아가며 마지막 증거품인 권총을 열려 있던 창문 바깥의 연못으로 던졌습니다. 당신이 넘어져 있던 발의 위치가 창문, 그리고 연못과 일직선상에 있었던 것이 하나의 증거입니다. 이는 하타노 씨의 겨냥도에도 확연히 드러나 있습니다. 그리고 모든 일이 끝나자 당신은 정신을 잃고 쓰러집니다. 아니 그런 척했다는 편이 맞을지도 모르겠군요. 발목의 상처는 결코 가볍지 않았지만 생명에 위협을 줄 정도는 아니었습니다. 당신의 목적에 딱 맞는 부족하지 않을 정도의 상처였지요."

"아하하하하. 과연 그렇군요. 언뜻 들으면 이치에 맞는 사고군요."

기분 탓인지 몰라도 히로카즈 군의 목소리는 침착함을 잃은 듯했다.

"하지만 그런 목적을 달성하기 위해 멀쩡한 몸을 불구로 만드는 것도 좀 이상하죠. 아무리 증거가 충분해도 나는 이것만으로도 무죄 방면인 것 같은데요."

"바로 그겁니다. 아까도 말씀드리지 않았습니까. 고다 군을 죄에 빠뜨리는 것도 하나의 목적이 틀림없다고. 그러나 진짜 목적은 다른 데 있었습니다. 당신은 스스로 겁쟁이라고 말씀하셨습니다. 그 말 그대로입니다. 자기 자신을 쏜 건 당신이 극심한 겁쟁이였기 때문이었습니다. 그런데 당신은 아직도 어물쩍 넘기려 하시네요. 내가 그걸 모를 거라 생각하십니까? 자, 들어보시죠. 당신은 극단적인 군대 공포증을 가지고 있습니다. 당신은 징병 검사에 합격해서 연말에는 입영해야 되죠. 그걸 어떻게든 피하려 했던 겁니다. 나는 당신이 학생 때 근시용 안경을 써서 일부로 시력을 악화시키려 했던 것도 알아냈습니다. 또, 당신의 소설을 읽고 당신의 의식 아래 숨어 있는 군대 공포의 유령을 발견했습니다. 무엇보다 당신은 군인의 아들입니다. 일시적인 방편은 오히려 발각될 우려가 있었겠죠. 그래서 당신은 내장을 손상시키거나 손가락을 절단하는 것 같은 상투적인 수단을 배제하고 과감한 방법을 택했습니다. 게다가 그것은 일석이조의 묘안이기도 했던 것입니다. ……자, 어떻습니까? 확실히 말하십시오. 아직 할 이야기가 더 남았습니다.

히로카즈 씨, 정신을 잃은 줄 알고 깜짝 놀랐습니다. 제대로 말하세요. 나는 당신을 경찰에 넘길 생각은 아닙니다. 다만 내 추리가 맞았는지 확인하고 싶었던 것입니다. 그러나 설마 이대로 입을 다물 생각은 아니시겠죠. 게다가 당신은 벌써 당신이 무엇보다도 두려워할 처벌을 받고 있습니다. 지금 이 사구 뒤에서 당신이 가장 듣지 말았으면 하는 여성이 우리 이야기를 듣고 있습니다.

그럼 나는 여기서 작별인사를 하지요. 당신은 혼자서 조용히 생각할 시간이 필요할 겁니다. 다만 작별하기 전에 내 본명을 아뢰옵죠. 나는 당신이 평소 경멸해마지 않던 아케치 고고로입니다. 당신 아버님의 의뢰를 받아 비밀리에 육군 내 도난사건을 조사하기 위해 가명으로 당신 집에 출입했던 것입니다. 당신은 아케치 고고로가 논리만 따진다고 말씀하셨죠? 하지만 그런 내가 소설가의 공상보다는 실질적이라는 것은 아시겠지요. ……그럼 안녕히 계십시오."

잠시 동안 경악과 당혹감 때문에 말이 다 들리지 않았던 내 귀에 모래를 걸어 멀리 사라지는 아카이 씨의 조용한 발소리가 들려왔다.

작가의 말

트릭이 언급된 부분이 있으니
주의하시기 바랍니다.

난쟁이

1. 난쟁이 잡기雜記

대인기피증과 히스테리가 생기는 바람에 본지 독자들과는 그간 격조했다. 다른 글을 썼느냐고 묻는다면 곤혹스러울 따름이다. 빼도 박도 못하는 약속을 했고 먹고살기 위해 끊임없이 글을 쓰느라 힘을 다 소진하는 바람에 그 혐오감이 온몸에 남아 있어 여력이 없었다. 최근 자를 것은 자르고 끝낼 것은 다 끝내고 나니 겨우 한가해졌다. 사정이 허락하면 당분간 집필을 쉬고 싶다. 지금 같은 작품을 앞으로도 계속 쓴다고 생각하니 신물이 나서 펜을 들 열의조차 생기지 않는다. 게다가 요즘은 그다지 새로운 아이디어도 없다. 먹는 것을 줄이더라도 글은 쓰고 싶을 때만 썼으면 한다. 최근처럼 감흥 없이 그저 문장만 나열한다면 독자들에게도 미안하고 내 자신도 유쾌하지 않다.

매달 한 편이라도 잡지에 내 작품이 실리지 않으면 꽤 서운한 기분이 들지만 마음에 안 드는 것을 쓰는 것보다는 서운한 기분을 견디는 것이 낫다. 그렇다고 소설을 포기하겠다는 말이 아니다. 나처럼 예술 외에는 세상만사 흥미가 없는 사람은 쓰고 읽는 것 외에는 다른 낙이 없다. 최소한 일생에 한편이라도 정말 내 작품이다 싶은 글을 쓰고 싶다. 이런 말을 하면 통속작가인 주제에 건방져 보일지도 모르겠다.

나는 최근 요코미조 세이시[1] 군의 모던한 취향이 흥미롭다(다른 모던한 것은 잘 모르겠다). 이 글도 그에 대해 쓰려고 생각했는데 미즈타니 준[2] 군이 그보다는 난쟁이에 관해 쓰라고 해서 단념했다.

미즈타니 군이 생각하는 난쟁이란 틀림없이 <아사히신문朝日新聞>에 연재했던 「난쟁이」일 텐데 그 작품을 생각하면 정말 낯 뜨거울 뿐이다. 그에 대해 쓰려면 변명만 잔뜩 늘어놓을 수밖에 없다. <아사히신문> 측에 따르면, 야마모토 유조[3] 씨가

....

1_　横溝正史 1902~1981. 일본 본격추리소설의 대표작가. 에도가와 란포의 권유로 『신청년』을 발행하는 하쿠분칸博文館에 입사하여 편집자로 일했다. 1927년 『신청년』 편집장을 맡은 이래 『문예구락부』, 『탐정소설』 등에서 편집장을 역임하였고 1932년 퇴사 후 전업 작가의 길을 걸었다. 명탐정 긴다이치 고스케金田一耕助가 등장하는 『혼진 살인사건本陣殺人事件』으로 1948년 제1회 일본탐정작가 클럽상 장편상을 수상했으며, 대표작은 『이누가미 일족犬神家の一族』(1946), 『옥문도獄門島』(1947), 『팔묘촌八つ墓村』(1949) 등이 있다.

2_　水谷準 1904~2001. 1922년 『신청년』 공모전에서 『호적수好敵手』가 1등으로 입선하였다. 그 후 『신청년』 편집부에서 일했고, 1929년부터 1938년까지 편집장을 역임하였다. 1952년 「어느 결투ある決闘」로 제5회 탐정작가클럽상 단편상을 받았다.

3_　山本有三 1887~1974. 1910년 희곡 「구멍穴」 이후 1920년 「쓰무라 교수津村教

6개월 동안 연재하기로 했는데 반밖에 못 쓰고 병이 났다고 했다. 그런데 그 다음에 연재하기로 한 무샤노코지 사네아쓰[4] 씨는 2월 말부터 쓸 예정이어서 시간을 맞추기는 너무 급박하다고 했다. 내게 양해를 구한다며 그 사이를 좀 메꿔달라고 무리한 부탁을 한 것이었다. 거절하면 좋았을 텐데 자꾸 부탁을 해서 70회밖에 안 되는 짧은 작품이라니 뭐라도 써볼까 하는 생각이 들어 승낙하는 바람에 엄청난 추태를 보이게 되었다. 신문사 영업부에서는 일반 독자의 반응이 좋다고 했지만, 적어도 탐정소설 독자들은 뜬금없는 작품이라고 생각할 것이 틀림없었다. 세상에 치부를 드러낸 기분이었다. 점점 변명만 느는 것 같으니 그만하겠다.

내 작품 중에는 「춤추는 난쟁이踊る一寸法師」라는 것도 있다. 그것도 작년 요코미조 군과 도쿄에 상경했을 때 호텔에서 후반부를 겨우 써서 마감에 맞춘 작품이었는데, 하룻밤에 쓰긴 했어도 <아사히신문>에 연재했던 「난쟁이」보다는 조금 낫다.

이상한 우연이지만 이 두 난쟁이가 각각 활동사진으로 만들어

．．．．．．．．

授」, 「생명의 관生命の冠」, 「영아살해범嬰児殺し」을 발표하는 등 극작가로 활발하게 활동하였으나, 이후 소설로 전향해『파도波』(1928),『여자의 일생女の一生』(1933) 등을 발표했다. <아사히신문> 1926년 9월 25일부터 12월 7일까지 연재한 작품은『살아 있는 모든 것生きとし生けるもの』이다. 1947년 참의원으로 당선되는 등 정치인으로도 활동했다.

4_ 武者小路実篤1885~1976. 시가 나오야志賀直哉, 아리시마 다케오有島武郎 등과 함께『시라카바白樺』동인으로 활동한 소설가로『우정友情』(1920),『인간만세人間万歳』(1922),『사랑과 죽음愛と死』(1939),『진리선생真理先生』(1951) 등의 작품을 남겼다. 귀족원 의원으로 활동하기도 했다.

진다는 이야기도 있다. 「춤추는 난쟁이」는 작년 기누가사 데이노스케[5] 군이 <광란의 한 페이지狂った一頁> 다음 작품으로 촬영을 하겠다고 해서 허락했다. 그런데 그의 쇼치쿠松竹영화사 입사 등 이러저러한 사정으로 여러 번 지연이 되고 잘 진행되지 않는 듯했는데 이번 봄에 촬영을 시작할 예정이라는 편지를 한 달 전에 받았다. 최근 『주간 아사히』에 실린 기누가사 군의 감상문을 보니 상업영화가 아니라 진지한 작품으로 만들고 싶다는 말이 있었다. 만들 생각은 분명 있는 듯했다. <광란의 한 페이지>는 평가도 좋았는데, 카메라 워크가 탁월하다는 점에 대해서는 누구도 이의가 없을 듯했다. 열정으로 가득 찬 숨 막히는 명작이었다. 내 졸작을 그런 식으로 영화화해 준다면 정말 기쁘겠다고 생각했다. 그가 구상한 시나리오에 대해 단편적으로 듣기도 했는데, 그것만으로도 예술가라는 믿음이 생겼다. <아사히신문>의 「난쟁이」는 『대중문예大衆文芸』[6] 동인인 나오키 산주고[7] 군이 현재 촬영 중이다. 감독인 시바 세카[8] 씨도

....

5_ 衣笠貞之助1896~1982. 가부키에서 여자 역할을 하는 오야마女形 배우 출신. 닛카쓰 무코지마 촬영소日活向島撮影所에 입사하여 배우로 활약하던 중 마키노 소조牧野省三 감독 밑에서 도제 교육을 받고 영화감독이 되었다. 신감각파 작가들과 함께 <광란의 한 페이지>를 제작한 후 쇼치쿠, 도에이, 다이에이에서 배우 하세가와 가즈오長谷川一夫와 콤비를 이뤄 다수의 시대극을 제작했다. 대표작으로는 <십자로十字路>(1928), <어느 여배우의 복수雪之丞変化>(1935) 등이 있으며, <지옥문地獄門>(1953)이 제7회 칸 영화제에서 황금종려상을 받았다. 결국 「춤추는 난쟁이」의 영화화는 무산되었다.

6_ 1926년 에도가와 란포, 시라이 교지白井喬二 등 대중작가 11명이 모인 대중문예작가21일회 동인지.

7_ 直木三十五1891~1934. 본명은 우에무라 소이치植村宗一로 산주고로 정하기 전에는 나이에 따라 산주이치三十一, 산주니三十二 등으로 해마다 이름을

만났는데 견실한 명감독인 듯했다. 반도 쓰마사부로[9]가 주연을 맡았던 영화로 정평이 난 감독이라고 했다. 뻔뻔하게 들릴지 모르지만, 낯 뜨거운 내 졸작일지라도 이 사람이 만들면 왠지 괜찮은 작품이 될 것 같았다.

난쟁이 영화의 난관은 주인공 난쟁이를 찾기 힘들다는 점이다. 쇼치쿠도 그런 이유 때문에 보류했다는 이야기를 들었다. 서커스 같은 곳에서 난쟁이 어릿광대를 찾을 수 있겠지만 그런 기형아는 대부분 지능이 낮아서 연기를 할 수 없다. 그런데 정말 다행스럽게도 나오키 군은 사람을 구했다. 키가 3척도 안 되는 진짜 난쟁이였는데 규슈九州의 어느 상설관 변사라고 했다. 뜻밖에 찾아낸 보물이 틀림없었다. 변사이므로 활동사진에 익숙했다. 나도 만나보았는데 재치 있고 쾌활한 사람이었다. 말하는 걸 봐도 보통 사람과 다름없는 두뇌를 가진 듯했다. 게다가 영화가 완성되면 난쟁이가 영화를 설명하며 지방 순회상영을 할 예정이라고 하니 흥행가치는 충분했다. 이 영화는 원작

....

바꾸었다. 에도가와 란포와 함께 20세기 초 일본 대중문학을 대표하는 소설가. 대표작으로는 『조루리자카의 복수仇討浄瑠璃坂』(1929), 『남국태평기南國太平記』(1931) 등이 있다. 그의 사망 후 기쿠치 간菊池寛 등에 의해 대중문학을 대상으로 하는 문학상 나오키상이 제정되었다.

8_   志波西果190~1937. 영화감독이자 각본가. <난쟁이>의 감독을 맡았으나 촬영 도중 도망가는 바람에 제작자인 나오키 산주고가 직접 완성시켰다.

9_   阪東妻三郎1901~1953. 가부키 배우 출신으로 1922년 영화계로 전향하여 <선혈의 수형鮮血の手型>(1923)으로 인기 스타가 된다. 1927년에 자신의 애칭을 따 반쓰마 프로덕션阪妻プロ을 설립하였다. 닛카츠, 다이에이, 쇼치쿠 등 영화사를 옮기며 인기를 구가했으며, 대표작으로는 <오로치雄呂血>(1925), <무법자 마쓰의 일생無法松の一生>(1943), <찢어진 북破れ太鼓>(1949), <성난 사자あばれ獅子>(1953) 등이 있다.

이 내 소설이지만 용의주도하게 난쟁이를 찾아낸 나오키 군이 고안해낸 작품이라 해도 될 듯하다. 어차피 이시이 바쿠[10] 남매가 출연하기로 했기 때문에 색다른 활동사진이 나올 것 같다. 원작의 시시함을 잊고 만들어진 영화를 즐기기로 했다.

이런 것 외에는 달리 쓸 말이 없다. 독자 여러분이 이해해 주시기를 바란다. (1927년 『탐정취미探偵趣味』[11] 2월호)

2. 『탐정소설 10년』 중

어느 날 갑자기 <아사히신문> 도쿄판 학예부장이 나타나서 그 무렵 조간에 연재되던 야마모토 유조 씨의 소설이 작가의 병환 때문에 중단되었다는 말을 했다. 후속작은 무샤노코지 사네아쓰 씨와 약속이 되어 있지만, 당장은 쓰기 힘든 사정이니 그 전에 3월만이라도 어떻게 좀 써줄 수 없냐고 부탁하는 것이었다. 사정을 들어보니 몹시 급박한 상황이었고 시간도 닷새 정도밖에 여유가 없었다. 문단의 대가라면 불쾌한 기색을 보였을지 모르지만 미리 양해를 구하기도 했고 나는 신출내기였다. 내

········
10_ 石井漠1986~1962. 일본 창작무용의 선구자. 1911년 제국극장 가극부 1기생으로 고전발레를 수학했으며 1915년 창작무용 <무용시>를 발표했으나 관객들로부터 이해받지 못했다. 1922~1926년에 걸쳐 유럽순회 공연이 성공을 거두며 "니진스키에 필적한다"는 평가를 받았다. 1926년에는 경성에서 공연함으로써 한국에 신무용을 최초로 공개하였으며, 최승희와 조택원을 연습생으로 받아들였다. <난쟁이>는 그의 유일한 영화출연작이다.

11_ 1925년 9월 창간되어 1928년 9월까지 발행된 탐정취미회의 기관지. 탐정취미회는 오사카 마이니치 신문사 사회부 부장 가스가노 미도리春日野綠의 제안으로 결성한 동인으로 요코미조 세이시, 니시다 마사시西田政治, 고사카이 후보쿠小酒井不木, 고가 사부로甲賀三郎 등이 참가하였다.

작품뿐 아니라 창작 탐정소설이 신문에 연재되는 경우는 처음이었고 지면도 석간 강담講談 면이 아니라 조간 소설 면이라는 점이 무엇보다도 반가웠다. 그래서 줄거리의 가닥도 잡히지 않은 상태였지만 그만 승낙하고 말았다. 불안한 나머지 내일까지 기다려 달라고 말하고 그 다음날 한 번 사양하기도 했다. 하지만 상대방도 꽤 강경한 입장이었고 나도 마음이 약해져 결국 없는 지혜라도 짜내기로 했다.

여느 때처럼 그때그때 생각나는 대로 썼기 때문에 매일 고생이 이만저만 아니었다. 도쿄판과 오사카판 <아사히신문> 이백만 독자의 성원에 나는 처음으로 심한 두려움을 느꼈다. 내 졸작을 매일같이 지켜볼 이백만 독자의 눈을 생각하니 정말 아차 하는 기분이 들었다. 그런 작품인 만큼 고생하면 할수록 더 졸작이 되었다. 정체에 빠진 것도 한두 번이 아니어서 여러 차례 그만 쓰려고도 했다. 하지만 신문사의 독촉이 여간 심한 게 아니었다. 마감을 못 지키니 구술이라도 해주면 받아 적겠다며 기자가 연필을 들었다. 구술로는 더 형편없어질 테니 그냥 쓰겠다고 말하고 나는 울며 겨자 먹기로 펜을 들었다. 가까스로 써서 그날그날 때웠다. 그렇지만 네댓 번 연재를 중단했다. 삽화 시간을 못 맞춘 날도 꽤 있었다.

작품이 좋든 나쁘든 연재가 중단되면 신문사 입장에서는 정말 곤란했을 텐데 얼마나 폐를 끼쳤을지 송구스러운 마음을 누를 길 없다.

그 후 2~3년 지나 동료인 고가 사부로[12] 군이 <아사히신문>

도쿄판에 소설을 쓴 적이 있어 그때 이야기를 해주었다. 그 말인즉슨 「난쟁이」는 독자들에게는 그럭저럭 반응이 괜찮았지만 그렇게 원고가 늦으면 어찌할 도리가 없다는 것이었다. 부탁 끝에 연재를 시작하고 보니 에도가와 씨는 원고가 너무 늦고 상습적으로 연재를 중단하는 작가라서 문예부에서는 아차 싶었다고 했다. 그러는 것도 당연했다.

이 경우뿐 아니라 신문이건 잡지건 삽화가들에게도 늘 큰 폐를 끼쳤다. 내 희망대로 아사히신문에서는 당시 『대중문예』에 삽화를 그렸던 시바타 슌코[13] 군에게 「난쟁이」 삽화를 맡겼는데 시바타 군의 고생이 이만저만 아니었다. 거의 예외없이 내 원고가 늦었기 때문에 그는 미리 삽화에 들어갈 내용만 전달받아 인물의 복장 같은 구체적인 사항을 전혀 모르고 작업했다. 그뿐 아니라 작가가 지연시킨 시간을 삽화로라도 만회하려고 자꾸 재촉했기 때문에 삽화가 입장에서는 정말 견디기 힘들었을 것이다. 특히 시바타 군은 나와 마찬가지로 전에는 신문 삽화를 그린 경험이 없는 형편이라 정말 면목이 없었다.

이 소설은 연재된 신문의 독자가 많았던 덕분인지 쇼치쿠

12_ 甲賀三郞 1893~1945. 1923년 『신취미新趣味』 공모전에서 「진주탑의 비밀真珠塔の秘密」이 1등으로 입선하여 탐정소설가로 데뷔하였다. 화학적 트릭을 사용한 작품을 다수 발표했으며, 대표작으로는 「호박 파이프琥珀のパイプ」(1924), 「니켈의 문진ニッケルの文鎮」(1926), 『혈액형 살인사건血液型殺人事件』(1934), 『체온계 살인사건体温計殺人事件』(1935), 『흑사관 살인사건黒死館殺人事件緣』(1935) 등이 있다.

13_ 柴田春光 1901~1935. 1923년 중앙미술전에서 입선한 「도후쿠의 어느 마을東北のある町」을 비롯하여 생활풍속화를 주로 그렸으며 삽화가로도 활동했다.

영화사와 나오키 산주고 군의 회사, 두 군데에서 영화화를 제의 받았다. 쇼치쿠 쪽은 난쟁이 역할의 배우를 고민하다 유야무야 되었고, 나오키 군 회사는 규슈에서 변사를 하는 난쟁이를 찾았 다. 주연은 이시이 바쿠, 감독은 시바 세카로 정한 후 고심 끝에 촬영을 마쳤다. 이에 관해서는 수필 「난쟁이 잡기」에 기록 했다. 완성된 영화를 보니 시바 세카 군이 전반은 꽤 잘 살렸지만, 나오키 식이었다. 제작비가 많이 부족해 주연 배우들이 안 나오 거나 화장품이 모자란 적도 있다고 했다. 원작이 시원찮은 건 별개로 하더라도 영화 자체가 생각하는 것처럼 나오지 않은 모양이었다. 물론 흥행도 아주 잘 되지는 않았다. (1932년 5월)

3. 세 명의 '난쟁이'

「난쟁이」가 영화화되어 2월 중순에 개봉했다. 그런 관계로 다음 제5회 배본은 「난쟁이」가 들어간 제10권(표제작은 「악마 의 문장惡魔の紋章」)인 모양이다. 그래서 2회 연속 「난쟁이」에 관한 수필을 쓰게 되었다.

나 스스로는 「난쟁이」를 결코 좋은 작품이라고 생각하지 않는다. 하지만 예전에 <아사히신문> 도쿄판과 오사카판에 연 재하여 많은 사람들의 눈에 띈 덕분인지 유명해져서 벌써 세 번이나 영화화되었다.

처음 영화화된 것은 꽤 옛날 일로, 1927년 나오키 산주고 군이 운영하던 연합영화예술협회에서 제작했다. 감독은 당시 한창 인기였던 시바 세카 군, 아케치 고고로 역은 나오키 군이 설득한 끝에 이시이 바쿠 씨가 맡았고, 난쟁이 역은 규슈의 활동사진 변사(당시는 무성영화 시대이므로 변사가 있었다)인 구리야마 챠메栗山茶迷惑 군을 찾아냈다. 키는 3척이 안 되지만 얼굴만 큰 진짜 난쟁이였다. 나이는 20세 남짓이었는데 그를 앞세워 홍보를 하며 변사 해설을 했다고 한다. 상당히 인기가 있었던 모양이다.

두 번째 영화화는 1948년으로, 쇼치쿠 교토 촬영소에서 제작했다. 감독은 이치가와 쓰토무市川勉, 아케치 역은 후지타 스스무藤田進, 여주인공은 이치가와 하루요市川春代, 난쟁이는 나고야名古屋 지역의 로쿄쿠시[14] 사카이 구모酒井雲의 제자인 사카이 후쿠스케酒井福助 군이었다. 난쟁이가 나니와부시를 하니 꽤 인기가 있었던 듯했다. 나이는 역시 20대인 듯했다. 아이 몸에 어른 얼굴인 것은 구리야마 군과 마찬가지였으며 키도 3척이 채 안 되었다.

세 번째로 영화화된 이번 작품의 감독은 우치가와 세이치로內川清一郎, 아케치 고고로에 해당하는 하타 류사쿠旗龍作 역은 니혼 야나기후로시二本柳寛, 여주인공은 미우라 미쓰코三浦光子, 난쟁이는 긴자銀座의 중화요리 음식점 '만만테滿々亭'의 샌드위치맨 와쿠이 쓰토무和久井勉 군이 맡았다. 얼굴이 크고 키가 아이처럼 3척밖에 안 된다는 점에서는 앞의 두 명과 마찬가지였지만

....
14_ 로쿄쿠浪曲는 메이지 초기부터 시작된 대중연회로 나니와부시浪花節라고도 한다. 사미센 반주에 맞춰 독특한 창을 부르며 연기를 한다. 로쿄쿠浪曲는 노래와 대사를 하는 사람을 가리키며, 반주자는 교쿠시曲師라고 한다.

그는 얼굴이 희고 갸름했다. 만약 정상적인 몸을 가지고 있었으면 잘생긴 청년이라는 말을 들을 만한 얼굴이었다. 나이는 서른 정도였다.

나는 이 세 명의 난쟁이를 모두 만나 이야기를 나눴다. 첫 번째 구리야마 챠메 군은 촬영장에서 보지 못했지만 교토에서 촬영을 시작하기 전에 나오키 군이 도쿄로 데려왔다. 당시 내가 살던 우시고메쓰쿠도 하치만초牛込筑土八幡町 집으로 인사를 왔다. 변사를 할 정도였으므로 지능은 보통 사람과 마찬가지였고, 얼굴은 별로였지만 애교가 있었다. 전혀 불쾌감을 주지 않았다.

여복이 많은 구리야마 군은 여자들에게 인기였던 모양이다. 한참 뒤에 누군가에게 들었는데 무슨 이유인지 그에게 반한 규슈의 게이샤와 동반자살을 기도했다고 했다. 게이샤는 죽고 구리야마 군은 목숨을 부지했다는데 지금도 살아 있는지는 모르겠다.

지난번에는 첫 번째로 영화화된 〈난쟁이〉에 출연했던 구리야마 챠메 군의 이야기를 했는데 지금부터 나머지 영화에 출연한 두 난쟁이 이야기를 쓰려 한다.

두 번째 영화인 1948년 쇼치쿠가 제작한 〈난쟁이〉에는 나고야에서 활동하는 로쿄쿠시 사카이 후쿠스케가 발탁되었다. 예능인이었기 때문에 영화에 쓰기도 쉬웠다. 이때는 쇼치쿠 교토 촬영소로 찾아가서 후쿠스케 군을 만났는데, 그와 악수도 하고 기념촬영도 했다. 그 사진이 지금도 남아 있다. 그도 얼굴은 못생겼지만 귀염성이 있었는데 예능인답게 친화력이 있었다. 키가 두 배나 되는 매니저가 따라 다녔는데 그 사람이 협상 등의 업무를 보는 듯했다.

앞의 구리야마 챠메 군 때는 악수를 하지 않아 몰랐지만 난쟁이들은 손바닥도 기형적으로 작았고 손가락도 놀랄 만큼 짧았다. 반면 손의 폭은 상당했는데 뿌리가 달린 생강 같은 느낌이었다. 영화에서는 기분 나쁘게 손가락만 창문을 통해 애벌레처럼 보이는 장면이 나왔는데 꽤 효과적이었다.

후쿠스케 군과는 별로 길게 이야기를 나누지 못했다. 자세히 는 모르지만 머리가 나쁘지 않은 듯했다. 난쟁이면서 명함은 보통보다 갑절이 컸는데, 로쿄쿠 쪽 경력이 큼직큼직하게 인쇄 되어 있었다. 후쿠이 군이 매해 연하장을 보내는지라 그것을 볼 때마다 그의 풍모가 떠오른다.

세 번째로 신토호新東宝가 제작한 영화에 출연한 난쟁이는 긴자의 중화요리 음식점 '만만테'의 샌드위치맨 와쿠이 쓰토무 군이다. 그와는 최근 두 번이나 만났기에 그의 얼굴이 생생하게 떠오른다. 촬영 중 세트 안에서 만나 악수를 하고 기념촬영을 했다. 그 후 시사회 때 다카기 아키미쓰[15] 군, 우에쿠사 진이치[16]

....

15_ 高木彬光1920~1995. 1948년 에도가와 란포에게 장편 추리소설 『문신 살인사 건刺青殺人事件』이 인정받아 데뷔하였다. 『파계재판破戒裁判』(1961) 등 탐정 가미즈 교스케神津恭介가 등장하는 작품들이 인기를 모았다. 1950년 『가면살 인 사건能面殺人事件』으로 제3회 탐정작가클럽상을 수상하였으며, 대표작으 로 『인형은 왜 살해되는가人形はなぜ殺される』(1955), 『법정의 마녀法廷の魔 女』, 『대낮의 사각白晝の死角』(1960) 등이 있다.

16_ 植草甚一1908~1979. 『키네마준보キネマ旬報』, 『영화의 벗映画之友』, 『스크린

270

군과 좌담회를 하고 나서 돌아가는 길에 가네다 프로듀서와 우치가와 감독, 이렇게 다섯이 만만테에 들렀다. 와쿠이 군을 데리고 나와 긴자에서 바 두세 군데를 옮겨 가며 마셨다. 와카이 군은 술을 아주 잘 마시지는 않지만 3~4홉 정도는 마셨다. 그때는 하이볼과 진피즈를 마셨는데 그는 취하면 따지길 좋아했다. 인생관을 늘어놓으며 우리를 향해 설교를 했다. 이성을 깨우는 술 같았다. 그만큼 그는 머리가 명석했고, 올바른 인생관을 가지고 있었다.

앞의 두 난쟁이는 애교 있는 추남이었지만 와쿠이 군은 얼굴이 하얀 미남형으로 애교는 별로 없었다. 하지만 처세를 위해 애교가 필요한 것은 아는지 얼굴에 계속 웃음을 띠었다. 노래는 샤미센 연주가 있는 유행가를 잘 불렀다. 따로 배운 것 같지는 않았지만 춤도 잘 췄다. 가장 잘하는 것은 라쿠고인 듯했는데 예능에 소질이 있는 편이었다. <난쟁이>에 출연한 걸 계기로 그가 예능인으로서 인기가 많아지길 기원했다. (1955년 2~3월 순요도판 『에도가와 란포 전집』 부록 「탐정통신」 4, 5호)

4. 도겐샤판 『에도가와 란포 전집』 후기 중

1926년 12월부터 1927년 3월까지 <아사히신문> 도쿄판과

....

スクリーン』 등에서 영화평론가로 활약했다. 『영화예술映画芸術』에 자신의 분신 '시네마딕 J'를 내세워 3인칭 스타일로 썼던 평론으로 큰 인기를 얻었으며, 영화 외에도 재즈, 추리소설, 만화, 현대미술, 패션 등 대중문화에 관심이 많았다.

오사카판에 연재한 작품. 소설로는 매우 유치해서 나를 자기혐오에 빠뜨린 작품이다. 친구들에게 집필을 중단한다고 알리고 정처 없이 방랑의 길로 나섰던 이야기를 수필에 몇 번 쓰곤했다. 그러나 이 작품은 당시 도쿄판과 오사카판을 합쳐 이백만 독자를 보유한 <아사히신문>에 연재되어 널리 읽혔기 때문에 사람들의 기억에 남아 세 번씩이나 영화화되었다. 첫 번째는 1927년 나오키 산주고가 경영하던 연합영화예술협회(이시이 바쿠 주연)가 제작했고, 두 번째는 1948년 쇼치쿠 교토 촬영소(후지타 스스무 주연), 세 번째는 1955년 신토호(니혼 야나기후로시 주연)가 제작했다. 세 번 모두 다른 난쟁이가 출연했는데 나는 그 난쟁이들을 모두 만났다. 함께 술을 마신 경우도 있었다. 이에 대해서는 『탐정소설 40년』의 '1926년' 장에 자세히 기록했다. (1961년 10월)

누구

1. 「구작舊作 4편에 관해서」(이와야쇼텐岩谷書店, 『음울한 짐승陰獸』) 중

석간 <시사신문>에는 여러 작가들의 중편을 차례로 게재하는 기획이 있었는데 「누구」는 그때 의뢰받아 1929년 12월부터 다음해 1월까지 연재했다. 이 작품은 의외로 술술 이야기가 풀려 전혀 애먹지 않고 썼다. 그 전에 <아사히신문>에 「난쟁이」

를 쓸 때는 몇 번이나 연재를 중단해 기자를 곤란하게 했지만 「누구」 때는 전혀 그러지 않았다. 「2전짜리 동전二銭銅貨」, 「심리 시험心理試験」 등과 함께 내 작품 중 가장 불순물이 적은 순수 탐정소설에 속한다. 이 소설의 트릭은 징병기피를 모티브로 해서 만들었다. 독창적이고, 내 스스로는 잘 썼다고 생각했지만 전혀 반향이 없었다. 한참 후에야 『프로필ぷろふいる』 지면에서 "공식을 그대로 따른 탐정소설로 매우 시시하다"라는 누군가의 글을 본 정도였다. 평가가 별로였던 것은 위의 평론에서도 말했 듯이 정격 탐정소설이기 때문에 내 체취가 별로 드러나지 않았기 때문인 듯하다. 체취가 자신에게는 싫은 냄새이지만 이성은 매력을 느끼는 것처럼 작가는 소설의 체취를 싫어할지라도 독자는 그런 것에 흥미를 느끼는 듯하다. 「음울한 짐승」이나 「애벌레 蟲」에는 그러한 체취가 상당히 농후하게 드러나지만, 「누구」에 는 그런 게 전혀 없다. 분명 그런 듯했다. 그러나 순수 본격파들은 이 체취를 좋지 않게 생각한다. 어떤 사람은 그에 대해 '무의미'라 는 부정적인 표현을 썼다. 나는 내 체취를 별로 좋아하지 않지만 '무의미'하다고 생각하지는 않는다. 대신 본격파들은 나중에 이 작품을 극찬했다. 고가 사부로 군의 제자인 모 군(이름은 잊어버렸다. 지금은 탐정소설계에 없다) 등은 내 작품 중에 최고 걸작이라고 말했다. (1949년 9월)

2. 「누구」에 관해 (『탐정소설 40년』 중)
이 작품은 석간 <시사신문> 1면에 한 달 정도 연재한 중편이다.

의뢰를 받았을 때 짧기 때문에 부담 없이 받아들였고, 매일 힘들지 않게 원고를 보냈다. 내 자신도 대단한 작품은 아니라고 생각했지만 발표 당시에도 좋은 평가를 받지 못했다. 탐정잡지 비평문에 누군가가 틀에 박힌 탐정소설이며 하품이 날 정도의 작품이라고 쓴 걸 본 정도다.

징병기피 트릭은 한 번 쓰면 그걸로 끝이긴 하지만 지금까지도 그 트릭을 쓴 사람은 아무도 없다. 창의적이라면 창의적이라 할 수 있었다. 또한 말할 필요도 없이 내 심중에는 체스터튼[17]의 「정원사 고」에서 황금광을 흥미롭게 봤던 기억이 있었다.

앞서 말한 대로 항간에서는 전혀 화제가 되지 못했지만 본격추리를 좋아하는 독자들은 나중에 극찬을 해주었다. 고가 사부로 군도 이 작품에는 내 이상한 습성이 나오지 않아 주위 젊은이들이 칭송한다고 말했던 것 같다. 언젠가 고가 군의 제자인 한 청년이 찾아와서 내 작품 전체 중 「누구」가 최고 걸작이라고 이상하리만치 열심히 주장하기도 했다.

그렇다면 역시나 「누구」는 초창기 작품인 「영수증 한 장一枚の切符」과 마찬가지로 불순물 없는 본격물이 틀림이 없다. 그러나 일본에서는 이런 작품은 별로 환영받지 못한다. 따라서 나도 이런 작품을 많이 쓰려 하지 않았다. (1953년 6월)

....

17_ G. K. Chesterton[1874~1936]. 영국 언론인 겸 소설가. 보어전쟁 정책 비평이나 후기 빅토리아 왕조의 데카당스 진상규명 등의 역설의 대가라는 칭호를 얻었다. 탐정소설인 브라운 신부 시리즈가 대표작이다.

3. 도겐샤판 『에도가와 란포 전집』 후기 중

<시사신문> 석간 1면 중편소설로 1929년 12월부터 5년 1월에 거쳐 30회 정도 연재되었다. 이는 내 습성이 전혀 드러나지 않은 순수 본격물로, 내 체취가 없는 작품이어서 별로 화제가 되지 않았다. 그러나 고가 사부로와 같은 본격파들은 내 작품 중에는 드물게 불순물 없는 본격물이어서 환영한 듯하다. 이 작품의 범행 동기는 국내외 통틀어 전례 없는 독창적인 트릭이 틀림없다고 생각한다. (1962년 2월)

옮긴이의 말

　아케치 고고로 사건수첩 제2권은 아케치 고고로가 상하이에서 귀국한 지 얼마 안 되는 시점부터 이야기가 시작됩니다. 산더미처럼 책이 쌓인 하숙집에 틀어박혀 범죄와 인간을 연구하고, 세상 구석구석을 다니며 비밀스럽고 기괴한 사건을 수집하던 아마추어 탐정은 '난쟁이 사건'을 명석하게 해결한 후 비밀리에 육군 내 도난사건을 조사해달라는 의뢰를 받기도 합니다. 그는 곧 직업탐정의 길로 들어설 것처럼 보이기도 하는데 이러한 변화를 겪는 것은 아케치만이 아닙니다. 에도가와 란포 역시 첫 신문 연재작인 「난쟁이」를 통해 본격추리물을 벗어나 새로운 경향의 탐정소설을 시도합니다. 그 결과 「난쟁이」는 기괴함과 엽기성뿐 아니라 에로티시즘까지 가미된 변격탐정물로 탄생하게 되고, 에도가와 란포는 작품에 대한 실망감에 절필을 선언하고 2년 가까이 방황합니다.

　속임수 없는 트릭과 논리적 추리가 뒷받침된 수수께끼풀이가 그의 이상적인 탐정소설이었다는 것을 생각하면 「난쟁이」는 분명 실패작일 수밖에 없을 것입니다. 그러나 이러한 획기적인 변화는 아케치 고고로를 셜록 홈즈 같은 명탐정 캐릭터로 거듭나게 하기 위한 필연적인 과정이었는지 모릅니다. 왜냐하면 '명탐정'이란 존재는 본격추리소설의 중심이 되는 수수께끼 풀이와는 상충되는 측면이 있다는 것을 고려해야 하기 때문입니다.

시리즈물의 명탐정 캐릭터는 독자들을 끌 수 있는 견인력이 있습니다. 하지만 그러한 독자들의 요망에 부응하기 위해서는 탐정의 활약에 지면을 쪼개야 하며, 장편의 경우는 보다 중층적인 이야기 구조가 필요하므로 본격추리소설에서처럼 수수께끼 풀이가 중심이 될 수 없습니다. 그런 점에서 「누구」는 에도가와 란포가 다음 단계로 이행하기 위해 에도가와 란포가 자신의 전작들에 보내는 고별사인지도 모릅니다.

"범인은 당신입니다." 이 한마디로 요약될 수 있는 「누구」는 말하자면 에도가와 란포 본격탐정물의 결정판 같은 작품입니다. 이 작품에서 아케치는 피해자와 탐정, 그리고 범인이 결국 한 사람이라는 사실을 통쾌하게 풀어냅니다. "눈치 빠른 독자라면 범인이 누구일지 비교적 빨리 알 것이며, 미스터리에 익숙지 않은 독자는 마지막까지 범인을 알아차리지 못할 수도 있다"라고 말한 것처럼 에도가와 란포는 어쩌면 이 작품이 「심리시험」 같은 도서추리倒敍推理로 간주되어도 상관없다고 생각했는지도 모릅니다. 「누구」에서는 범인이 누구인지보다, 아케치가 어떻게 범인을 밝혀내는지가 더 중요할 수 있는 것이지요. 아니면 아케치가 과연 언제 등장할까 예측해보는 재미도 만만치 않습니다. 그만큼 「누구」에는 여러 명의 탐정이 등장하고, 새로운 탐정이 등장할 때마다 반전이 있다고 해도 과언이 아닐 정도로 이야기가 잘 짜여 있습니다. 아울러 작품 속에서 국내외 탐정(소설)에 대해 이야기하는 데 그치지 않고 아예 「아케치 고고로 탐정담」이라는 가상의 책까지 등장시키는 것도 변화라면 변화이지요.

그런데 「난쟁이」는 단지 에도가와 란포의 과도기적 작품으로만 보아야 할까요? 란포의 화자들처럼 말하자면 실은 「난쟁이」를 번역하는 과정이 저로서는 매우 '묘한' 체험이었습니다. 문장이 쌓여 하나의 단락이 되어 이야기를 구성하는 방식이 (변사 없는 서구) 무성영화가 연상되었기 때문입니다. 「난쟁이」 이전의 초기 단편들이 '이야기'의 화법이라면 「난쟁이」는 이야기가 시각적으로 구조화되어 있어, 읽다보면 눈앞에 영화 같은 장면이 펼쳐지는 것 같았습니다. 자신의 주인공들처럼 이색적인 쾌락을 찾아다니는 '엽기자'답게, 그리고 탐정소설만큼이나 환등기를 비롯하여 여러 광학적 기기들을 탐닉하던 '렌즈 박사' 란포에게 영화라는 시각적 쾌락은 큰 매혹이었을 것입니다. 그래서 어쩌면 그 판타지적 측면을 「파노라마섬 기담」에 아낌없이 담았다면, 「난쟁이」에서는 모험활극의 서스펜스적인 요소들을 적극적으로 활용했는지도 모릅니다. 그런 점에서 「난쟁이」가 대중적으로 큰 인기를 모았으며 시대를 거듭하며 여러 차례 영화화 된 것은 우연이 아닌 듯합니다.

또한 「난쟁이」가 매혹적인 것은 아사쿠사 때문입니다. 초반부에 고바야시 몬조가 아사쿠사 공원을 지나는 장면을 읽노라면 일종의 '산책자의 풍경'이 연상된다 해도 과언이 아니었습니다. 물론 그 시간은 오래 지속되지 않으며 거기서 난쟁이가 발견되는 순간, 「천장 위의 산책자」의 사부로가 말했던 것처럼 범죄애호자들이 더할 나위 없이 사랑하는 무대로 변하지만요. 「아사쿠사 취미」라는 수필에서도 애정을 고백했듯이 에도가와 란포는 종종 작품 속에 아사쿠사를 등장시키는데, 그중에서도 국면에 따라 그 얼굴을 달리하는 「난쟁이」의 아사쿠사는 참 절묘하다는 생각을 했습니다.

이렇듯 흥미로운 요소가 많은 「난쟁이」이지만, 본문 중 현재의 인권의식에 비춰보면 부적당한 표현과 용어가 다수 포함되어 있습니다. 다른 작품도 마찬가지이지만, 특히 「난쟁이」의 경우 그런 부분이 많은 편입니다. 하지만 이는 작가 개인의 세계관과 당시의 시대상을 반영한 표현이므로 가감 없이 보여주는 게 오히려 의미 있다고 생각해서 그대로 번역했습니다. 다만 일부러 순화하지도 않은 만큼 일부러 강조하지도 않았다는 점 꼭 말씀드리고 싶습니다.

2018년 8월
이종은

작가 연보

1894년
- 10월 21일 미에三重현 나가名賀군 나바리초名張町에서 아버지 히라이 시게오平井繁男와 어머니 기쿠きく의 장남으로 태어남. 본명은 히라이 타로平井太郎.

1897년(3세)
- 아버지의 전근으로 나고야名古屋 소노이초園井町로 이사. 평생 이사가 잦았으며 그 회수가 총 46회에 달함.

1901년(7세)
- 4월 나고야 시라가와 진조소학교白川尋常小学校 입학.

1903년(9세)
- 이와야 사자나미巖谷小波의 동화에 심취. 어머니가 읽어준 기쿠치 유호菊池幽芳의 번안 추리소설『비밀 중의 비밀秘密中の秘密』을 학예회에서 구연하려다 실패. 환등기에 매혹되었으며 이후 렌즈와 거울에 빠짐.

1905년(11세)
- 4월 나고야 시립 제3고등소학교名古屋市立第3高等小学校에 입학. 친구와 등사판 잡지 제작.

1907년(13세)
- 4월 아이치 현립 제5중학愛知県立第5中学에 입학. 여름방학 때 피서지인 아타미熱海에서 구로이와 루이코黒岩涙香가 번안한『유령탑幽霊塔』을 읽고 감탄. 나쓰메 소세키夏目漱石, 고타 로한幸田露伴, 이즈미 교카泉鏡花의 작품을 읽기 시작.

1908년(14세)
- 활자를 구입하여 잡지를 제작. 아버지는 히라이 상회平井商店를 창업.

1910년(16세)
- 친구와 만주 밀항을 위해 기숙사를 탈출, 정학처분을 받음.

1912년(18세)

- 3월 중학교 졸업.
- 6월 히라이 상회의 파산으로 고등학교 진학을 포기. 일가가 한국의 마산으로 이주.
- 9월 홀로 귀국하여 와세다대학早稲田大学 예과 2년에 편입.

1913년(19세)

- 3월 <제국소년신문帝国少年新聞>을 기획하여 소설 집필 시도.
- 9월 와세다대학 정치경제학과에 입학.

1914년(20세)

- 친구들과 회람잡지『흰 무지개白紅』를 제작. 가을에 에드거 앨런 포, 코난 도일 등 해외 탐정소설에 흥미를 가짐.

1915년(21세)

- 아르바이트를 하며 해외 추리소설 탐독. 코난 도일 번역을 위해 고대 로마 이래 암호를 연구. 가을에 탐정소설 초안 기록을 수제본『기담奇譚』으로 엮음. 습작으로「화승총火縄銃」집필.

1916년(22세)

- 8월 와세다대학을 졸업. 미국에 가서 탐정작가가 되려는 꿈을 단념하고 오사카의 무역회사 가토양행加藤洋行에 취직.

1917년(23세)

- 5월 이즈伊豆의 온천장을 방랑. 다니자키 준이치로谷崎潤一郎의『금빛 죽음金色の死』에 감동, 이후 사토 하루오佐藤春夫와 우노 고지宇野浩二의 작품들을 가까이함.「화성의 운하火星の運河」를 집필.

1918년(24세)

- 미에현 도바조선소鳥羽造船所 기관지 편집을 맡음. 도스토옙스키에 경도.

1919년(25세)

- 2월 도쿄에 상경. 동생들과 혼고本郷 단고자카団子坂에 헌책방 산닌쇼보三人書房를 개업했으나 1년 만에 폐업. 사립탐정, 만화잡지『도쿄퍽東京パック』편집장, 중화소바 노점상 등 여러 직업을 전전. 겨울에 조선소 근무 중 알게 된 사카테지마坂手島 출신의 무라야마 류村山隆와 결혼.

1920년(26세)

- 2월 도쿄시 사회국에 입사. 만화잡지에 만화를 기고.
- 5월 조선소 시절 동료와 지적소설간행회知的小說刊行会를 창설, 동인잡지 『그로테스크グロテスク』를 기획하였으나 좌절. 한자를 달리 표기한 江戸川藍峰를 필명으로 사용.「영수증 한 장」의 바탕이 되는「석괴의 비밀石塊の秘密」착수.
- 10월 오사카로 이주. 오사카 시사신문사時事新聞社 기자로 재직.

1921년(27세)

- 2월 장남 류타로隆太郎 탄생.
- 4월 상경하여 일본공인구락부日本工人俱楽部 기관지 편집장으로 취업.

1922년(28세)

- 7월 오사카 아버지 집에서 기거.「2전짜리 동전二銭銅貨」과「영수증 한 장一枚の切符」을 집필. 『신청년新青年』에 기고.

1923년(29세)

- 4월 『신청년』에 고사카이 후보쿠小酒井不木 추천사와 함께「2전짜리 동전」게재. 7월호에는「영수증 한 장」게재.
- 7월 오사카 마이니치신문사毎日新聞社 광고부에 취직.

1924년(30세)

- 6월 『신청년』에「두 페인二癈人」게재.
- 10월 『신청년』에「쌍생아双生児」게재.
- 11월 전업 작가가 되기로 결심하고 오사카 마이니치신문사 퇴사.

1925년(31세)

- 1월 『신청년』 신년증대호에「D자카 살인사건D坂の殺人事件」을 게재.
- 2월 『신청년』에「심리시험心理試験」게재 이후 편집장 모리시타 우손森下雨村이 기획 연속단편을 제안, 이후「흑수단黒手組」(3월호),「붉은 방赤い部屋」(4월호),「유령幽霊」(5월호),「천장 위의 산책자屋根裏の散歩者」(8월 여름증대호) 등을 발표.
- 4월 오사카에서 요코미조 세이시横溝正史와 탐정취미회探偵趣味会를 발족.
- 7월 슌요도春陽堂에서 단편집 『심리시험』 발간.
- 9월 아버지 히라이 시게로 사망. 『탐정취미探偵趣味』 창간호 발간.
- 10월 『구라쿠苦楽』에「인간의자人間椅子」발표.

- 11월 JOAK(현 NHK) 라디오에서 「탐정취미에 관하여」를 방송. 대중문예작가21일회大衆文芸作家二十一日会에 참가, 『대중문예大衆文芸』 창간.

1926년(32세)
- 1월 『선데이 마이니치サンデー每日』에 「호반정 살인湖畔亭事件」, 『구라쿠』에 「어둠 속에서 꿈틀대다闇に蠢く」 연재 시작.
- 2월 <아사히신문朝日新聞>에 「난쟁이一寸法師」 연재 시작.
- 7월 『신소설』에 「모노그램モノグラム」 게재.
- 10월 『신청년』에 「파노라마섬 기담パノラマ島奇談」 연재 시작. 『대중문예』에 「거울지옥鏡地獄」 게재.

1927년(33세)
- 3월 나오키 산주고의 연합영화예술협회 제작의 <난쟁이> 개봉. 시모도츠카下戸塚에 하숙집 치쿠요칸築陽館 개업.
- 6월 자신의 작풍에 절망해 절필을 선언하고 일본해 연안을 방랑.
- 10월 헤본샤平凡社판 현대대중문학전집 제3권 『에도가와 란포집』 발간, 16만 부 이상이라는 판매기록 수립. 교토, 나고야를 방랑.
- 11월 『대중문예』 동인들과 함께 대중문예합작조합인 단기샤畊埼社 결성.

1928년(34세)
- 8월 『신청년』에 「음울한 짐승陰獣」 연재 시작, 인기를 얻음.

1929년(35세)
- 4월 고사카이 후보쿠 사망 후 『고사카이 후보쿠 전집』 간행에 매진.
- 6월 『신청년』에 「압화와 여행하는 남자押絵と旅する男」 게재.
- 8월 『고단구락부講談倶楽部』에 「거미남蜘蛛男」 연재 시작. 국내외 동성애문헌 수집에 착수.

1930년(36세)
- 1월 『문예구락부文芸倶楽部』「엽기의 말로猟奇の果」 연재 시작.
- 7월 『고단구락부』에 「마술사魔術師」 연재 시작.
- 9월 『킹キング』에 「황금가면黄金仮面」 연재 시작. <호치신문報知新聞>에 「흡혈귀吸血鬼」 연재 시작.

- 10월 고단샤講談社에서 『거미남』 출간, 인기리에 판매.

1931년(37세)
- 5월 헤본샤판 『에도가와 란포 전집』 전 13권으로 발간 시작.
- 8월 에스페란토어 역본 『황금가면』 발간.

1932년(38세)
- 3월 집필을 중단한 후 각지를 여행.
- 11월 오카도 부헤岡戸武平가 대필한 『꿈틀거리는 촉수蠢〈触手』를 신초사新潮社에서 발간.
- 12월 이치가와 고다유市川小太夫가 「음울한 짐승」을 연극으로 상연.

1933년(39세)
- 1월 오츠키 겐지大槻憲二의 정신분석연구회精神分析研究会에 참가.
- 11월 『신청년』에 「악령悪靈」 연재 시작(3회로 중단).
- 12월 『킹キング』에 「요충妖虫」 연재 시작.

1934년(40세)
- 1월 『히노데日の出』에 「검은 도마뱀黒蜥蜴」 연재 시작. 『고단구락부』에 「인간표범人間豹」 연재 시작.
- 9월 『중앙공론中央公論』에 「석류柘榴」 발표.

1935년(41세)
- 1월 『란포 걸작선집』 전 12권 헤본샤에서 발간 시작.

1936년(42세)
- 1월 『소년구락부少年倶楽部』에 「괴인이십면상怪人二十面相」 연재 시작.
- 4월 『탐정문학探偵文学』 4월호 에도가와 란포 특집호 발간.
- 5월 평론집 『괴물의 말鬼の言葉』 슌주샤春秋社에서 발간.

1937년(43세)
- 9월 『히노데』에 「악마의 문장悪魔の紋章」 연재 시작.

1939년(45세)
- 1월 『고단구락부』에 「암흑성暗黒城」 연재 시작. 『후지富士』에 「지옥의 어릿광대地獄の道化師」 연재 시작.
- 3월 슌요도 일본문학소설문고로 발간된 『거울지옥』 중 「애벌레蟲」가 반전反戰 성향이 있다는 이유로 삭제 명령. 은둔생활 결심.

1941년(47세)

- 군부에 협조하지 않았다는 이유로 작품 출판이 금지됨. 신문기사 등 자료를 모아 『하리마제연보貼雜年譜』 제작 시작.

1942년(48세)
- 1월 『소년구락부』에 고마츠 류노스케小松龍之介라는 필명으로 「지혜의 이치타로知惠の一太郎」 연재 시작.

1943년(49세)
- 11월 『히노데』에 과학 스파이 소설 「위대한 꿈偉大なる夢」 연재 시작.

1945년(51세)
- 4월 가족과 후쿠시마福島로 소개疎開.

1946년(52세)
- 4월 탐정작가 친목회인 토요회土曜숲 창설.
- 10월 「심리시험」을 원작으로 한 영화 <팔레트 나이프의 살인 パレットナイフの殺人> 상영.

1947년(53세)
- 6월 탐정작가클럽 창설, 초대회장으로 취임, 회보 발행. 각지에서 탐정소설에 관해 강연.

1948년(54세)
- 8월 쇼치쿠松竹 영화사 제작 <난쟁이> 개봉.

1949년(55세)
- 1월 『소년少年』에 「청동의 마인青銅の魔人」 연재 시작.

1950년(56세)
- 3월 <호치신문>에 「단애斷崖」 연재 시작. 「흡혈귀」를 원작으로 한 다이에이大映 영화사 제작 <에지의 미녀永柱の美女> 상영.

1951년(57세)
- 5월 이와야쇼텐岩谷書店에서 평론집 『환영성幻影城』 발간.

1952년(58세)
- 7월 탐정작가클럽 명예회장으로 추대.
- 11월 미군기관지 『성조기Stars and Stripes』에 아케치 고고로가 일본의 홈즈로 소개.

1954년(60세)
- 6월 <오사카 산케이신문>에 「흉기凶器」 게재. NHK라디오 연속드라

마 「괴인이십면상」 방송.

- 10월 에도가와 란포상 제정. 이와야쇼텐에서 『탐정소설 30년』 발간. 순요도에서 『에도가와 란포 전집』 전 16권 발간 시작.
- 11월 쇼치쿠 영화사 제작 <괴인이십면상> 개봉.

1955년(61세)

- 1월 「도깨비 환희化人幻戲」, 「그림자남影男」, 「십자로十字路」 집필. 쇼치쿠 영화사 제작 <청동의 마인> 개봉.
- 2월 신토호新東宝 영화사 제작 <난쟁이> 상영.
- 4월 『오루 요미모노オール読者』에 「달과 수첩月と手袋」 게재.

1956년(62세)

- 3월 닛카츠日活 영화사 제작 <죽음의 십자로死の十字路> 개봉. J. 해리스 번역, 영문 단편집 발간.

1957년(63세)

- 8월 <파노라마섬 기담> 토호東宝극장에서 개봉.

1961년(67세)

- 10월 도겐샤桃源社판 『에도가와 란포 전집』 전 18권 발간 시작.

1963년(69세)

- 1월 사단법인 일본추리작가협회 창설, 초대회장 취임.

1965년(71세)

- 7월 28일 뇌출혈로 사망.

아케치 고고로 사건수첩 2

난쟁이

초판 1쇄 발행 | 2018년 9월 15일

지은이   에도가와 란포
옮긴이   이종은
펴낸이   조기조
펴낸곳   도서출판 b | 등록 2006년 7월 3일 제2006-000054호
주소   08772 서울특별시 관악구 난곡로 288 남진빌딩 302호
전화   02-6293-7070(대)
팩시밀리   02-6293-8080 | 홈페이지   b-book.co.kr
이메일   bbooks@naver.com

ISBN 979-11-87036-70-8   (세트)
ISBN 979-11-87036-72-2   04830

값 | 12,000원